# Mémoires d'un quartier

• TOME 6 •

*Francine*

# LOUISE TREMBLAY-D'ESSIAMBRE

# Mémoires d'un quartier

• TOME 6 •

## *Francine*

1963 – 1965

www.quebecloisirs.com

UNE ÉDITION DU CLUB QUÉBEC LOISIRS INC.
Avec l'autorisation de Guy Saint-Jean Éditeur inc.

© 2010, Guy Saint-Jean Éditeur inc.

Dépôt légal – Bibliothèque et Archives nationales du Québec, 2010
ISBN Q.L. : 978-2-89666-054-4
(Publié précédemment sous ISBN: 978-2-89455-352-7)

Imprimé au Canada par Friesens

*À Marie-Ève, Sara, Monique, Christiane…*
*ces artisanes de l'ombre*
*qui font de mes livres ce qu'ils sont.*

*Merci du fond du cœur.*

# NOTE DE L'AUTEUR

Janvier 2010. L'hiver est bien installé. Les fêtes sont déjà derrière nous. J'espère que pour vous, elles ont été aussi belles que pour moi. Belles de présences, d'affection, de rires…

Depuis la fin de l'écriture d'*Adrien,* je me suis offert quelques jours de repos. Ni lecture ni écriture. C'est très rare que je le fasse, mais j'en avais besoin. La famille a donc pris tout mon temps, comme avant, quand les enfants étaient encore petits. Replonger dans toutes ces vieilles habitudes de famille nombreuse m'a fait un bien immense. Nous étions vingt-cinq à la table du réveillon ! J'ai cuisiné, j'ai discuté avec mes filles, j'ai joué avec mes petits-enfants, j'ai taquiné mes gendres, j'ai aidé ma belle-mère… Oui, de bien belles fêtes, cette année. J'aurais prolongé cette félicité indéfiniment…

J'en avais presque oublié que j'avais un autre livre à écrire. La porte de mon bureau est restée fermée tout au long des vacances de Noël, et je ne sentais aucune presse de la rouvrir.

Est-ce pour cela que Francine a choisi de m'interpeller en rêve ?

Parce que c'est exactement ce qui s'est passé. La nuit dernière, j'ai rêvé à Francine. Au réveil, elle était toujours aussi présente. J'ai compris qu'elle m'attendait. Alors, ce matin, je l'ai rejointe dans mon antre d'écriture.

Devant moi, par la fenêtre, c'est tout blanc d'un hiver encore jeune mais tout doucement, je laisse le monde de mes personnages envahir ma vie et je me retrouve au printemps. Je suis, moi aussi, en avril 1963. La neige est partie, les bourgeons commencent à gonfler, le soleil est de plus en plus chaud. Tant mieux, je déteste l'hiver à m'en confesser.

Francine n'a pas bougé. Elle est toujours assise dans un lit d'hôpital et elle pleure. Saurai-je l'aider à retrouver le sourire ? Je la sens si fragile. Et si moi je n'y arrive pas, est-ce que Cécile, Laura ou Bébert sauront le faire à ma place ? Mais peut-être, aussi, qu'il n'y a qu'à l'intérieur d'elle-même que Francine saura enfin trouver la paix. En prenant les bonnes décisions, en posant les bons gestes.

Et Francine n'est pas la seule à avoir des décisions à prendre. Adrien aussi est à un tournant de sa vie. Devrait-il rester à Montréal ou retourner au Texas ? Je ne saurais le dire. Il n'y a que lui qui puisse répondre à cette question.

La famille Lacaille au grand complet est maintenant dans mon bureau. Laura, Antoine, Bernadette, Évangéline, Estelle, Angéline, même le petit Charles... À quelques pas derrière eux, je devine la présence de Charlotte, Émilie et Anne, dans l'ombre de Cécile. Elles se tiennent en retrait, comme si chacune d'entre elles savait déjà qu'elles auront à intervenir à un moment ou à un autre. Je les vois murmurer, se parler à l'oreille, se pointer du doigt.

Antoine, quant à lui, se tient tout au fond de la pièce,

seul, incapable, me semble-t-il, de faire les quelques pas qui le séparent des autres.

Je me retourne franchement face à eux.

Finalement, je suis heureuse de les retrouver. Ils m'ont manqué. Tous. Je les détaille, l'un après l'autre… Il me semble qu'il manque quelqu'un…

Marcel !

Mais où donc est passé Marcel ?

# CHAPITRE 1

## Québec, mercredi 10 avril 1963

Pendant ce temps, parce que les choses avaient quand même un peu changé au fil des années, assise dans un lit de la salle de réveil, Francine tenait dans ses bras un petit garçon blond comme les blés, aux yeux grands ouverts sur ce monde qu'il commençait à apprivoiser.

Sur les joues de Francine, de grosses larmes rondes coulaient sans retenue.

Jamais elle n'aurait pu imaginer l'intensité des émotions qui étreignaient son cœur en ce moment. Jamais elle n'aurait pu croire qu'au fond d'elle-même, vivait en latence la source d'un amour inépuisable qu'un simple regard un peu flou avait fait déborder.

Tremblante, émue mais sûre d'elle-même, Francine tenait étroitement son fils au creux de ses bras. Elle contemplait, émerveillée, ce bébé qu'elle venait de mettre au monde, ce tout petit bébé qui, le temps d'un premier cri, avait interpellé toute la tendresse enfouie en elle depuis tant d'années. Francine était faite pour aimer et être aimée, et voilà que la vie lui offrait un être à qui elle pourrait tout donner et qui, dans une certaine mesure et dans quelques années, pourrait lui rendre la pareille.

Francine avait toujours craint la solitude. Par-dessus tout. Peut-être bien que cette hantise venait de sa famille où, finalement, chacun vivait pour soi. Peut-être, mais jamais Francine n'aurait pu l'exprimer en ces mots. Elle n'avait jamais été à l'aise avec les mots, la grande Francine. Par contre, elle savait instinctivement que désormais, il n'en tenait qu'à elle de ne plus jamais être seule. L'émotion du moment, ce trop-plein d'amour qui faisait débattre son cœur jusqu'à lui faire mal, était suffisamment éloquente pour l'amener à comprendre que l'avenir pourrait être différent de tout ce qu'elle avait anticipé. Elle avait maintenant un fils.

Du bout des doigts, Francine flatta le fin duvet qui garnissait la tête du bébé, un fragile sourire se mêlant à ses larmes.

Oui, elle avait un fils qu'elle aimerait bien appeler Steve. Le nom s'était imposé à l'instant où elle avait posé les yeux sur le petit visage chiffonné, encore maculé de sang. C'était un prénom anglais, de plus en plus à la mode, qui pourrait entretenir à jamais le souvenir de Patrick, car, malgré tout ce qu'elle avait vécu de désillusion et de douleur ces derniers mois, Francine avait aimé Patrick. D'un amour sincère, exclusif et total. Le bébé qu'elle tenait tout contre son sein en était la preuve irréfutable. Si Francine n'avait pas aimé Patrick, jamais elle n'aurait pu se donner à lui. Jamais. Malheureusement, ses parents ne l'avaient pas compris.

À cette pensée, les larmes de Francine redoublèrent d'intensité. Tenant le bébé bien calé dans le creux d'un de ses bras, elle essuya son visage de l'autre main tout en reniflant.

Si, pendant quelque temps, elle avait entretenu un doute certain quant à sa capacité d'aimer un bébé dont la venue avait tout bouleversé dans sa vie, ce même doute n'était plus qu'un vague souvenir dont elle était presque honteuse. Ce n'était donc pas ce doute qui était à l'origine de cette averse de larmes. C'était plutôt le scénario qui en découlait, un scénario qu'elle avait nourri comme un espoir insensé tout au long des dernières semaines: une fois le bébé au monde, malgré la peine qu'elle en aurait, elle le donnerait en adoption, pour le bien de tous, puis elle reprendrait sa vie là où tout s'était effondré. Quelques semaines de regret, certains questionnements quant à la famille qui prendrait soin de son enfant, puis elle oublierait ce malheureux intermède dans sa vie.

Francine était persuadée qu'elle finirait par oublier.

Ce ne serait qu'un mauvais moment à passer, n'est-ce pas ? Douloureux, certes, mais surmontable. C'était là ce qu'elle s'était répété *ad nauseam* tout au long des dernières semaines de sa grossesse.

Elle s'était trompée. Un pleur, un premier cri de vie, et Francine avait admis s'être trompée du tout au tout.

Cet après-midi, alors que le soleil inondait son lit, jouant dans le duvet doré qui garnissait la tête de son fils, Francine savait qu'elle n'oublierait jamais. Abandonner ce petit bébé serait une déchirure irréparable, sensible jusqu'à la fin de sa vie. Abandonner son fils, c'était se condamner à vivre le reste de ses jours avec une inquiétude incroyable au fond du cœur, avec des regrets que rien ni personne ne pourrait effacer.

Voilà pourquoi elle pleurait comme une Madeleine.

Parce qu'elle savait, en même temps, qu'elle ne pouvait garder ce petit bébé. Elle n'avait rien à lui offrir : ni logis, ni sécurité, ni même une présence affectueuse puisqu'il lui faudrait travailler jour et nuit pour qu'ils survivent au quotidien, elle et lui. De l'affection, de la tendresse, de l'amour, elle en avait à profusion. Elle en aurait toujours à profusion pour cet enfant qui était le sien. C'était une évidence que le premier cri de son enfant avait révélée. Malheureusement, il n'y a que dans le dicton où l'on peut vivre d'amour et d'eau fraîche. Dans la vraie vie, cela se passe autrement. Bien autrement.

C'est pourquoi, malgré le printemps qui chantait à sa

fenêtre, malgré la chaleur du soleil qui inondait la chambre et l'amour immense qui lui gonflait le cœur, Francine versait des larmes de détresse.

Dans quelques minutes, une infirmière viendrait lui reprendre son fils. Dans quelques minutes, Francine devrait se séparer de lui à tout jamais. Dans les jours qui suivraient, elle pourrait le voir par la fenêtre de la pouponnière, mais ce serait le seul droit qu'on lui accorderait puisqu'elle avait avisé le médecin qu'elle ne pouvait le garder. Avant même la naissance du bébé, on s'était fait un devoir de la prévenir de ses droits. Ici, nulle concession n'était permise. Après l'accouchement, elle aurait la permission d'avoir son enfant avec elle durant quinze minutes, pas une de plus, puis on placerait le bébé à la pouponnière pour qu'elle puisse le voir par la fenêtre le temps de son hospitalisation. Quand Francine quitterait l'hôpital, le bébé serait transféré à la crèche et s'il avait de la chance, il serait rapidement confié à une bonne famille qui prendrait soin de lui.

Son fils serait confié à des inconnus.

S'il avait de la chance.

Un long frisson secoua les épaules de Francine alors qu'un sanglot déchirant lui arrachait le cœur.

Cinq minutes, il ne lui restait plus que cinq minutes pour répéter inlassablement au petit Steve à quel point elle l'aimait. La grosse horloge noire, sur le mur en face d'elle, égrenait inexorablement le temps.

Du bout du doigt, Francine essuya les larmes qui tombaient sur la tête de son fils tandis que celui-ci, les yeux toujours grands ouverts, semblait la dévisager intensément, comme s'il devinait la gravité du moment.

La vieille religieuse venue chercher le bébé ne fut ni méchante ni inutilement blessante; elle ne fut cependant d'aucun réconfort. Le temps de prendre l'enfant avec fermeté, avec autorité parce que Francine ne voulait pas le laisser partir, et elle quitta la pièce sans un mot de plus que la routine habituelle qu'elle ânonna sans même regarder Francine: celle-ci pourrait regagner sa chambre dès que le médecin serait passé.

Francine reçut ces quelques mots avec indifférence, comme si elle était brusquement vidée de toute vie. Elle fixa longuement la porte qui se referma lentement dans un chuintement qui traça dans sa vie une démarcation visible comme une balafre sur un visage, douloureuse comme une coupure, puis Francine se tourna sur le côté, recroquevillée sur elle-même, recroquevillée sur ce ventre désormais vide. Alors que son cœur était rempli d'ombre et de détresse, Francine ferma les yeux sur ce merveilleux soleil de printemps, incapable de soutenir une si grande clarté.

Francine Gariépy ne pourrait jamais plus voir le soleil d'avril sans penser à son petit Steve, sans avoir mal à vouloir crier.

Dès qu'elle fut dans sa propre chambre, une chambre privée offerte par Cécile, Francine reprit la même pose, roulée sur elle-même, roulée en boule sur sa douleur.

C'est ainsi que Cécile et la tante Gisèle retrouvèrent enfin la jeune femme. Sans larmes car elle les avait épuisées, elle fixait la fenêtre sans la voir. Elle était hébétée, pétrifiée, effondrée. Faisant dos à la porte, elle ne se retourna même pas quand elle l'entendit s'ouvrir.

Oubliant toute réserve, Cécile fut la première à rejoindre Francine. À travers la peine de cette dernière, elle revivait les pires douleurs qui avaient traversé sa vie. Même la perte de son fiancé, disparu lors du débarquement en Normandie, n'avait pas été aussi déchirante que le vide laissé au moment de la naissance de sa fille, la petite Juliette, comme elle aurait aimé l'appeler, une enfant qu'elle n'avait jamais eu la chance de voir puisque celle-ci avait déjà quitté la pouponnière quand Cécile avait enfin eu le droit de se lever.

Incapable de parler, la gorge nouée par l'émotion intense du moment présent et celle de tous les souvenirs que cette journée interminable avait éveillés en elle, Cécile se contenta de s'asseoir tout près du lit et de poser sa main sur la tête de Francine pour caresser ses cheveux bouclés. Cette dernière n'avait pas besoin de parler pour que Cécile comprenne que l'apparente indifférence des dernières semaines n'était qu'un paravent, qu'un leurre pour arriver à passer à travers les deux derniers mois de la grossesse. Se répéter qu'une fois le bébé adopté, la vie pourrait reprendre son cours interrompu avait été sa planche de salut. Cette certitude vainement entretenue avait permis à Francine de concevoir, justement, que la vie garderait un certain sens malgré tout.

Restée tout près de la porte, par souci de discrétion, la tante Gisèle contemplait la scène avec tristesse. Vingt ans plus tôt, elle avait vécu pareil drame avec Cécile, à cette exception près que ce n'était pas sa nièce qui avait choisi de céder son bébé à l'adoption, comme Francine semblait vouloir le faire. Si Cécile s'était résignée à cette alternative, c'était à cause de son père, Eugène Veilleux, le frère de Gisèle.

Quand Cécile leva enfin la tête vers elle, de longues minutes plus tard, la vieille dame constata que les yeux de sa nièce étaient remplis de larmes. La tante Gisèle comprit alors qu'elle devrait intervenir, ce qu'elle fit aussitôt, à sa façon, sans hésiter. Elle avança de quelques pas et attrapa la première chaise venue, en métal piqué de rouille, au dossier de cuirette fendillée, lourde à transporter pour une dame aussi âgée qu'elle. Malgré cela, elle réussit à la traîner sur le linoléum défraîchi jusqu'à la tête du lit et s'y laissa tomber en soupirant bruyamment. L'instant d'après, elle tapotait l'épaule de Francine avec son index sec et noueux tout en se raclant la gorge pour attirer son attention.

— Astheure, ma belle, j'aimerais ça que tu te tournes vers moi. J'aurais petête quèque chose à te raconter.

La voix rêche de la vieille dame correspondait fort mal à la tendresse spontanée qu'elle avait ressentie pour Francine dès l'instant où elle l'avait rencontrée. Mais elle était ainsi faite, la tante Gisèle : sous des abords épineux, la vieille dame cachait un cœur généreux.

— Envoye, Francine, tourne-toi vers moi.

Avec une infinie lenteur, la jeune femme obtempéra en même temps que Cécile levait les yeux vers sa tante avec une certaine inquiétude au fond du regard. Quelle était cette histoire que la tante Gisèle s'apprêtait à raconter ? La sienne ? Pourtant, la tante Gisèle savait fort bien que jamais Cécile n'avait parlé de ce qu'elle avait jadis vécu et elle entendait, encore aujourd'hui, que le secret soit gardé.

Le regard de la tante Gisèle se promena de l'une à l'autre, puis prenant une main de Francine entre les siennes, Gisèle Breton porta les yeux au loin devant elle, par-delà la fenêtre, par-delà les Laurentides où la neige s'entêtait sur les sommets, et ce fut tout un pan de son passé qui remonta en elle.

— Tu vois, Francine, commença-t-elle de sa voix rauque, un peu bourrue, dans la vie, y' arrive des choses qu'on avait pas prévues. Pas prévues pantoute. C'est là que tu te trouves après-midi, ma pauvre p'tite fille. La naissance de c'te p'tit garçon-là, tu l'as pas voulue. Faut savoir dire les choses comme elles sont même si sur le coup, ça sonne drôle dans nos oreilles. Ça veut pas dire que tu l'aimes pas, ton p'tit. Ça veut juste dire que si t'avais pu choisir, ben, c't'enfant-là serait pas arrivé parmi nous à matin. C'est toute. C'est pas méchant de le penser, c'est juste normal. Y a du monde qui dirait que t'as couru après ton malheur, du monde qui penserait que t'avais juste à pas coucher avec un homme avant le mariage. Y' auraient pas tort, d'une certaine façon, mais y' auraient pas raison, non plus. C'est pas toujours facile, dans la vie, de faire exactement ce qu'on devrait faire. C'est ça que je pense, moi, Gisèle Breton, pis y a pas personne qui va venir me faire changer d'avis. Que celui qui a jamais péché lance la première pierre, comme c'est écrit dans les évangiles. Chus petête pas mangeuse de balustrade comme d'aucuns, mais c'te phrase-là, je l'ai jamais oubliée pis j'ai toujours cru que le Bon Dieu avait son mot à dire dans notre vie. Une fois que toute ça est dit, m'en vas te raconter mon histoire... J'ai la gorge toute chesse, je peux-tu te prendre une gorgée d'eau, avant ?

Sans attendre de réponse, la tante Gisèle se pencha un peu sur le côté et agrippant le verre posé sur la table de chevet, elle en vida la moitié. Aussitôt après, sa main revenait d'elle-même se poser sur celle de Francine, comme pour la protéger.

— Bon ! Mon histoire, astheure ! C'est pas quèque chose qui vient d'arriver hier, tu sais, mais ça l'a pas d'importance. Je dirais que mon histoire, a' l'a pas d'époque. Aujourd'hui, c'est comme hier ou ben demain quand on parle des affaires de cœur. Pis mettre un bebé au monde, ça restera toujours une affaire de cœur quoi que le monde puisse en dire, des fois. Ça s'est donc passé y a de ça ben des années. C'est l'histoire d'une jeune fille, comme toi, qui pensait que l'amour était la plus belle chose du monde. Pis ça peut l'être quand c'est partagé ou ben quand ça arrive au bon moment dans une vie. Ouais, une ben belle chose. Juste à voir Poléon pis moi pour le comprendre. Malheureusement, c'est pas toujours de même que ça se passe...

Tout en parlant, la tante Gisèle hochait la tête.

— Toujours est-il que c'te jeune fille-là est tombée enceinte, comme toi, avant que les cloches de l'église sonnent pour les noces. Les circonstances étaient ben différentes, je m'en rappelle comme si c'était hier, mais ça non plus, ça l'a pas ben ben d'importance. L'important à savoir, c'est que comme toi, a' l'a vite compris que son bébé, a' pourrait jamais l'oublier. Pas une maudite seconde de sa vie. On est faites de même, nous autres, les femmes. Un p'tit qui vient de nos entrailles, c'est comme qui dirait un p'tit morceau de nous autres. On pourrait pas oublier une main ou ben une jambe qu'on aurait perdues, hein ? Ben, nos enfants, c'est la même affaire. Pis la jeune fille de mon histoire, a' l'était comme toutes les mères qui ont du cœur. A' l'était comme toi. Malheureusement, a' l'a pas pu garder son p'tit. Pas qu'a' voulait pas, comprends-moi ben, juste qu'a' l'a pas pu. Y' peut y avoir toutes sortes de raisons qui font qu'une femme peut pas garder son enfant. Toutes sortes d'excuses.

Le coude appuyé sur le matelas du lit et le menton dans le creux de sa main, Cécile écoutait sa tante comme une enfant écoute un conte de fées, et les étoiles que la tante Gisèle pouvait voir dans son regard, c'était la petite Juliette redevenue réelle, accessible, le temps d'une belle histoire d'amour.

— Pis dans le temps où se passe mon histoire, une mère qui gardait pas son p'tit, a' pouvait même pas le tenir dans ses bras, comme toi t'as faite. C'est te dire comment a' l'était malheureuse. Mais a' l'a pas eu le choix. Dans c'te temps-là, les choses étaient encore plus dures qu'astheure, pis son bébé est parti de l'hôpital pis de la crèche avant qu'elle-même soye rentrée chez elle. Je dirais aussi qu'a' l'a même pas vu, rapport qu'a' dormait quand le p'tit est né.

— Ben voyons don, vous !

Subjuguée par l'histoire que racontait la tante Gisèle, Francine s'était soulevée sur un coude et la dévorait des yeux, oubliant pour un instant la détresse qui l'avait envahie.

— C'est comme je te dis. Pis je te dis avec que depuis c'te jour-là, y a pas une maudite journée amenée par le Bon Dieu où la jeune fille de mon histoire a pas pensé à c't'enfant-là. Pas une ! Même aujourd'hui, après plus de vingt ans, a' pense encore à lui.

— Je peux comprendre, approuva Francine en hochant la tête sans quitter la tante Gisèle des yeux.

— C'est sûr que tu peux comprendre. Tout ça pour te dire que tu devrais prendre tout ton temps avant de décider ce que tu veux vraiment faire. Y a rien qui presse, tu sais. Pis pour l'instant, y a pas personne qui t'oblige à laisser ton p'tit garçon. Prends ben ton temps, réfléchis comme faut pis si après un boutte ta décision a pas changé, y' sera toujours temps de le placer. Parce que mon histoire, je te l'ai pas racontée pour te faire changer d'idée à tout prix. Je veux juste que tu saches que tu peux le faire si t'en as envie. C'est toute.

— Vous pensez que je peux dire que chus pus sûre ? Vous pensez vraiment qu'y' est pas trop tard pour ça ?

— Je pense pas, chus sûre. Dans le temps, une mère avait trois mois pour décider, pis j'ai jamais entendu dire que la loi avait changé.

— Je pourrais avoir trois mois pour décider ?

— C'est ce que je pense pis chus ben choquée de savoir que ton docteur a pas pensé à t'en parler. Pis si moi, je l'ai pas faite avant, c'est juste que Cécile m'avait prévenue que tu voulais pas en parler. J'attendais juste le bon moment pour le faire. Quand je t'ai vue, t'à l'heure, j'ai compris que le moment était venu.

— Je pense que c'est moé qui a pas laissé au docteur la chance de m'en parler. La fois où y' a voulu le faire, j'y ai coupé la parole en disant que ma décision était prise pis que je voulais pas revenir là-dessus.

Sur ces mots, Francine se recoucha, fixa le mur devant elle un instant avant de revenir à la tante Gisèle.

— Pis aujourd'hui ?

— Quoi aujourd'hui ?

— La jeune fille de votre histoire, que c'est qu'a' l'est devenue ?

— Oh ! Les années ont passé, la blessure est un peu moins sensible qu'aux premiers jours, c'est sûr, pis la vie a repris son cours. Je veux que tu saches aussi qu'a' l'est pas tout le temps malheureuse, c'est pas ça que j'ai voulu dire avec mon histoire. Mais je sais, pour l'avoir ben connue, que si a' l'avait pu, ben, la jeune fille aurait gardé son bebé. Sa vie aurait été différente, c'est ben certain, probablement plus difficile, mais allez donc savoir si a' l'aurait pas été plus heureuse. Ça, on le saura jamais vraiment.

— C'est qui pour vous, c'te femme-là ?

— Quelqu'un que je connais ben, affirma la tante Gisèle tout en évitant le regard de Francine et avec suffisamment de conviction dans la voix pour que la jeune mère ne cherche pas à aller plus loin. C'était la fille d'une amie proche, ben proche de moi, décédée depuis des années. Pis quand sa mère est morte, ben, pendant un boutte, j'ai été comme qui dirait une seconde mère pour la jeune fille de mon histoire. C'est pour ça que je te dis que je la connais ben.

— Ouais, je vois.

Cette fois-ci, Francine se recoucha en fermant les yeux. Visiblement, elle était épuisée.

— Pis si je dis au docteur que j'ai changé d'idée, murmura Francine sans ouvrir les yeux, si j'y dis que ma décision est pas encore tout à faite prise, pensez-vous, vous, que j'vas avoir encore le droit de prendre mon p'tit dans mes bras ?

— Pourquoi pas ? T'as juste à dire que tu veux le nourrir. Ça, y a pas personne d'autre que toi qui peux le faire.

Cette proposition fit se redresser Francine, toute trace de fatigue brusquement disparue.

— Le nourrir ? Vous pensez que j'aurais le droit ?

— Pourquoi pas ?

— Je… j'sais pas trop… J'ai jamais vu ma mère faire ça. Yvonne pis Serge, chez nous, c'est avec des bouteilles que ma mère les a nourris…

— Pis ? Y a rien qui t'empêche d'essayer avec ton p'tit. Ça sera toujours ben la meilleure façon de l'avoir avec toi le plus souvent possible.

— C'est vrai.

— Là, c'est moi qui vais intervenir, s'il le faut, trancha Cécile que l'histoire de sa tante avait bouleversée même si elle arrivait à bien le cacher. Certains médecins ne jurent que par le lait en conserve, surtout depuis la dernière guerre, mais moi, je reste persuadée que le lait maternel est ce qu'il y a de mieux pour un bébé. Et si un jour tu prends la décision finale de confier ton petit garçon à l'adoption, tu pourras toujours te dire que tu lui as fait un merveilleux cadeau en t'occupant de lui à sa naissance.

Francine était resplendissante.

— Ben, on va faire comme ça… Ouais, on va faire comme ça, si c'est possible. Je… Vous avez raison, madame Breton, chus petête trop fatiguée pour décider tusuite de ce qui est mieux pour Steve pis…

— Steve ?

Francine tourna les yeux vers Cécile, souriante, puis elle revint à la tante Gisèle.

— Ouais, Steve. C'est de même que j'aimerais qu'y' s'appelle, mon p'tit. Le nom m'est venu tuseul quand j'y ai vu la face.

— C'est un joli nom…

Francine tourna les yeux vers Cécile une seconde fois.

— Tu trouves, Cécile ?

— Définitivement. Steve… C'est nouveau, différent, et ça me plaît. Maintenant, repose-toi, Francine. Pendant ce temps-là, je vais m'occuper de prévenir la pouponnière et ce soir, à l'heure des visites, je reviendrai te voir. Si tu as besoin d'aide, je serai là.

— Merci, Cécile, fit Francine en étouffant un

bâillement. Je pense que t'as raison, je me sens ben fatiguée.

La jeune femme se retourna sur le côté et ramena la couverture sur ses épaules.

— Ouais, chus ben fatiguée tout d'un coup. Me semble qu'une p'tite sieste, ça me ferait du bien. Si chus pour ravoir mon p'tit avec moé, chus mieux de dormir un peu avant...

Quand Cécile et la tante Gisèle quittèrent la chambre, quelques instants plus tard, Francine dormait déjà à poings fermés.

*  *  *

Appuyée contre la rampe ceinturant son minuscule balcon, Anne attendait sa sœur, regrettant une fois de plus qu'il n'y ait pas suffisamment d'espace pour installer une chaise. Pourtant, avant même que le contrat d'achat de la maison n'ait été signé, son mari Robert et elle avaient projeté d'ajouter quelques planches pour se rendre jusqu'au coin de la maison et ainsi transformer le perron en galerie. Par la suite — pourquoi pas ? — ils auraient pu compléter la construction par deux belles colonnes toutes blanches afin de soutenir un petit toit qui leur aurait permis d'être à l'abri de la pluie. Cela aurait été bien utile et agréable, l'été, quand il fait chaud et que l'humidité de l'orage stagne dans toute la maison jusqu'à la transformer en four.

Cependant, toutes sortes de réparations imprévues,

plus onéreuses les unes que les autres, avaient reporté l'intention, et sept ans plus tard, la fameuse galerie était toujours à l'état de projet soigneusement dessiné par sa sœur Émilie sur une belle feuille blanche, conservée dans le tiroir des comptes à payer.

Malgré sa déception, année après année, Anne ressortait le gallon de peinture blanche pour rafraîchir la rampe, puis le gallon de peinture grise pour retaper l'escalier, se promettant que ce serait la dernière fois. Malheureusement, cette année encore, Anne savait qu'elle n'aurait que le petit perron à repeindre, car les sous faisaient cruellement défaut. Encore quelques journées chaudes pour chasser l'humidité accumulée dans le bois tout au long de l'hiver, et Anne irait chercher les vieux restants de peinture à la cave. C'est pourquoi, en cette belle journée de mai, elle profitait des rayons du soleil, inconfortablement appuyée contre la rampe de son minuscule perron en attendant l'arrivée d'Émilie qui avait annoncé sa visite.

Quelques instants plus tard, l'auto de sa sœur s'arrêtait devant chez elle et Émilie en sortait, la saluant joyeusement.

— Allô! Tu parles d'une belle journée! Je ne me souviens pas d'un printemps plus chaud que cette année!

Anne retint un soupir. Elle avait beau se dire et se répéter qu'elle ne s'abaisserait jamais à jalouser ses deux sœurs, il lui arrivait quand même, parfois, d'envier leurs vies en apparence plus faciles que la sienne. Avoir une auto à sa disposition faisait partie de ces petits plaisirs qu'Anne aurait bien aimé s'offrir… à défaut d'une galerie neuve! N'empêche qu'elle était heureuse de voir Émilie. Heureuse et curieuse, car Émilie ne se déplaçait jamais sans avoir une très bonne raison de le faire.

— C'est vrai qu'on est particulièrement gâtés cette année, approuva-t-elle en descendant les quelques marches qui menaient au trottoir, toutes pensées sombres envolées. Viens, on va s'installer dans la cour. Te connaissant comme je te connais, tu dois préférer t'asseoir à l'ombre et tu dois sûrement avoir quelque chose de très important à m'annoncer pour te déplacer ainsi. Je me trompe?

Émilie éclata de rire devant tant de perspicacité.

— Non, tu ne te trompes pas. Un point pour toi! J'avoue que tu me connais bien. Mais admets avec moi qu'avec quatre enfants et ma carrière, je ne pourrais pas passer le plus clair de mon temps à visiter tout le monde. Mais pour cette fois-ci, c'est différent, ajouta-t-elle sur un ton mystérieux en hochant la tête… Allons nous asseoir à l'ombre, là aussi tu as raison, je n'aime pas m'exposer au soleil. Je vais t'expliquer ce qui m'amène chez toi.

L'instant d'après, les deux sœurs échangeaient les derniers potins de la famille, confortablement installées sous les branches d'un lilas qui commençait tout juste à fleurir et à embaumer.

— … Quant à Charlotte, elle parle de retourner au Portugal cette année encore, au grand désespoir d'Alicia qui ne veut plus suivre ses parents, annonça Anne qui était suffisamment proche de sa sœur aînée pour avoir droit à certaines confidences sur sa vie familiale.

Comprends-tu ça, toi ? Moi, je donnerais n'importe quoi pour avoir la chance de faire un voyage en Europe.

— C'est vrai que c'est beau, l'Europe, approuva Émilie. J'ai eu l'occasion d'y aller deux fois et j'ai adoré ça. Mais c'est peut-être vrai aussi que le Portugal, quand tu l'as vu plusieurs fois comme Alicia l'a fait, ça peut devenir ennuyeux. Après tout, notre nièce n'est plus une enfant et à son âge, on veut découvrir tous les horizons.

— Tu as peut-être raison, mais quand même…

Anne n'avait pas du tout l'air convaincue.

— Moi, je fais confiance à Alicia pour défendre sa cause, lança alors Émilie, interrompant la réflexion d'Anne. C'est une jeune fille intelligente et sérieuse. De toute façon, ce n'est pas pour discuter des projets de vacances de notre sœur Charlotte et de sa famille que je suis venue jusqu'ici.

Anne s'en doutait bien et c'est pourquoi, à ces mots, elle détailla Émilie avec un regard moqueur. Habituellement, quand Émilie se donnait la peine de venir jusque chez elle pour lui parler, c'était leur mère et ses innombrables problèmes de santé qui étaient au cœur de ses préoccupations. Problèmes de santé qui, invariablement, laissaient Anne de marbre. Les relations entre sa mère et elle n'avaient jamais été très bonnes — elle ne s'en était jamais cachée, sa mère Blanche non plus —, et toute la famille était au courant. Ce qui n'empêchait pas Émilie de s'entêter à venir discuter des problèmes de santé de la pauvre Blanche chaque fois qu'elle jugeait que la situation le méritait.

— Qu'est-ce que notre chère mère a encore fait ? demanda alors Anne, persuadée que le nom de cette dernière n'allait pas tarder à apparaître dans la discussion. Ou plutôt, de quelle maladie nouvelle, exotique et très grave souffre-t-elle ? À moins qu'elle ait attrapé un virus jusqu'à maintenant inconnu ?

Le ton sarcastique employé par Anne agaça Émilie.

— Anne ! Tu m'énerves parfois ! Comment peux-tu parler de notre mère sur ce ton ? Je sais fort bien qu'elle n'est pas parfaite, personne ne l'est, mais aucune mère ne mérite d'être raillée par un de ses enfants. Et ça vaut pour Blanche aussi, malgré ses nombreux défauts que tu ne manques jamais de souligner quand on parle d'elle.

Visiblement, Émilie était offusquée par l'attitude d'Anne.

— Tu admettras avec moi, ma pauvre Émilie, se défendit Anne, que Blanche est plutôt lassante avec ses bobos de toutes les sortes. Il me semble qu'il y a autre chose à…

— Tu sais comme moi que nos opinions varient énormément quand on discute de notre mère et comme je ne suis pas ici pour parler d'elle, coupa Émilie d'une voix sèche tout en tirant nerveusement sur les plis de sa jupe, on va changer de sujet avant de commencer à nous disputer. D'accord ?

— D'accord. Tu as raison… Alors, si tu ne veux pas me parler de notre mère, ni de notre grande sœur, d'ailleurs, quel bon vent t'amène ?

Émilie prit une profonde inspiration avant de

répondre, de toute évidence soulagée de changer de propos :

— Celui que j'ai en tête en ce moment, c'est quelqu'un que nous aimons beaucoup toutes les deux, fit-elle énigmatique.

— Quelqu'un que nous aimons, toi et moi ? En dehors de la famille ? demanda Anne qui ne voyait pas du tout de qui Émilie voulait parler.

— Oui, en dehors de la famille. Tu ne vois pas ?

— Non, fit alors Anne, hésitante. Je devrais ? demanda-t-elle, prudente.

— Il me semble que oui. C'est même toi qui l'as connu en premier.

Voyant qu'Anne cherchait toujours à qui elle faisait allusion, Émilie lança sans plus tarder :

— Voyons donc ! C'est à propos d'Antoine si je suis ici.

— Antoine !

De crispé qu'il était, le visage d'Anne se détendit aussitôt.

— Tu as raison, Antoine est quelqu'un que j'aime beaucoup. Comment se fait-il que son nom ne me soit pas venu spontanément à l'esprit ? Je ne comprends pas. Peut-être est-ce parce que je ne l'ai presque pas vu cet hiver. À peine un petit bonjour par-ci par-là. Et de loin, par-dessus le marché. Depuis l'automne dernier, tu as dû le voir pas mal plus souvent que moi.

— Peut-être bien, oui. Pour un jeune de cet âge-là, il est d'une assiduité irréprochable. Tous les samedis, beau temps mauvais temps, il vient chez moi pour ses cours.

Mais ça ne veut pas dire pour autant que je le connais mieux que toi, et c'est justement pour cela que j'ai besoin de tes lumières... Comment est-ce que je pourrais t'expliquer ça ?

Émilie se mordilla les lèvres, songeuse, puis, ayant rassemblé quelques souvenirs bien précis, elle se mit à raconter l'hiver qu'elle venait de vivre en compagnie de son jeune élève.

— Tu te rappelles, n'est-ce pas, demanda alors Émilie sans attendre réellement de réponse, quel genre de petit garçon était Antoine quand il a commencé à venir chez moi ? Renfermé, nerveux, comme s'il était inquiet en permanence. Puis, lentement mais sûrement, au fil des mois, je l'ai vu se métamorphoser. J'oserais même dire que l'an dernier, à pareille date, Antoine Lacaille était devenu un jeune homme mature, avenant, toujours prêt à discuter de mille et une choses. Je savais qu'il suivait des cours de musculation — il en parlait régulièrement avec Dominique — et je me disais que c'était cela qui l'avait transformé à ce point, qui lui avait donné cette espèce d'épanouissement qu'il affichait. Même son coup de crayon avait changé. Il avait acquis, là aussi, une assurance peu commune pour un jeune de son âge. C'était évident que s'il persévérait, Antoine Lacaille avait une belle carrière d'artiste devant lui. Puis en septembre dernier, sans crier gare, j'ai eu l'impression qu'il dégringolait à la case départ comme au jeu de serpents et échelles. Tout était à recommencer parce que le petit garçon rétif et anxieux était de retour, doublé, cette fois-ci, d'un adolescent maussade. Fini les longues discussions, les éclats de rire et le travail bien fait. Fini les…

— Mais tu viens de le dire, interrompit alors Anne qui n'aimait pas apprendre que son jeune voisin semblait malheureux encore une fois. Antoine est arrivé à cet âge de l'entre-deux où tout est différent et difficile. Il n'est plus un petit garçon, mais il n'est pas encore un homme. Laisse-lui le temps de s'ajuster !

— Mais c'est ce que j'ai fait ! Pourquoi penses-tu que je ne t'en ai pas parlé avant aujourd'hui ? J'étais persuadée que tout rentrerait dans l'ordre au fil des semaines. Malheureusement, plus le temps passait et moins ça allait ! La pire journée, je crois, a été un samedi d'octobre ou novembre. Ce matin-là, Antoine est arrivé avec un dessin brouillon qui n'avait rien à voir avec ce qu'il est capable de faire. Quand j'ai demandé des explications, il a été évasif, presque impoli. Je t'avoue que sur le coup, ça m'a tellement fâchée que j'ai haussé le ton. Je l'ai laissé seul, tant pour qu'il réfléchisse à son attitude que pour qu'il puisse se reprendre et faire un dessin à la hauteur de son talent. Et durant quelques minutes, quand je l'ai rejoint dans l'atelier, j'ai bien cru que le message avait passé. Son dessin était impeccable. Et sais-tu ce qu'il avait dessiné ?

— Non, fit Anne en fronçant les sourcils parce qu'elle essayait de deviner.

— De mémoire, Antoine avait dessiné ta maison !

— Ma maison ?

Sans trop comprendre pourquoi, Anne était ravie de

savoir qu'Antoine, un jour qu'il semblait malheureux, avait songé à dessiner sa maison.

— Ma maison ? répéta-t-elle avec un sourire radieux. Et pourquoi ?

— Mystère, répondit Émilie en haussant les épaules. Chose certaine, tous les détails y étaient. Mais quand je me suis approchée d'Antoine pour le féliciter, il a bondi comme un diable hors de sa boîte et il a quitté la maison en courant, les yeux pleins d'eau.

— Mais voyons donc ! Pourquoi ?

— Encore une fois, mystère !

— Lui en as-tu reparlé ?

— Ma pauvre Anne ! Antoine est plus hermétique qu'une huître ! Même quand il était plus volubile, jamais je ne l'ai entendu parler de ses émotions. Jamais. Comme un vrai artiste, Antoine confie ses émotions à la toile… La semaine suivante, comme si de rien n'était, il m'a demandé de lui montrer à faire des flocons et depuis, sur un mur de l'atelier, il y a ta maison sous la neige. Ça ferait une très jolie carte de Noël, d'ailleurs… À partir de ce jour-là, j'étais persuadée que tout était rentré dans l'ordre et effectivement, durant quelques semaines, Antoine semblait heureux. Pas aussi ouvert qu'il l'avait été mais quand même assez présent pour que sa compagnie soit agréable.

— Bon ! Tu vois !

— Attends ! Je n'ai pas fini. Parce qu'il faut que tu saches qu'en février, tout a recommencé. Les dessins à moitié faits, l'humeur parfois massacrante, comme indifférent à tout ce qu'il y a autour de lui… Encore une fois, j'ai décidé de laisser l'eau couler sous les ponts. Mais jusqu'à aujourd'hui, ça n'a rien donné. Je dirais que ses dessins sont tout juste acceptables et son humeur aussi.

— Peut-être qu'Antoine en a assez des cours de dessin, suggéra Anne même si elle ne le croyait pas vraiment. Peut-être que…

— C'est impossible, trancha alors Émilie. Quand on a un talent comme le sien, le dessin et la peinture font partie de ce que nous sommes. On ne peut pas les renier du jour au lendemain et on ne s'en tanne jamais. Je suis bien placée pour le savoir. Non, je suis persuadée qu'il y a autre chose et je suis persuadée aussi qu'Antoine n'en parlera jamais.

— Pourquoi es-tu venue me voir, alors ?

— J'aurais peut-être une solution… Non, ce n'est pas ça. La solution, il n'y a qu'Antoine qui peut la trouver. Disons que j'aurais peut-être une diversion. Oui, c'est ça, une diversion, et suffisamment alléchante pour lui faire oublier bien des choses. Mais avant de susciter des rêves, j'aimerais savoir ce que tu en penses. Après tout, tu connais la famille Lacaille mieux que moi. En fait, c'est à peine si j'ai dit deux mots à sa mère et à sa grand-mère au cours des dernières années. Tu as toujours servi d'intermédiaire. Et c'est encore ce que je te demanderais de faire si tu crois que mon projet est réalisable.

— Sapristi, Émilie ! Ça a bien l'air sérieux, ton affaire.

— Mais ça l'est. Je ne suis pas venue ici pour rien. Je dirais même que ça pourrait influencer toute la vie d'Antoine. Laisse-moi t'expliquer.

Et tandis qu'Émilie développait son idée à l'intention d'Anne, exposant en détail ce fameux projet capable de ramener le sourire d'Antoine, ce dernier se hâtait de quitter sa classe. Tous les jours, depuis le mois de février, Antoine filait directement à l'école des petits dès que la cloche sonnait. Midi et soir, sans exception. Tout cela à cause d'une proposition que monsieur Romain avait faite à son petit frère, Charles.

Février, cette année, avait été particulièrement rigoureux. Un froid sibérien avait envahi la ville et rien n'indiquait que cela allait cesser bientôt. Ce fut durant cette période que Charles était arrivé de l'école, tout excité, annonçant à sa mère que le lendemain et tous les jours où il ferait très froid, monsieur Romain l'avait invité à dîner dans la classe.

— Monsieur Romain invite ses élèves à dîner à l'école ? Eh ben... Tous ses élèves ? avait demandé Bernadette, surprise.

— Ben... Je dirais que oui. Pourquoi c'est faire qu'y' m'inviterait moé pis pas les autres ?

Bernadette n'y avait vu qu'une délicatesse de la part du professeur de son plus jeune fils et avait accepté sans hésitation.

Antoine, qui avait surpris cette conversation, y avait par contre vu un piège aussi visible que le nez au beau milieu du visage. Monsieur Romain n'avait probablement pas invité tous les élèves comme le prétendait Charles. Pourquoi l'aurait-il fait ? Quand Antoine était dans sa classe, jamais monsieur Romain n'avait proposé une telle chose. Alors, Antoine ne voyait pas pourquoi il le ferait maintenant. L'hiver, à Montréal, il faisait toujours froid, ce n'était pas nouveau de cette année.

Non, c'était autre chose qui motivait cette invitation, et Antoine se doutait bien de quoi il s'agissait: Monsieur Romain voulait se venger de la blessure qu'il lui avait infligée. Des coups de pied en plein visage, ça ne s'oublie pas et bien qu'il n'ait pas prévenu la police, monsieur Romain n'allait sûrement pas en rester là.

Antoine s'était donc inventé à son tour un dîner à prendre à l'école avec son ami Ti-Paul pour exactement la même raison: il faisait très froid. Encore une fois, Bernadette n'y avait vu que du feu.

Le lendemain, Antoine s'était éclipsé de sa propre école sur le coup de midi et il avait filé directement à celle de Charles, située trois coins de rue plus loin. Sans hésitation, il avait emprunté le premier escalier menant à l'étage et là, sans faire de bruit, il s'était dirigé vers la classe de monsieur Romain, espérant de tout cœur que son ancien professeur n'avait pas changé de local et espérant encore plus fort qu'il s'était trompé sur ses intentions.

Le cœur voulait lui sortir de la poitrine. Il priait le ciel pour que son ancien professeur ne l'aperçoive pas. Après une longue inspiration chargée d'anxiété, Antoine avait glissé un regard discret par le carreau vitré qui occupait la partie supérieure de la porte.

Il était bien au bon endroit et Charles n'était pas seul.

Un long soupir s'était alors échappé de la poitrine d'Antoine tandis qu'il fermait les yeux, rassuré.

Cependant, le soulagement ressenti avait été de courte durée.

Comme Antoine s'y attendait, l'ensemble des élèves de la classe était absent. En fait, seuls trois petits garçons étaient réunis pour ce dîner particulier.

Le cœur d'Antoine avait fait alors un soubresaut d'inquiétude à l'instant où le jeune homme reculait d'un pas, craignant d'être vu ou entendu.

Monsieur Romain avait réuni quelques pupitres à l'avant de la pièce, près de l'estrade, et il les avait recouverts d'une nappe à carreaux qu'Antoine ne se souvenait pas d'avoir vue chez lui, dans la salle à manger où il recevait ses cours. Les trois enfants étaient assis côte à côte, leurs boîtes à goûter ouvertes devant eux. Tous les trois, ils semblaient manger avec appétit.

De l'autre côté de cette table improvisée, monsieur Romain s'était installé tant bien que mal sur une chaise d'enfant, dos à la porte. Lui aussi, il avait une boîte en fer-blanc devant lui, à portée de main et grande ouverte.

Sans comprendre le détail des mots, Antoine avait pu constater que la conversation allait rondement.

La scène était d'une banalité recherchée, trompeuse, Antoine en était convaincu. Le scénario était trop parfait pour être honnête.

Pourquoi ces trois enfants-là et pas les autres ?

Et surtout, pourquoi son petit frère, Charles, nettement plus grand et plus costaud que ses deux compagnons de classe ?

Charles ne cadrait pas avec ce qu'Antoine savait de

Jules Romain sauf si on tenait compte de l'agression que son professeur avait subie en octobre dernier et dont Antoine était l'unique responsable.

Sournoisement, Jules Romain préparait sa vengeance. Aux yeux d'Antoine, l'intention derrière ce repas était d'une limpidité absolue.

Figé sur place, Antoine avait retenu son souffle un long moment. Le moindre frôlement de son manteau sur l'encadrement de la porte, même le bruit de ses battements de cœur, s'étaient curieusement confondus aux éclats de voix qui lui parvenaient depuis la classe. Cette cacophonie lui avait résonné aux oreilles comme le tumulte d'une fanfare jouant sans harmonie.

Puis il y avait eu un rire, posé comme un point de suspension dans la conversation.

Ce rire sirupeux, mièvre et racoleur dont monsieur Romain usait avec parcimonie, Antoine l'aurait reconnu entre mille. Il avait alors compris qu'il ne s'était pas trompé : Jules Romain préparait sa revanche.

Trois rires encore enfantins répondirent en chœur à celui du professeur. La blague devait être drôle.

Les yeux écarquillés, le souffle court, Antoine avait suivi le déroulement de cette scène dont il était le seul à saisir le sens réel. Lui aussi, il avait déjà aimé ce rire qui accompagnait l'approbation ou les flatteries. Il l'avait souvent espéré comme on souhaite une récompense. Alors, quand il avait reconnu le rire de son petit frère, tout en cascades joyeuses, répondant à celui du maître, quand il s'était rappelé que Charles avait candidement avoué à leur mère qu'il aimait bien monsieur Romain, Antoine avait senti la rage monter en lui. Son frère serait une proie facile.

Antoine s'était mordu le poing pour étouffer le cri de colère qui enflait dans sa gorge. Pantelant, il entendait distinctement les rires des trois petits garçons qui s'emmêlaient à la colère qu'il sentait battre à sa tempe et il comprenait que jamais il ne pourrait réussir à se contrôler comme le lui avait dit sa grand-mère quand il avait osé lui avouer ce qu'il avait fait à son ancien professeur. S'il fallait qu'il se retrouve seul devant Jules Romain, Antoine savait qu'il frapperait encore. Encore et encore jusqu'à être certain que ce dernier ne puisse plus jamais s'en prendre à un enfant.

Les prétextes pour entrer dans la classe lui faisant cruellement défaut, Antoine était resté tapi contre la porte le plus longtemps possible, essayant désespérément de reprendre sur lui. Quand il avait vu les enfants ranger leur boîte à goûter et replacer les pupitres, il s'était éloigné silencieusement. Ce midi-là, Charles ne craignait plus rien, car dans quelques instants, il serait temps de regagner la cour de récréation.

Curieusement, même s'il faisait trop froid pour retourner manger à la maison, il ne faisait jamais trop froid pour escamoter une récréation.

Ce fut sur cette pensée qu'Antoine s'était réfugié au parc situé à mi-chemin entre les deux écoles. Malgré le froid intense et le vent cinglant, il s'était assis sur le dossier d'un banc qui perçait la neige durcie.

La tête entre les deux mains, il avait attendu de reprendre complètement son calme avant de se diriger vers sa propre école où il avait jeté sa pomme et le sac de son sandwich avant de regagner sa classe. Il n'avait pas faim et ainsi, sa mère ne lui poserait pas de questions embarrassantes.

Ce fut à partir de ce midi-là qu'Antoine se mit à suivre son petit frère comme son ombre, sans rien dire à qui que ce soit.

Avril serait déjà un souvenir dans quelques jours. Depuis deux semaines, il faisait un temps splendide, mais Antoine ne l'appréciait pas, hormis qu'il n'avait plus froid quand il se cachait pour surveiller Charles. Il ne serait tranquille que le jour où l'année scolaire serait finie. Alors, peut-être, saurait-il trouver le repos. Peut-être. En attendant, il n'était qu'un adolescent qui avait grandi trop vite. Un adolescent dont le corps et l'âme n'arrivaient pas à oublier qu'un certain Jules Romain lui avait volé son enfance.

# CHAPITRE 2

## Québec, jeudi 8 août 1963

Cécile ne se souvenait pas avoir vécu pareil été, non seulement parce qu'il faisait particulièrement beau et chaud, mais tout simplement parce qu'elle était heureuse. Irrémédiablement, totalement heureuse, et c'était sans appel.

Cécile Dupré, née Veilleux, était rayonnante.

Depuis bientôt quatre mois, le plus beau, le plus merveilleux des bébés vivait sous son toit, et cela avait suffi à la métamorphoser, à un point tel que la tante Gisèle s'était permis d'intervenir.

— Fais attention, ma belle. Ce bebé-là, c'est pas le tien.

Une ombre avait traversé le regard de Cécile.

— Comme si je ne le savais pas, avait-elle alors murmuré, un œil attentif sur le petit garçon qui dormait à côté d'elle sur le balcon de sa tante.

Profitant d'une longue sieste de Francine, Cécile avait couché le petit Steve dans son landau et elle avait marché à pas lents jusqu'à la demeure des Breton, à quelques rues de chez elle. On était en mai, les lilas étaient en fleurs et les gens, peu pressés, étaient souriants.

— Je le sais, avait-elle répété en soupirant.

Après avoir replacé délicatement la couverture sur les épaules du bébé, Cécile s'était tournée vers sa tante.

— On dirait que tu cherches à gâcher mon plaisir. Pourquoi ?

— Gâcher ton plaisir ? Ben voyons don, toi ! C'est pas ce que je veux, avait alors protesté la tante Gisèle en s'agitant sur sa chaise, pis tu le sais, à part de ça. Je veux simplement t'éviter une peine qui serait peut-être encore plus grande que ta joie d'à présent. Cet enfant-là, y' vivra pas indéfiniment chez vous. Le jour où y' va partir, je voudrais surtout pas que tu revives ce que t'as connu dans le temps avec le p'tit Gabriel.

— Gabriel ? avait alors répliqué Cécile, elle qui ne répliquait jamais. Tu veux parler de mon frère Gabriel ? Alors, on va en parler !

Le regard de Cécile brillait derrière le paravent de

larmes qu'elle tentait de contenir. Colère ou tristesse ? La tante Gisèle n'aurait su le dire. N'empêche qu'en rappelant la naissance du petit Gabriel, elle venait de remuer quelques douloureux souvenirs dans le cœur de Cécile.

— Tu n'as pas le droit de faire un rapprochement entre ce que j'ai vécu jadis et ce qui se passe maintenant, avait poursuivi Cécile, la voix enrouée. Pas le droit. Il n'y a aucune comparaison possible. Pour moi, le souvenir de la naissance de mon petit frère restera toujours auréolé de tristesse. Rappelle-toi ! Quand je repense à tout ce que j'ai vécu au printemps 1943, je me demande encore comment j'ai fait pour ne pas en mourir ! En quelques mois, j'ai connu toute la gamme des émotions. Pour commencer, en janvier, j'ai accouché d'une petite fille que je n'ai même pas vue. C'était atroce, comme si on m'avait écharpée vive. Mais je me suis accrochée à l'idée que je me mariais bientôt avec Jérôme et que dès que ça serait fait, tous les deux, on irait rechercher notre fille. Malheureusement, entre-temps, ma mère est morte en donnant naissance à mon petit frère, ce qui voulait dire que le mariage n'aurait pas lieu au printemps comme prévu. Et si le mariage n'avait pas lieu, Jérôme devrait partir pour Valcartier. Tous nos projets tombaient à l'eau. Au désespoir de ne pas avoir ma fille auprès de moi s'ajoutait celui de voir partir l'homme que j'aimais. Alors, quand le vieux docteur Poulain m'a demandé si je pouvais allaiter le petit Gabriel pour l'aider à s'accrocher à la vie, j'y ai vu ma planche de salut. À travers l'orage qui traversait mon existence, c'était mon petit coin de ciel bleu. Un petit coin de ciel bleu que je contemplais en cachette parce que personne, à la maison, ne savait que je venais d'avoir un bébé. Personne, à part mon père et la fouine à Gérard qui avait tout deviné.

En prononçant le nom de Gérard, le visage de Cécile s'était éclairé d'un sourire fugace.

— Une chance qu'il était là, lui, d'ailleurs, avait-elle murmuré en jetant un coup d'œil sur le bébé profondément endormi. Il m'a aidée à m'occuper de Gabriel sans que les autres sachent exactement ce qui se passait.

À ce moment-là, Cécile avait poussé un profond soupir. Puis, elle avait reporté les yeux sur sa tante qui, de toute cette longue envolée, n'avait osé l'interrompre.

— S'il y a un seul point commun entre le fils de Francine et mon petit frère, avait poursuivi Cécile d'une voix tremblante, c'est l'amour que je leur porte. Mais là encore, l'amour que je ressens présentement est très différent de celui qui soutenait les liens qui m'ont unie à Gabriel bébé. Alors que j'ai aimé mon frère d'un amour ambigu, teinté de désespoir, le petit Steve, lui, je l'aime tout court! Un peu comme une grand-mère. Et pas besoin de le faire en cachette, cette fois-ci. J'ai l'impression que grâce à lui, je me réconcilie avec la vie. Bien sûr, il y a Denis que j'aime comme un fils. C'est mon fils. Mais lui, je ne l'ai pas connu bébé. Quand on l'a adopté, Charles et moi, Denis avait déjà quatre ans. Alors que Steve...

— OK, avait enfin interrompu la tante Gisèle, je comprends ce que t'essayes de m'expliquer. Pis je m'inquiétais peut-être pour rien. Mais Francine, elle, dans tout ça ? Comment c'est qu'a' réagit devant toi ?

— Francine ? C'est elle-même qui m'a dit que je ressemblais à une grand-mère. Ça la fait rire parce qu'elle dit que je suis trop jeune. Elle a même avoué que mon attitude l'aidait à voir l'avenir avec un peu de sérénité. Elle ne l'a peut-être pas dit dans ces termes-là, mais ça voulait dire la même chose.

La tante Gisèle avait poussé un profond soupir avant de hocher la tête en fixant Cécile.

— Ben tant mieux si je me suis trompée… Ouais, tant mieux. Je voulais pas être méchante, tu sais, ma belle, mais je t'ai vue pleurer tellement souvent que…

— Je sais, avait soupiré Cécile en caressant le bras flétri de sa vieille tante d'une main toute légère. Tu n'as jamais été méchante et tu as toujours été là pour moi. J'ai peut-être perdu ma mère à une époque difficile de ma vie, mais j'ai eu la chance d'en avoir une de rechange. C'est pas donné à tout le monde.

Sur ces mots, Cécile s'était redressée en inspirant profondément. Puis, elle avait posé un regard pétillant sur sa tante.

— Ne t'en fais pas, je comprends très bien tes inquiétudes. Et quoi qu'il puisse arriver, je me suis préparée à toutes les éventualités.

La légèreté du ton que Cécile avait pris contredisait curieusement la gravité des propos. La tante Gisèle avait froncé les sourcils. Cécile accepterait de gaieté de cœur que le petit Steve parte pour la crèche si Francine le décidait ainsi? Allons donc! Pourtant, la vieille dame avait préféré ne pas relever ce qu'elle considérait comme une invraisemblance.

— Ce qui veut dire, ma belle, si je te comprends bien, avait-elle souligné habilement, question de rester tout de même sur le sujet, que Francine a toujours pas pris sa décision. C'est ça, hein?

Cécile avait haussé les épaules avec une nonchalance qui semblait un peu étudiée.

— Elle n'en parle pas. Et je considère que ce n'est pas à moi d'aborder le sujet. Quand elle sera prête à le faire, je suis convaincue que Francine saura m'en parler. En attendant, toutes les deux, chacune à notre façon, on s'occupe de Steve et on l'aime. Même Denis est en extase devant lui.

— C'est pas dur d'aimer ça, un bon bebé comme lui. Regarde-le! Un vrai petit ange.

Les deux femmes tournèrent leurs regards vers le bébé qui dormait toujours aussi calmement. Tout en douceur, la conversation venait de bifurquer.

— C'est vrai qu'il est facile et si je me fie à mon intuition, ça va grandement jouer dans la réflexion de Francine. De toute façon, elle sait fort bien qu'elle peut compter sur nous. Ça aussi, ça devrait l'aider à prendre sa décision... Bon, maintenant, je dois partir avant que le petit ange ne se transforme en petit diable. L'heure de son boire approche, il va avoir besoin de sa maman.

C'est donc ainsi que Cécile avait passé un bel été sous l'œil attentif et perspicace de la tante Gisèle qui se doutait bien d'où venait cette exubérance affichée par sa nièce. Jamais Cécile n'accepterait de voir ce bébé-là repartir pour la crèche, ce qui voulait probablement dire qu'il y avait eu une longue discussion entre Cécile et son mari. Peut-être étaient-ils prêts à prendre la relève si Francine choisissait de ne pas garder son fils? Mais la tante Gisèle gardait pour elle toutes ses réflexions, se disant, avec raison, qu'il serait toujours temps d'intervenir en cas de besoin.

Astucieuse, « ratoureuse », comme l'aurait dit la tante Gisèle, et contrairement à ce qu'elle faisait habituellement en été, Cécile avait même conservé quelques jours de garde à l'urgence de l'hôpital où elle travaillait pour que Francine se sente à l'aise. Pour que Francine se sente utile, surtout, puisqu'elle s'occupait de Denis en même temps qu'elle voyait à son fils. Cécile connaissait suffisamment la jeune femme pour savoir que c'était une condition essentielle pour que cette dernière consente à rester sous son toit.

Cécile avait probablement vu juste, car le mois d'août venait de commencer et Francine n'avait toujours pas parlé de ses intentions. Pourtant, à l'instant où elle avait mis son fils au sein, chavirée, Francine s'était juré que jamais elle ne se séparerait de ce tout petit bébé qui avait bouleversé tant de choses autour de lui. Oui, depuis ce moment d'intimité entre son bébé et elle, Francine savait qu'elle ne pourrait jamais se séparer de lui, mais depuis, elle n'osait pas repenser à tout cela, encore moins en parler. L'avenir lui faisait trop peur.

La solitude lui faisait trop peur.

Malgré le confort et la relative sécurité qu'elle ressentait, Francine savait fort bien qu'elle ne pourrait rester indéfiniment chez Cécile et son mari.

Pourtant, en mettant les pieds dans sa chambre, lors de son retour de l'hôpital, un berceau tout neuf, placé devant la fenêtre, attendait son fils. Une petite commode, probablement remplie de vêtements coûteux, avait été ajoutée au mobilier, et, avant de monter à l'étage, elle avait aperçu un landau rutilant dans le hall d'entrée. Cela aurait dû suffire pour la rassurer. Des gens qui s'étaient donné la peine de voir à tout, comme Cécile et Charles l'avaient fait, ne pouvaient considérer qu'elle était une importune. Visiblement, Francine était la bienvenue. Mais si elle savait apprécier leur gentillesse, leur générosité, Francine concevait en même temps qu'elle n'était pas chez elle. Un jour, plus tard, il lui faudrait trouver un emploi et un logement. Il lui faudrait dénicher la meilleure des gardiennes pour Steve.

Il lui faudrait affronter la vie telle qu'elle l'avait choisie.

Cependant, malgré la meilleure volonté du monde, d'un matin à l'autre, Francine repoussait l'échéance de ce qu'elle voyait comme une montagne de corvées. Tous les prétextes étaient bons pour remettre au lendemain cette recherche de l'emploi idéal qui serait à la base de tout. Une fois engagée par une entreprise, Francine pourrait trouver un logement et une gardienne, pas avant. Sans travail, tout le reste était impossible.

Elle en était toujours là en ce matin du mois d'août.

Aujourd'hui, Cécile était à l'hôpital, et Francine ne pouvait s'abîmer de reproches puisqu'elle devait rester à la maison, tant pour Steve que pour Denis.

— Demain, murmura-t-elle avec lassitude tout en terminant la vaisselle du déjeuner. Promis, demain je commence à chercher. M'en vas demander à Cécile de s'occuper de Steve pis j'vas aller en ville.

Pour avoir tout de même regardé dans l'annuaire téléphonique, Francine savait qu'il y avait en bas de la ville, dans le quartier que les gens d'ici appelaient Saint-Roch et aussi à côté, dans Limoilou, quelques usines susceptibles d'avoir besoin d'une fille comme elle.

— Pis en plus, constata-t-elle à haute voix, j'ai de l'expérience. Pis j'étais bonne. Les boss d'icitte auront juste à appeler mes boss de Montréal. Y' vont leu dire, eux autres, comment c'est que je cousais ben… En autant que je me trouve une job dans une shop de confection, comme de raison… Ouais, c'est par là que j'vas commencer. Une shop de couture. Sainte bénite que j'ai hâte que ça soye faite !

Heureuse d'avoir enfin pris une décision, Francine allait quitter la cuisine pour monter à l'étage voir ce que faisait Denis, resté à jouer dans sa chambre, car une petite pluie tenace tombait depuis la veille, quand la sonnette de la porte d'entrée se fit entendre.

— Ben voyons don ! Qui c'est qui peut venir icitte par un temps pareil ? grommela-t-elle en empruntant le couloir. J'espère que c'est pas le vendeur de brosses Fuller pasque je sais jamais quoi y répondre…

Francine s'apprêtait à dire qu'elle n'avait besoin de rien en entrouvrant tout juste la porte pour jeter un coup d'œil sur le perron quand elle poussa un cri de joie.

— Bébert! Bonté divine que chus contente de te voir, toé!

Souriant d'une oreille jusqu'à l'autre, Robert Gariépy entra dans le vestibule, tout heureux de sa bonne surprise. De toute évidence, Francine était ravie de le voir.

— Salut, la sœur! Comment c'est que tu vas?

Chaque fois que son frère Robert venait la visiter, Francine redevenait la jeune femme un brin insouciante qu'elle avait été. Bébert était le lien fragile mais bien réel qui reliait entre elles les deux parties de la vie de Francine.

— Comme tu vois, j'vas ben, fit Francine en ouvrant tout grand les bras, montrant par le fait même qu'elle avait retrouvé sa taille de jeune fille. Y a pus rien qui paraît. Pis toé, comment c'est que tu vas? Pis que c'est tu fais icitte?

— Chus venu voir mon filleul!

En prononçant ces mots, Bébert avait redressé les épaules et bombé le torse. Lui, et lui seul, savait que Francine n'abandonnerait jamais son fils. Elle s'était confiée à lui, incapable de garder pour elle le tumulte des pensées et des émotions qui l'agitaient depuis la naissance du petit Steve. Il savait donc, par le fait même, que son titre de parrain n'était pas qu'une simple façade, une formalité. Il serait bel et bien le parrain du petit Steve tant et aussi longtemps que Dieu leur prêterait vie.

En fait, depuis l'annonce de sa maternité qui avait

amené son père à la chasser de la demeure familiale, Francine n'avait gardé contact qu'avec Bébert. Même Louise, sa sœur aînée, mariée depuis l'hiver, n'avait pas donné signe de vie. Elle faisait parvenir de ses nouvelles par Bébert, comme si elle craignait les foudres paternelles, même à distance. C'est pour cette raison, lorsque Cécile avait parlé du baptême de Steve, un rite incontournable, que Francine garde son fils ou pas, la jeune mère avait tout de suite pensé à Robert pour être le parrain. Quant à la marraine, le choix avait été plus délicat. Pas question de faire cet honneur à sa sœur Louise, celle-ci n'ayant même pas envoyé une petite carte pour la féliciter au moment de la naissance. Instinctivement, Francine avait alors songé à Laura, la seule véritable amie qu'elle avait gardée en quittant Montréal. Mais d'un autre côté, il y avait Cécile qui la traitait comme sa propre fille, et ce, depuis des mois. Lui demander d'être la marraine de Steve serait peut-être une bonne façon de la remercier.

Francine était tracassée, tourmentée, comme souvent lorsqu'elle avait une décision d'importance à prendre. La naissance de Steve ne l'avait pas changée à ce point ! Seule, elle n'arrivait tout simplement pas à décider. Ce fut donc Robert qui avait tranché pour elle lors de l'une de ses visites suivant de près la naissance du bébé.

— Moé, à ta place, je prendrais Laura.

En affirmant cela, Bébert avait semblé curieusement sûr de lui. Francine avait tourné vers son frère un regard chargé d'interrogations.

— Pis pourquoi tu prendrais Laura plus que Cécile ?

— Pasque Laura, tu la connais depuis toujours.

— C'est pas une raison.

— Comment ça, pas une raison? Ben au contraire, moé, je trouve que c'est la meilleure des raisons.

— Ah ouais? Va falloir que tu m'expliques ça, mon Bébert, pasque moé, j'vois pas en quoi le fait de connaître Laura depuis longtemps fait d'elle la...

— Pasque tu peux lui faire confiance.

— T'as raison, c'est vrai, pis j'ai pas dit le contraire... Mais que c'est que ça change, ça? Cécile avec, je peux y faire confiance, tu sauras.

— J'en doute pas une menute! Cécile a l'air d'une ben bonne personne. Mais une chose que tu sais pas, par exemple, c'est l'avenir.

— L'avenir?

Embrouillée par les propos de Bébert qu'elle trouvait complètement échevelés et sans logique, Francine avait haussé le ton. Installés dans sa chambre, jusqu'à maintenant, ils avaient parlé à voix basse tant pour ne pas être entendus par Cécile et sa famille que pour ne pas troubler le sommeil du bébé.

— Non, je connais pas l'avenir, avait donc répliqué Francine avec humeur, pas plus que toé, je te ferais remarquer, pis je dirais que c'est petête mieux de même pasque pour astheure, y' me fait peur, l'avenir. Mais c'est pas de ça qu'on parle, me semble... Ça fait que moé, je vois pas en quoi l'avenir te fait dire que mon amie Laura serait mieux placée que Cécile pour être la marraine de mon p'tit.

— Pasqu'y a un proverbe qui dit que le passé est garant de l'avenir pis…

— Menute, toé là ! Je te suis de moins en moins… Pis depuis quand tu connais des proverbes, Bébert Gariépy ?

— Depuis que j'ai commencé à lire.

— Commencé à lire ? Mon frère, Robert Gariépy, le gars qui a toujours haï l'école, s'est mis à lire ? Ben ça, c'est le monde à l'envers.

— Pas tant que ça…

Brusquement, Bébert avait semblé fort mal à l'aise. Mais vif d'esprit comme il était, il avait habilement ramené la discussion à son point de départ.

— Chus comme toé, Francine, j'ai pas été à l'école longtemps. Tu viens de le dire, j'ai toujours détesté ça, l'école. C'est pour ça que si je veux devenir le boss du garage, un jour, va falloir que je me déniaise. C'est Jos Morin lui-même qui me l'a dit. Ça fait que j'ai commencé à lire quand j'ai du temps de lousse. Ça t'en bouche un coin, hein, la sœur ? Toute ça pour te dire que Laura, ben, tu pourras toujours compter sur elle. Quand tu t'es amenée à Québec, a' t'a pas laissé tomber pour autant. A' l'a continué de t'appeler pis de venir te voir à l'occasion. Ça, c'est ce que j'appelle le passé. Ça veut dire que si jamais tu changeais encore de place, tu sais que tu pourras toujours te fier sur elle.

— Mettons, ouais.

— T'as pas l'air sûre, mais laisse-moé finir pis tu décideras après. L'avenir, astheure ! Mettons qu'un jour, tu t'en revenais à Montréal.

— Montréal ? M'en revenir à Montréal ? Avec le père qui m'a sacrée dehors pis...

— J'ai juste dit « mettons »... Je peux ben t'envoyer à Rimouski si tu veux. C'est pas ça l'important. L'important, Francine, c'est de te demander que si tu venais à partir de Québec, t'es-tu ben sûre que Cécile continuerait de te visiter comme Laura le ferait, elle ? C'est juste ça qu'y' faut que tu te poses comme question. Dans ta situation, c'est ça, l'important. Faudrait pas qu'en plusse de pas avoir de père, le p'tit Steve se retrouve sans marraine. C'est ça que je voulais te dire quand je te parlais d'avenir.

Visiblement, les propos de Bébert avaient visé juste. Francine semblait ébranlée.

— M'en vas y penser. T'as petête ben raison.

Soulagée d'avoir finalement compris la logique du raisonnement de Bébert, Francine avait mené une réflexion de courte durée. Au lendemain matin de cette visite de son frère, elle annonçait la nouvelle à Cécile, lui demandant, par la même occasion, si elle acceptait d'être la grand-mère de son fils, vu que la grand-mère légitime brillait par son absence. Pour Francine, c'était là une autre belle façon de faire comprendre à Cécile toute l'importance qu'elle avait dans sa vie. Et celle-ci l'avait fort bien saisi.

C'est ainsi que par un beau dimanche de juin, sous l'œil attendri de la tante Gisèle et son mari ainsi que de la famille de Cécile, Laura et Bébert, redevenu Robert pour l'occasion, avaient solennellement promis de seconder Francine dans l'éducation chrétienne de Steve Gariépy, né de père inconnu, tant et aussi longtemps que cela serait nécessaire. Informé par Cécile de la situation délicate où se trouvait Francine, le jeune vicaire, un homme plutôt progressiste, avait adapté le sermon aux circonstances.

Depuis, Bébert se faisait un devoir d'être présent le plus souvent possible. Il prenait son rôle de parrain très au sérieux, d'où cette visite imprévue ce matin.

— Comme le boss va voir sa sœur à Trois-Rivières en fin de semaine, expliqua-t-il en retirant son coupe-vent, y' m'a donné congé aujourd'hui pis demain. En plusse, y'a été assez *blod* pour me passer son char! Ça fait que me v'là! Chus venu voir mon filleul. Je peux même rester jusqu'à demain.

— C'est gentil.

— C'est sûr que chus gentil, répliqua Bébert, transformant malicieusement les mots de sa sœur à son avantage.

Francine éclata de rire, heureuse de retrouver, le temps d'une journée, cette complicité familiale qui lui manquait tant.

— Tu changeras ben jamais! Va m'attendre dans cuisine. Faut que j'aille voir ce qui se passe en haut pis je reviens te rejoindre... Mets don de l'eau dans bombe! On va se faire un bon café. Aujourd'hui, j'ai tout mon temps. Mais demain, par exemple, va falloir que...

— Que c'est qui se passe de spécial demain?

Francine se contenta d'un geste de la main en guise de réponse.

— Envoye, va dans cuisine, ordonna-t-elle en attaquant l'escalier. M'en vas toute te raconter ça quand j'vas redescendre.

Vingt minutes plus tard, mis au courant des projets de Francine, Bébert offrait gentiment ses services à sa sœur.

— Faut croire que j'avais ça dans le nez! J'ai senti à distance que t'avais besoin de moé... Comme ça, tu penses à partir d'icitte?

— J'ai-tu vraiment le choix, Bébert?

Un long regard entre Francine et son frère servit de réponse. Robert comprenait très bien ce que ressentait Francine. Pour élever son fils, elle avait besoin d'être chez elle. De toute façon, rester plus longtemps chez Cécile aurait été de l'abus.

Après tous ces mois d'incertitude et de désarroi, la vie se montra enfin clémente dès le lendemain matin. À la Dominion Corset, sur le boulevard Charest, on avait justement besoin d'une couturière d'expérience. Pour pallier l'absence de lettre de recommandation et prouver à la dame au strict chignon gris qu'elle savait de quoi elle parlait, Francine manipula la machine à coudre commerciale avec beaucoup d'aisance. L'emploi fut pour elle. On l'attendrait au lendemain de la fête du Travail.

— À six heures du matin. Pas une minute de plus, on ne tolère aucun retard.

Comme Francine n'était pas placée pour faire la fine bouche, elle accepta cette condition. N'empêche qu'une fois assise dans l'auto de Bébert, elle éclata en sanglots.

— C'est ben beau avoir trouvé une job aussi facilement, analysa-t-elle entre deux hoquets, mais comment c'est que j'vas faire, astheure, pour trouver quèqu'un qui va accepter de prendre mon p'tit aussi de bonne heure?

J'veux pas trouver une job icitte, à Québec, pour être obligée d'abandonner mon Steve pareil. Voyons don ! Ça a pas d'allure.

— Y a pas personne qui va t'obliger de laisser ton gars, tu m'entends ? Personne.

Les deux mains sur le volant, Bébert conduisait prudemment. S'il fallait qu'il brise le beau Chrysler de son patron, il s'en voudrait longtemps.

— Comment c'est que j'vas faire, d'abord ?

— On va prendre les affaires une après l'autre pis on va finir par trouver une solution. Pis la première chose à faire, je pense, c'est d'en parler à Cécile. Elle, a' connaît plein de monde à Québec. A' pourrait petête avoir une bonne idée. Pis, y' serait petête temps, avec, que tu y dises que t'as décidé de garder Steve. Tu penses pas, toé ?

Francine poussa un long soupir rempli de larmes. C'est au bout de quelques instants d'un lourd silence qu'elle avoua enfin :

— Je le sais, Bébert. Ça fait longtemps que j'aurais dû parler à Cécile. Ben longtemps. Mais j'aurais tellement voulu que toute soye réglé quand j'y parlerais. J'aurais tellement voulu qu'a' soye fière de moé, tu peux-tu comprendre ça ?

Sourcils froncés, les mains toujours soudées au volant, Bébert se contenta d'un regard furtif vers sa sœur avant de marmonner :

— Ouais, je peux comprendre ça. Pis en sacrifice à part de ça.

Ce qu'il comprenait surtout, c'est que sa sœur Francine

avait besoin, d'abord et avant tout, de se sentir fière d'elle-même.

\* \* \*

Même si la saison avait été particulièrement clémente, remplie de soleil et de chaleur, Anne ne l'avait pas vue passer. Une jeune chanteuse et animatrice de télévision avait eu besoin de remplacer son pianiste au pied levé et elle s'était tournée vers Anne, dont la renommée allait s'élargissant depuis quelques années. Par contre, madame Monique Leyrac ne chantait ni jazz ni blues, deux genres musicaux que privilégiaient Anne et son mari. La chanteuse puisait plutôt son répertoire dans les œuvres de chanteurs français et québécois, de plus en plus nombreux, sans négliger quelques airs d'opérette où sa voix et sa prestance avaient été appréciées. Anne n'avait eu d'autre choix que d'ouvrir ses horizons. Elle avait donc passé son été au piano, chez elle ou plus souvent chez madame Leyrac qui préparait un tour de chant. Fini l'époque où Anne devait partager son temps entre la musique qu'elle adorait et la procure de son mari qui l'ennuyait. Aujourd'hui, Anne Deblois se consacrait tout entière à son piano. Un disque était en préparation et madame Leyrac parlait d'une série de récitals, sans oublier l'émission de télévision qu'elle animerait à l'automne. Anne ne portait plus à terre. Son rêve le plus fou était en train de se concrétiser : elle allait enfin vivre de sa musique.

Inutile de dire que, dans de telles conditions, le projet dont lui avait parlé sa sœur Émilie et qui concernait

Antoine avait été relégué aux oubliettes, d'autant plus que ledit projet n'était que pour l'année suivante. Quand la promesse qu'elle avait faite à sa sœur lui effleurait l'esprit, Anne se promettait d'y voir dès qu'elle aurait le temps, probablement en fin d'été quand le rythme de ses journées serait un peu moins fou.

Émilie, elle, ne voyait pas la situation du même œil, loin de là ! Quand elle avait demandé à Anne d'intervenir auprès de la famille Lacaille, elle souhaitait que cela se fasse dans les plus brefs délais. On ne programme pas un vernissage à quelques jours d'avis, ni même à quelques semaines. Il faut des mois de travail patient pour préparer les toiles qui seront exposées. Mais voilà que le temps filait et qu'elle ne savait toujours pas si Antoine serait prêt. En fait, Émilie ne savait même pas s'il fallait lui dire de se préparer. Elle avait donc profité de leur rencontre familiale annuelle du 24 juin pour mettre un peu de pression sur sa jeune sœur.

— Tu m'avais promis de rencontrer la grand-mère d'Antoine le plus rapidement possible. On dirait bien que pour toi, ce n'est pas important. Ça fait déjà deux mois que tu m'as dit que...

— Essaie de comprendre, avait aussitôt rétorqué Anne, interrompant Émilie. J'aurais besoin de journées de trente-six heures pour arriver à tout faire !

Cette année, toute la famille était réunie chez Charlotte, la seule des trois sœurs qui avait eu le temps de voir aux préparatifs de cette réunion devenue un incontournable chez les Deblois.

Le jardin des Leclerc, déjà splendide de fleurs et arbustes en tous genres, s'enorgueillissait, depuis un an, d'une piscine aux eaux invitantes. Tous les enfants de la famille, tant ceux d'Émilie que la plus jeune des filles de Charlotte, la petite Clara, s'amusaient ferme sous les conseils affectueux de leur oncle Jason, venu de son Connecticut natal pour participer à la fête. Blanche, la mère des trois sœurs Deblois, s'était retirée à l'ombre des érables, tout au fond de la cour. Telle une reine douairière, elle promenait son regard critique sur la foule bigarrée et joyeuse qu'elle semblait contempler de haut tout en parlant avec son frère René, devenu un vieil homme aujourd'hui. Plus près de la maison, sur la terrasse, Raymond Deblois et sa compagne, Antoinette, discutaient avec leur petite-fille Alicia et son amie Laura, invitée une fois de plus à se joindre à la famille. Quant aux deux gendres, Jean-Louis Leclerc et Marc Lavoie, ils étaient à la cuisine à préparer les viandes qui seraient grillées pour le souper. Heureuse d'avoir toute sa famille auprès d'elle, Charlotte allait d'un groupe à l'autre. Seule mamie Deblois, sa grand-mère paternelle, n'avait pu faire le voyage. Son grand âge lui interdisait désormais la plupart des déplacements, et le Connecticut, où elle s'était installée il y a quelques années pour vivre auprès de son fils Raymond, était désormais trop loin pour qu'elle puisse revenir à Montréal comme elle aimait tant le faire quand revenait l'été. Néanmoins, elle avait promis d'appeler à l'heure du souper pour saluer tout le monde.

Émilie et Anne s'étaient retirées près du potager où

quelques légumes pointaient hardiment du sol. Devant la pitoyable excuse d'Anne pour expliquer son absence de collaboration, Émilie avait haussé les épaules en levant les yeux au ciel.

— Manquer de temps, c'est l'histoire de ma vie, ma pauvre fille ! Ça fait des années que j'essaie de trouver une solution pour étirer les journées sans y parvenir ! Et je n'en fais pas tout un plat comme toi. Alors, à ton tour d'essayer de comprendre. J'ai besoin d'une réponse claire et précise avant de parler à Antoine, et tu sais comme moi que je ne connais pas ses parents comme toi, tu les connais. On ne parle pas d'une exposition en ville, ici à Montréal ; on parle de Paris, Anne ! C'est pour ça que j'ai besoin de toi. Je ne voudrais pas créer des attentes et des rêves si la famille d'Antoine n'est pas prête à endosser le voyage. Même si Antoine semble être plus détendu depuis une semaine et que mon projet n'est peut-être plus aussi essentiel pour son bien-être — mais encore là, je ne suis pas certaine —, il reste que ce vernissage peut lui ouvrir bien des portes et que ça me semble quasi essentiel pour sa carrière.

Anne avait alors promis d'y voir... avant de se retrouver emportée dans un tourbillon de répétitions et d'enregistrements en studio qui eurent raison de ses meilleures intentions. Quand Anne revenait enfin chez elle, la soirée tirait à sa fin. Souvent, elle partait à l'aube. Elle ne se voyait pas remonter la rue pour aller frapper chez les Lacaille à une heure aussi indue. D'un jour à l'autre, elle remettait donc la rencontre, se promettant d'y voir avant la fin de la semaine. Quand il lui arrivait de rester chez elle et que le temps permettait une promenade, invariablement, Évangéline Lacaille passait devant chez elle, mais tout aussi invariablement, elle était accompagnée de sa sœur. L'escalier menant chez Anne étant plutôt étroit, il était impossible d'y faire monter le fauteuil roulant d'Estelle, et comme Anne ne se voyait pas en train de discuter d'un sujet aussi important sur le trottoir, elle remettait encore une fois sa rencontre. C'est ainsi que le mois d'août était arrivé et qu'Anne n'avait toujours pas parlé à la grand-mère d'Antoine. Quoi que puisse en penser Émilie, Anne ne connaissait pas la famille Lacaille beaucoup plus qu'elle. Son seul lien avec ces voisins du bout de la rue était Évangéline. C'est à elle qu'Anne pouvait parler, à personne d'autre.

Arriva enfin le jour où madame Leyrac décida qu'il était temps de se reposer. Elle-même quittait Montréal pour une semaine de repos dans Charlevoix, à La Malbaie. Anne pouvait donc disposer de cette semaine pour se changer les idées.

— Profitez-en bien, chère Anne. L'automne promet d'être chargé.

Elle ne pouvait si bien dire. Anne allait effectivement en profiter pour faire tout ce qu'elle remettait à plus tard, faute de temps, et rencontrer Évangéline Lacaille était sa priorité numéro un quand elle aurait dépoussiéré sa maison. Ce qu'elle fit en un tournemain dès le lundi matin. N'ayant jamais été portée sur les tâches ménagères, Anne se contenta d'un rapide coup de plumeau suivi d'un bon balayage des planchers.

— Parfait, lança-t-elle à voix haute après un bref regard autour d'elle. Ça peut aller. De toute façon, quand elle vient ici, madame Lacaille n'a d'yeux que pour le piano.

Anne était déjà dans la cuisine pour ranger le balai.

— Je vais l'appeler pour l'inviter à venir entendre mon nouveau répertoire. Comme je la connais, madame Lacaille devrait aimer ça.

Évidemment, la vieille dame ne se fit pas tirer l'oreille.

— Comme ça, vous avez un nouveau répertoire ? demanda-t-elle avec une bonne dose d'interrogation dans la voix.

— Tout à fait. Depuis quelques mois, j'accompagne une nouvelle chanteuse. Même qu'avec un peu de chance, vous devriez me voir à la télévision cet automne.

— Vous ? On va vous voir dans la tivi ? Cré maudit, on rit pus... Pis, si je comprends ben, vous aimeriez ça avoir mon avis sur votre nouvelle musique ?

— Exactement.

— Ben c'est toute un honneur que vous me faites là, madame Anne.

À l'autre bout de la ligne, la voix rocailleuse semblait pleine de sourires.

— C'est ben certain que j'accepte votre invitation. Si ça dérange pas, par exemple, je serais chez vous vers une heure et demie, rapport que c'est l'heure de la sieste de ma sœur. Comme ça, on pourrait prendre notre marche après, elle pis moé.

— Parfait ! Une heure et demie, ça me convient tout à

fait. Pas besoin de sonner, je serai dans le salon. Vous n'aurez qu'à entrer.

C'est ce que fit Évangéline, deux heures plus tard, ponctuelle comme une horloge. Par la fenêtre grande ouverte, elle avait reconnu la mélodie de l'une de ces nouvelles chansons que sa petite-fille Laura appréciait particulièrement. Une chanson de chansonnier, comme Laura le lui avait expliqué. Intimidée d'être entrée sans frapper, Évangéline toussota pour attirer l'attention. Plaquant un dernier accord, Anne se tourna enfin vers elle, toute souriante.

— Madame Lacaille! Si vous saviez comme je suis contente de vous voir. Ça faisait une éternité, non?

— Comme vous dites!

Évangéline regarda tout autour d'elle, visiblement heureuse d'être chez madame Anne, comme elle s'entêtait à l'appeler. Puis, elle revint à la pianiste.

— C'est vrai que ça fait un bail que chus pas venue vous voir. Mais que c'est vous voulez? Avec ma sœur qui demande des soins durant la journée pis avec mon fils Adrien pis sa p'tite Michelle qui vivent avec nous autres depuis betôt un an, j'ai moins de temps qu'avant. Mais ça veut pas dire que je pense moins souvent à vous pour autant... Vous le savez que ça me fait ben gros plaisir de vous entendre jouer du piano.

— Et moi, ça me fait toujours plaisir de jouer pour vous... Allez, venez vous asseoir, on va commencer.

Quand, une heure plus tard, Anne laissa s'échapper au bout de ses doigts les dernières notes de *La légende du cheval blanc* de Claude Léveillée, seuls les trilles d'un oiseau troublèrent le silence qui avait envahi son salon. Se retournant, Anne aperçut Évangéline qui avait fermé les yeux et du bout du doigt, continuait de battre la mesure d'une musique qu'elle était seule à entendre. Puis, elle ouvrit lentement les yeux et constatant qu'Anne l'observait, amusée, elle esquissa son curieux sourire qui ne retroussait qu'un coin de ses lèvres.

— C'est ça, moquez-vous de moé !

— Mais pas du tout ! Je me disais simplement que c'est rare de rencontrer quelqu'un d'aussi passionné de musique que vous. Ça fait plaisir à voir !

— C'est vrai que j'aime ben ça. Me semble que toute va mieux quand y a de la musique autour de nous. De la belle musique. Vous trouvez pas, vous ?

Anne ouvrit les mains sur sa jupe.

— Pourquoi pensez-vous que je sois devenue pianiste ? répliqua-t-elle, malicieuse.

— C'est ben ce que je me disais, avec. Dans un sens, on se ressemble, vous pis moé. Quand on aime de quoi, c'est pas à moitié. Pis je dirais qu'Antoine avec, y' nous ressemble. La peinture, c'est aussi une autre façon de rendre la vie plus belle. Quand y' dessine, mon Antoine, y' oublie tout le reste. Lui avec, c'est un passionné, comme vous dites.

Heureuse d'entendre Évangéline mentionner le nom d'Antoine, Anne se dépêcha d'enchaîner sur le même sujet.

— Vous avez tout à fait raison… Et justement, en parlant d'Antoine, j'aimerais bien avoir de ses nouvelles.

Tout comme vous, ça fait une éternité que je ne l'ai pas vu.

Curieusement, Évangéline reporta les yeux sur ses mains qui trituraient un pli de sa jupe.

— Antoine ? Y' va ben.

Devant l'attitude un peu troublante d'Évangéline, Anne se rappela les paroles d'Émilie qui était persuadée que son jeune pupille avait des problèmes.

— Ah oui ?

— Ouais… On dirait que vous me croyez pas.

— Mais non, voyons. C'est juste que durant l'hiver, les quelques fois où je l'ai vu passer devant chez moi, il semblait triste ou préoccupé. J'ai dû me tromper.

— Ah ça !

De toute évidence, Évangéline ne semblait pas à l'aise. Elle savait qu'Anne avait toujours eu l'œil pour décortiquer les émotions d'Antoine et elle ne pouvait se permettre de donner des détails qui ne lui appartenaient pas. Anne n'avait pas à savoir le calvaire qu'il avait vécu l'hiver dernier quand son petit frère Charles s'était retrouvé dans la classe de monsieur Romain. Volontairement, Évangéline se fit évasive tout en levant la tête vers Anne.

— Mettons que durant l'hiver, y' a passé un boutte plus dur. Vous avez pas tort. Mais c'est fini, astheure. Ben fini. Vous savez, c'est pas toujours facile de grandir.

— C'est vrai. Je me souviens que j'ai trouvé ces quelques années-là assez pénibles, merci… Comme ça, Antoine va bien ? Je suis heureuse de l'entendre. Et d'après ce que vous avez dit tout à l'heure, il aime toujours autant dessiner et peindre.

— Pour aimer ça, y' aime ça…

— Autant qu'avant ?

— Autant qu'avant ? Qu'avant quoi ? Mais coudon, vous ? Pourquoi c'est faire que vous me posez toutes ces questions-là à propos d'Antoine ? Je me trompe ou ben vous avez quèque chose en arrière de la tête ?

À ces mots, Anne éclata de rire.

— Ça serait plutôt ma sœur qui aurait quelque chose en arrière de la tête, comme vous le dites si bien. Laissez-moi vous expliquer.

En quelques mots, Anne résuma la situation.

Au printemps suivant, en mai, pour être vraiment précis, à la demande d'un propriétaire de galerie d'art, Émilie exposerait certaines de ses toiles à Paris. Émilie voyait dans cette proposition une espèce de retour aux sources et elle en était très heureuse.

— Je l'ai toujours dit, que votre sœur, c'était une grande artiste, interrompit Évangéline. J'ai vu ses peintures rien qu'une fois, quand chus allée chez elle avant qu'Antoine commence ses cours. Mais on a juste à les regarder une fois pour s'en rappeler. Comme ça, votre sœur va s'en aller à Paris ?

— Oui, au printemps prochain.

— Est ben chanceuse. Mais ça fait que mon Antoine va avoir un congé de cours de peinture… Au printemps, c'est pas si pire. Au moins y' fait beau pis on peut se trouver ben des choses à faire dehors. Mais chus pas sûre que ça va y faire plaisir.

— Et si je vous disais qu'il pourrait employer son

congé à visiter Paris, pensez-vous qu'il serait un peu moins déçu ?

— À visiter Paris ? Chus pas sûre de ben comprendre, moé là… C'est votre sœur Émilie qui va à Paris, pas Antoine. Y' est ben que trop jeune pour ça.

— Et si j'ajoutais que malgré son jeune âge, les peintures d'Antoine plaisent au propriétaire de la galerie ? Si je vous disais aussi que ce même propriétaire aimerait en exposer quelques-unes, est-ce que vous trouveriez qu'Antoine est toujours trop jeune ? Il y a un dicton qui dit que…

Tandis qu'Anne alignait toutes ces suppositions, Évangéline fronçait les sourcils avec une telle intensité qu'on ne voyait plus ses yeux. D'une main impatiente, elle tapa sur l'accoudoir du fauteuil, coupant la parole à Anne.

— Bon, ça suffit ! Comme le dirait mon fils Marcel, vous allez arrêter de parler en paraboles, ça m'énerve. Je pense que j'ai compris pis en même temps, chus pas sûre pantoute que ça a de l'allure, ce que j'ai compris. Ça fait que, avant d'aller plus loin, vous allez toute me répéter ça ben comme faut, dans un langage que j'vas comprendre.

— C'est très simple, madame Lacaille. Au printemps prochain, en mai 1964, votre petit-fils Antoine est invité par un propriétaire de galerie à se rendre à Paris pour exposer certaines de ses toiles.

— Antoine ? Mon Antoine ? Vous êtes ben certaine que vous vous trompez pas, vous là ?

— Je suis tout à fait certaine. Votre Antoine est le seul Antoine que je connais.

— Ben voyons don, vous! Comment ça se fait, d'abord, qu'y' m'en a pas parlé? D'habitude, Antoine, y' me dit toute.

— S'il n'en a pas parlé, c'est tout simplement qu'il ne le sait pas encore. Ma sœur voulait être bien certaine que sa famille serait d'accord avec le projet avant de lui en parler.

— Ben voyons don, vous!

Évangéline était à court de mots, elle qui, habituellement, n'avait pas la langue dans sa poche.

— Un Lacaille qui montrerait ses peintures à Paris… J'en reviens pas. Pis, si j'ai ben compris, y' faudrait qu'Antoine accompagne ses peintures. C'est ben ça?

— Exactement. C'est la seule condition imposée par le propriétaire. Ma sœur lui a envoyé des photos et il a bien aimé ce qu'Antoine fait. Mais en même temps, il dit que s'il est présent, ça va attirer beaucoup de gens. Comme Émilie me l'a dit, c'est peut-être là une occasion en or pour Antoine. C'est exceptionnel qu'un jeune comme lui puisse…

— Pour être exceptionnel, c'est exceptionnel, interrompit Évangéline, une autre fois. M'as dire comme vous, madame Anne… C'est pas des maudites farces, Antoine à Paris… Ça veut-tu dire, par la même occasion, que les peintures qu'y' fait sont bonnes? Nous autres, à la maison, on les voit pas, rapport que c'est ben que trop gros pour les ramener en autobus.

— Je n'y connais pas grand-chose, moi non plus, mais à mon avis, c'est exactement ce que ça veut dire.

— Ben laissez-moé vous dire que samedi prochain,

Bernadette pis moé, on va aller chez votre sœur Émilie. Si ça la dérange pas, comme de raison.

— Ça ne dérangera pas, bien au contraire. Elle espère cette visite ou, à tout le moins, un appel. Par contre, je ne voudrais pas qu'Antoine se fasse de fausses joies. Un voyage en Europe, c'est quand même assez dispendieux. C'est un peu pour cette raison qu'Émilie voulait que je vous parle en premier lieu.

Évangéline approuva d'un vif hochement de la tête.

— C'est ben délicat de sa part. Vous pourrez y dire, à votre sœur, que j'apprécie sa façon de faire. C'est vrai qu'un voyage dans les vieux pays, c'est toute une aventure.

— Vous avez raison. Non seulement c'est loin, c'est aussi assez dispendieux.

Évangéline détestait que l'on puisse penser qu'elle était pauvre. Le but premier de sa vie, après l'éducation de ses deux garçons, avait été de prouver le contraire. Elle balaya donc l'objection du bout des doigts.

— Faites-vous-en pas pour ça, madame Anne. On n'est pas millionnaires dans la famille, mais on sait se tenir. M'en vas passer le chapeau si y' faut pis quêter à la porte de l'église. Mais avec un peu de chance, on devrait pas en arriver là... C'est sûr que c'est pas à moé de prendre la décision finale. C'est à Marcel pis Bernadette — c'est eux autres, les parents d'Antoine —, mais j'ai l'intuition qu'y' seront pas contre l'idée.

Évangéline était déjà debout.

— Si ça vous blesse pas trop, madame Anne, je partirais tusuite. Je sais ben que c'est pas poli de s'en aller comme un voleur, mais je pense que Bernadette est à maison après-midi, pis j'ai ben hâte d'y parler de toute ça. A' va être ben fière de son gars, je vous dis rien que ça...

Évangéline était déjà à la porte. Elle se retourna un instant pour saluer Anne.

— Merci ben gros pour l'heure de musique. Astheure que vous m'avez toute dit ça, je me doute un peu que c'était pas juste pour la musique que vous m'avez invitée, mais c'est pas grave. Des belles nouvelles de même, ça fait toujours plaisir à entendre. Pis vous êtes toujours aussi bonne avec votre piano même si moé, j'aime mieux votre autre sorte de musique. Donnez-moé une couple de jours pis m'en vas vous revenir sur le voyage à Paris. En attendant, je m'en vas drette-là jusqu'à maison.

Sans attendre de réponse, Évangéline ouvrit la porte. Les derniers mots qu'Anne entendit ne s'adressaient pas à elle.

— Viarge que chus contente pour Antoine, lança Évangéline en refermant la porte. Pis j'ai-tu hâte un peu de raconter ça à ma sœur. A' n'en reviendra pas, c'est sûr.

Bernadette non plus n'en revint pas après qu'Évangéline lui eut fait part de la demande de madame Émilie, demande arrivée par l'entremise de madame Anne.

— Vous êtes ben sûre d'avoir toute compris ben comme y' faut, la belle-mère? Me semble que ça se peut pas.

— C'est ce que je me suis dit, moé avec, en premier, crains pas. Ça fait que madame Anne a toute ben répété pour moé. Je m'étais pas trompée, Bernadette. Notre

Antoine fait de la belle job avec ses pinceaux pis madame Émilie pense que ça serait ben important pour lui de montrer aux autres ce qu'y' sait faire. T'aurais-tu pensé à ça, toé, quand y' barbouillait ses feuilles à deux ou trois ans ?

Bernadette lança un regard offusqué à Évangéline.

— Comment ça, barbouiller ? Rappelez-vous ! À deux ans, Antoine dessinait déjà comme faut. Ses bonshommes, y' avaient l'air des vrais bonshommes. On avait pas besoin de se forcer pour comprendre ce qu'y' avait dessiné. C'était pas juste des taches, son affaire, comme Laura pis Charles faisaient à son âge.

— Choque-toé pas, Bernadette. Je le sais qu'Antoine a toujours été bon. Je disais ça comme ça, juste pour montrer qu'on sait jamais ce qui nous pend au bout du nez.

— Mettons, ouais.

Évangéline choisit de ne pas relever le manque d'enthousiasme de Bernadette même si elle ne comprenait pas la réaction de sa belle-fille.

— Ça fait qu'astheure, faut prendre une décision, ajouta donc Évangéline tout en accrochant son chandail derrière la porte.

Elle força un peu la note et se retourna face à Bernadette, affichant un large sourire.

— On a-tu les moyens de nos ambitions, comme y' disent ? demanda-t-elle pour la forme, sachant fort bien qu'elle puiserait dans ses réserves au besoin. On a-tu assez d'argent pour envoyer notre Antoine dans les vieux pays ?

Assise à la table de cuisine, Bernadette repoussa toute

la paperasse qu'elle était en train de remplir quand Évangéline était entrée en coup de vent dans la pièce.

— Y' a pas juste ça, la belle-mère. Faut aussi se demander si on a envie de voir Antoine partir loin de même... Pas sûre, moé, que ça me tente. Pis ça serait quand, encore, c'te voyage-là ?

— Au printemps prochain, précisa Évangéline tout en se tirant une chaise pour s'asseoir devant Bernadette. Au mois de mai, d'après ce que j'ai compris. Pis inquiète-toé pas, y' serait pas tuseul. Madame Émilie serait avec lui.

— Madame Émilie, madame Émilie... Je la connais pas, moé, c'te femme-là, ronchonna Bernadette. J'y ai parlé deux fois dans toute ma vie. La première, c'est quand Antoine a eu sa grosse grippe pis qu'y' a pas pu aller à son cours. Pis la deuxième, c'est elle qui m'a appelée pour me remercier, rapport que j'y' avais fait envoyer un pot de marinades par Antoine à Noël dernier.

— Tu vois que c'est quèqu'un de bien !

— C'est pas un p'tit merci pour un pot de cornichons qui peut m'aider à me faire une opinion, vous saurez. N'empêche que c'est toute une nouvelle que vous m'apportez là.

De toute évidence, Bernadette avait de la difficulté à faire le tri dans ses émotions. Évangéline se hâta de l'approuver.

— C'est sûr que c'est toute une nouvelle. Pis toute un honneur pour notre Antoine.

— Petête, ouais.

— Comment ça, petête ? Moé qui pensais que t'allais être ben fière de ton gars.

Bernadette leva un regard sombre, rempli de reproches.

— Chus fière d'Antoine, allez pas penser le contraire pis faites-moé pas dire ce que j'ai même pas pensé. Bâtard, la belle-mère! Ça vous inquiète pas, vous, de savoir que notre Antoine pourrait se retrouver au boutte du monde, tuseul, avec une quasi-étrangère?

— Faut quand même se dire que la quasi-étrangère, c'est la sœur de madame Anne, une ben bonne personne.

Comme si le geste lui coûtait, Bernadette approuva d'un lent hochement de tête.

— Ouais, c'est vrai... finit-elle par acquiescer. Pis madame Émilie, c'est aussi la sœur de madame Charlotte Leclerc, la femme du docteur qui s'occupe de la p'tite Michelle. Elle avec, c'est une ben bonne personne.

— Tu vois!

Bernadette resta un long moment silencieuse. Puis, levant la tête, son inquiétude éclata.

— Non, je vois rien en toute. Pis savez-vous pour-quoi?

La patience d'Évangéline n'avait jamais pu revendi-quer le terme de « vertu ». Devant ce qui lui semblait de la mauvaise foi, elle éclata à son tour.

— Non, je sais pas pourquoi, rapport que moé, je trouve que c'est une saprée bonne nouvelle, lança-t-elle d'une voix plus rauque que jamais, pleine d'exaspération. Pis tu sauras que moé, chus ben fière de mon p'tit-fils qui fait des beaux dessins.

— Ah ouais? Vous savez ça, vous, qu'Antoine fait des

peintures assez belles pour les montrer jusqu'à Paris ?

— Ben…

L'agacement d'Évangéline tomba d'un coup. Elle venait de comprendre où Bernadette voulait en venir.

— C'est vrai qu'à part les dessins qu'Antoine fait icitte pis que je trouve dans sa chambre quand je fais du ménage, j'ai pas vu grand-chose, admit-elle plus calmement. Mais me semble qu'on peut se fier à madame Émilie, non ?

— Vous petête, mais pas moé. J'ai besoin d'être sûre qu'on mène pas mon gars en bateau. Je veux pas qu'y' soye déçu une fois rendu à l'autre boutte du monde. Si jamais y' était malheureux, pour une raison ou ben une autre, j'vas être ben que trop loin pour l'aider. Pis en plus, chus curieuse de voir ce qu'y' sait faire. Pas vous ?

— C'est sûr.

À son tour, Évangéline sembla songeuse durant un bref moment.

— C'est pas fou, ton idée, de vouloir voir les peintures d'Antoine.

— Me semble que c'est la première chose à faire. Pis c'est pas toute. Si je reste de même à jongler à toute ça, sans trop savoir pourquoi madame Émilie a proposé c'te voyage-là à mon garçon, Marcel va s'en rendre compte. Y' est pas battable pour deviner quand je file pas. Pis y' est pas battable, non plus, pour me sortir les vers du nez. C'est sûr que si y' décide de me faire parler, m'en vas finir par craquer pis j'vas toute y' dire. Mais comment c'est que j'vas trouver les arguments pour le convaincre de laisser partir son gars si je sais même pas de quoi je parle? On a beau dire n'importe quoi, pis savoir, vous comme moé, que la décision va se prendre en famille, Marcel a son mot à dire là-dedans. Son gros mot. Pis vous savez comme moé que, quand on parle d'Antoine, Marcel est jamais facile à prendre. Y' a jamais trouvé ça ben important, lui, les dessins pis la peinture de son fils. Va falloir que ça soye beau en verrat pour que Marcel accepte c'te voyage-là. Pis va falloir, avec, qu'y' aye pas une cenne à dépenser. Depuis qu'y' a acheté son char neuf, y'est pas parlable quand y' s'agit d'argent.

Essoufflée d'avoir tant parlé, Bernadette se tut brusquement devant une Évangéline visiblement ébranlée par le discours de sa belle-fille.

— Tant qu'à ça...

Bernadette profita de l'apparente indécision d'Évangéline pour continuer.

— Vous voyez ben que j'ai raison. Pis comme je me connais, j'ai pas envie d'arrêter de vivre à cause de ça, j'ai pas le temps. Je le sais que tant que j'en aurai pas le cœur net, m'en vas juste penser à ça. Ça fait qu'on va régler c't'histoire-là tusuite!

— Tusuite?

— Ouais. En autant que madame Émilie est chez elle, c'est après-midi qu'on va savoir de quoi y' ont l'air, les peintures d'Antoine. Après, on pourra se faire une opinion.

Bernadette était déjà debout.

— Le temps d'appeler Marie pour y demander de

garder mon Charles jusqu'au souper, pis j'appelle madame Émilie. Dans une demi-heure au plusse, on devrait être là. En char, c'est pas trop loin.

— Quand tu dis « on », Bernadette, ça veut-tu dire que t'aimerais que je soye là ?

— C'est ben certain. On sera pas trop de deux pour voir clair dans tout ça. Pis pas trop de deux, non plus, pour convaincre Marcel.

— Ben, dans c'te cas-là, je m'en vas aller dire à ma sœur qu'on va remettre notre marche à ce soir, après le souper. Quand tu seras prête, tu viendras me chercher en bas.

— C'est ben correct de même. Le temps de faire mes téléphones, de me changer, pis j'arrive. Si jamais madame Émilie était pas là, j'vas vous appeler pour vous le dire pis vous pourrez aller vous promener.

Mais madame Émilie était chez elle, et c'est avec grand plaisir qu'elle attendrait les visiteuses. De plus, elle comprenait fort bien la curiosité de Bernadette.

— Comme mère, je partage votre inquiétude. Moi non plus, je ne laisserais partir aucun de mes enfants sans savoir de quoi il retourne. Venez ! Vous êtes la bienvenue.

Ces quelques mots échangés au téléphone permirent à Bernadette de commencer à se faire une idée sur celle qui accompagnerait son fils, si jamais Antoine partait, bien entendu. De cela, Bernadette était loin d'être convaincue.

Or, quand elle arriva devant la demeure d'Émilie, elle tomba aussitôt sous le charme de cette petite maison à lucarnes, peinte en blanc et marine.

— Bâtard! C'est ben beau, c'te maison-là. On dirait celle de votre amie la musicienne, mais en plus doux.

— Je te l'avais dit, Bernadette. Madame Émilie est une femme qui a ben du goût. Attends de voir ses peintures, astheure.

Ces quelques mots brisèrent aussitôt le charme et ramenèrent Bernadette à ce qui la préoccupait.

— C'est pas ses peintures à elle que je veux voir, déclara-t-elle d'une voix qui ne tolérerait aucune riposte. C'est celles de mon garçon Antoine. Amenez-vous, la belle-mère, c'est astheure qu'on va savoir.

Émilie avait préparé l'atelier. Sur les chevalets, elle avait installé les plus belles toiles d'Antoine. Comme dans toute exposition, elle savait que c'est souvent le premier coup d'œil qui fait toute la différence.

Ce fut le cas. Dès que Bernadette entra dans la pièce, son regard fut attiré par la toile qu'Antoine avait faite de mémoire et qui représentait la maison d'Anne. Placée en évidence sur le premier chevalet, elle dégageait une douceur qui subjugua Bernadette.

— Vous viendrez toujours ben pas me dire que c'est mon gars qui a fait ça, murmura-t-elle en approchant à pas lents.

— C'est bien lui.

— Pas tuseul, quand même! Vous avez ben dû l'aider, non? demanda-t-elle, visiblement sceptique.

— Pas vraiment. Je lui ai juste montré comment faire la neige qui tombe, mais c'est lui qui l'a ajoutée quand il s'est senti assez sûr pour le faire. Pour le reste, Antoine a travaillé seul, du dessin jusqu'au dernier coup de pinceau.

— Ben voyons don, vous.

Bernadette se retourna vers Évangéline.

— Avez-vous vu ça, la belle-mère ? C'est Antoine tuseul qui a faite c'te belle peinture-là. On dirait une carte de Noël, avec la neige qui tombe… J'en reviens pas.

Jamais Bernadette n'aurait pu imaginer qu'un jour, elle serait aussi fière de son fils. Certes, il ne l'avait jamais déçue, mais en ce moment, ce qu'elle ressentait allait bien au-delà d'une fierté normale de parent devant son enfant. Bernadette était émue, comme souvent on peut l'être devant quelque chose qui nous dépasse ou nous éblouit.

— J'en reviens pas, répéta-t-elle avant de se tourner franchement vers Émilie. Pis, y' en a-tu faite d'autres, des peintures comme celle-là ?

— Quelques-unes. Regardez autour de vous. Toutes les toiles posées sur les chevalets sont celles d'Antoine. Je vais vous laisser les regarder à votre aise. Quand vous aurez terminé, vous viendrez me rejoindre à la cuisine.

Une heure plus tard, Évangéline et Bernadette quittaient la maison d'Émilie. Avec une infinie précaution, Bernadette déposa la toile de la maison en hiver sur la banquette arrière de l'auto et referma doucement la portière.

— Ayez pas peur, j'vas y faire ben attention, promit-elle une seconde fois en regardant Émilie restée sur le perron. Mais j'en ai besoin pour convaincre mon mari Marcel de la nécessité de payer un voyage comme celui-là à notre garçon. Donnez-moé une couple de jours, pis je vous rappelle.

Sans la moindre discussion, Bernadette et Évangéline s'entendirent pour installer la toile sur le mur au-dessus de la télévision.

— Comme ça, c'est sûr que Marcel pourra pas la rater.

Assise dans le fauteuil que Marcel occupait toujours, Évangéline évaluait la situation.

— Ouais, Marcel pourra pas faire autrement que de la voir. Pis de l'aimer… Viarge, qu'a' l'est belle !

Debout près de sa belle-mère, Bernadette approuva d'un vigoureux hochement de tête.

— C'est sûr qu'a' l'est belle… Bon, c'est ben beau toute ça, mais moé, astheure, m'en vas préparer un bon souper. Juste des affaires que Marcel aime. Comme ça, quand y' va venir s'assire dans le salon pour écouter ses programmes, y' va être de bonne humeur. Avec lui, y' vaut mieux mettre tous les atouts dans notre jeu. M'en vas aller voir dans le jardin si y a des blés d'Inde de prêts. Ouais, c'est une bonne idée. Avec ça, je serais sûre de faire plaisir à Marcel.

# CHAPITRE 3

*« Chariot, Chariot, si tu veux de moi*
*Pour t'accompagner au bout des jours*
*Laisse-moi venir près de toi*
*Sur le grand chariot de bois et de toile*
*[…]*
*La plaine, la plaine, la plaine*
*N'aura plus de frontière*
*La terre, la terre, sera notre domaine*
*Que j'aime, que j'aime*
*Ce vieux chariot qui tangue*
*Qui tangue, qui tangue… »*

*Chariot*
PÉTULA CLARK

## Montréal, samedi 16 novembre 1963

Cela faisait au moins une semaine que Bébert caressait l'idée. Une semaine de véritable supplice, lui qui n'était ni habile ni à l'aise avec les mots. Pourtant, depuis quelques mois, ce n'était pas faute d'essayer !

Le moindre instant de liberté était dorénavant consacré à la lecture. Fraîchement abonné à la bibliothèque municipale, Bébert écumait les rayons surchargés à la recherche de livres susceptibles de lui ouvrir de nouveaux horizons, d'élargir son vocabulaire, de compléter son instruction. Premier surpris, il devait admettre qu'il ne trouvait pas cela si difficile ni même désagréable. Bien sûr, il avait dû y sacrifier quelques belles heures de son été, alors qu'habituellement, il aimait bien lancer la balle avec ses copains le soir après le souper. Il s'était aussi privé de ses séances hebdomadaires de cinéma, avait renoncé temporairement à s'attabler régulièrement à la taverne du coin et s'était délesté de quelques dollars pour l'achat d'un dictionnaire, mais tant pis.

À ses yeux, le but en valait la peine.

Et ce but, qui portait habituellement, et fort gracieusement d'ailleurs, une jupe et un chemisier du dernier cri, Bébert le voyait passer tous les matins devant chez lui. Ce but qu'il s'était fixé parlait comme une grande dame depuis qu'il avait décidé de fréquenter l'université et il était beau comme une apparition, dérangeant comme une démangeaison.

Le but que Bébert s'était fixé à son corps défendant, il faut cependant le dire, s'appelait Laura.

Bien entendu, il ne l'aurait jamais avoué, même sous la torture. Un Robert Gariépy, ridiculement surnommé Bébert depuis sa naissance, ne pouvait s'enticher d'une Laura Lacaille qui préférait, et de loin, si on se fiait aux apparences, les études aux garçons. De toute façon, et depuis des lustres, jamais un Gariépy digne de ce nom n'aurait eu la curieuse idée de fréquenter une Lacaille.

Évangéline veillait au grain.

Mais peu importait à Bébert. Le défi d'arriver à amadouer l'irascible Évangéline Lacaille ajoutait à son plaisir de préparer l'avenir. Son avenir. Un homme amoureux pouvait soulever des montagnes — il l'avait lu récemment dans un gros bouquin —, et c'est exactement ce qu'il s'apprêtait à faire. En attendant, il laissait croire que son récent entichement pour la lecture se voulait une réponse aux attentes de Jos Morin, son patron et mentor en mécanique de tout genre. Quiconque, un tant soit peu vigilant, aurait aisément compris que l'imagination d'un Jos Morin n'aurait jamais pu élaborer toute seule une telle exigence. Cependant, Bébert se montrait tellement convaincant que tout le monde autour de lui, y compris ses parents, n'y voyait que du feu.

Dans les faits, si Bébert s'était brusquement découvert une attirance irrépressible pour la lecture, c'était tout simplement pour se sentir à la hauteur de Laura. Sans rien connaître des détails de sa vie, d'autant plus qu'il la voyait de moins en moins souvent, Francine habitant maintenant Québec, Bébert se doutait bien qu'une fille comme Laura, amoureuse des études, ne pourrait jamais s'intéresser à un ignare. Pour la séduire, Bébert se voulait au moins aussi passionnant qu'un livre.

Pourtant, jusqu'à l'hiver dernier, Bébert ne s'intéressait pas aux filles. Il n'avait pas de temps à perdre, disait-il, car il préférait, pour l'instant, entrevoir l'avenir sous la forme d'un garage de belle réputation. Il y mettait tous ses efforts. Personne, d'ailleurs, n'ignorait que Jos Morin, célibataire de son état, voyait en lui le digne héritier d'une vie de labeur. Dans l'esprit de Bébert, aussi vif que pragmatique, les filles viendraient après le garage. Il n'était pas pressé.

Ce fut donc sans la moindre préméditation de sa part que l'amour lui tomba dessus alors qu'il courait après Laura, dans le sens littéral du terme, pour lui soutirer quelques informations sur sa sœur Francine qui venait de quitter Montréal.

Un seul regard de Laura, sur fond de neige tombante et de sapins illuminés, avait suffi.

Pourquoi elle et pourquoi à ce moment-là, Bébert aurait été bien embêté de le dire. Peut-être que c'était tout simplement parce qu'il la voyait comme une femme et non comme la petite voisine, amie de sa sœur. Les événements touchant Francine les avaient tous fait basculer dans le monde des adultes, sans crier gare.

Pourtant, le regard qu'elle lui avait lancé n'était ni amical ni gentil. Bien au contraire! Il projetait suffisamment d'impatience et de colère pour refroidir les plus ardents. Elle était outrée de voir que la famille de Francine l'avait laissée tomber et elle entendait bien le faire savoir. Tout dans sa personne disait le mécontentement. Dans le cas de Bébert, ce même regard outré avait attisé le feu qui couvait depuis quelques instants à peine.

Un voyage vers Québec, quelques jours plus tard, où Bébert avait été assis dans l'autobus tout à côté de Laura, lui avait appris que le battement de cœur un peu vif qu'il avait ressenti l'autre soir pouvait se répéter à l'infini. Mais en même temps, il avait compris que l'enjeu serait de taille. Laura parlait de gens aux noms compliqués dont il ignorait l'existence, elle discourait sur certaines choses dont l'abstraction avait de quoi faire frémir. Qu'à cela ne tienne, Bébert détestait vaincre sans péril. Laura était une femme instruite : il deviendrait un homme instruit.

Bébert s'abonna donc à la bibliothèque et se mit à dévorer les livres. Dorénavant, chaque fois qu'il prenait l'autobus avec Laura, ce qui, avouons-le, n'arriva pas si souvent, il pouvait glisser, dans la conversation, quelque citation bien amenée ou autre réflexion pertinente. La lueur d'intérêt qui traversait alors le regard de sa voisine était la plus belle des récompenses pour ses efforts.

Heureusement pour lui, quelques mois plus tard, Francine avait accepté de bonne grâce que Laura soit la marraine de son fils. Bébert n'avait pas eu à se torturer les méninges pour la convaincre.

Enfin, il y avait un point commun entre Laura et lui !

Un point suffisamment important, par ailleurs, pour alimenter quelques discussions, pour autoriser certains appels téléphoniques.

Un point suffisamment sérieux pour proposer un voyage vers Québec, dans l'auto de Jos Morin, par un beau dimanche de novembre. En effet, quoi de plus normal, je vous le demande, que de voir un parrain attentionné et une marraine émerveillée se pencher ensemble au-dessus du berceau de leur filleul ?

Bébert en était là.

Cela faisait maintenant une semaine qu'il y pensait, une semaine qu'il soupesait les mots susceptibles de convaincre Laura de l'accompagner, une semaine qu'il remettait l'appel d'un jour à l'autre.

Lui, normalement plutôt prompt quand venait le temps de lancer une répartie cinglante, se retrouvait muet devant une simple invitation à formuler. Laura le paralysait. Ou plutôt l'horrible perspective de se voir éconduit lui enlevait tous ses moyens.

Heureusement pour lui, le hasard fit bien les choses.

Alors qu'il sortait en trombe de chez lui, en retard pour le travail, il tomba sur Laura tandis qu'elle se dirigeait calmement vers le casse-croûte de monsieur Albert. Durant l'année scolaire, Laura y travaillait tous les samedis. Bébert puisa, dans ce signe du destin, le courage qui lui faisait cruellement défaut depuis une semaine.

— Laura! Attends-moé! Faut que je te parle.

Essoufflé, il arriva à sa hauteur et sans perdre, en préambules, un temps qu'il n'avait pas, il osa enfin lui demander:

— Demain, t'es-tu libre?

Bébert reprit son souffle; la grande demande était faite. Dans un premier temps, Laura parut hésitante.

— J'avais prévu étudier. Pourquoi?

— Parce que j'ai le char à monsieur Morin... On pourrait petête en profiter pour aller voir le p'tit Steve. Ça fait longtemps que je l'ai pas vu.

— Moi aussi, ça fait longtemps.

Cela, Bébert le savait et il entendait bien le mettre à profit. Francine s'en était plainte lors de son dernier passage chez elle.

— Toé pis tes idées de fou! J'aurais ben dû choisir

Cécile comme marraine. Laura, ça fait des mois que je l'ai pas vue, tandis que Cécile, elle, a' vient voir mon p'tit pas mal souvent. J'aurais ben dû pas t'écouter, sainte bénite !

— Ça, c'est pasqu'a' demeure proche d'icitte, ta Cécile, c'est toute. Si tu demeurais à Montréal, chus sûr que Laura viendrait te voir au moins aussi souvent. Pis, si tu sais compter comme faut, ça fait une personne de plusse pour s'intéresser à Steve. Laura, même si, pour l'instant, a' vient pas souvent, c'est quand même sa marraine pis Cécile, elle, ça y fait une grand-mère. Des grands-mères aussi, c'est important.

Devant tant d'évidente logique, Francine n'avait rien rétorqué.

— Pis ? insista Bébert qui se souvenait de la discussion qu'il avait eue avec Francine et qui aimerait bien prouver à sa sœur qu'elle avait fait le bon choix. Que c'est que t'en penses, de mon idée ?

Visiblement, Laura était attirée par l'idée sans arriver à se décider.

— On partirait quand ?

— Demain matin. Ben de bonne heure pour pouvoir profiter de toute notre journée.

— Ça me tente.

Ils venaient d'arriver devant la porte du casse-croûte que Laura ouvrit aussitôt, indiquant ainsi que pour elle, la discussion s'arrêtait là.

— Je vais y penser, Bébert. Promis. Appelle-moi ce soir, je te donnerai ma réponse.

Mais alors que Bébert tournait les talons pour se hâter

vers le garage, un peu déçu parce qu'il n'avait toujours pas de réponse formelle, Laura lui lança :

— Merci d'avoir pensé à moi, Bébert. C'est pas mal gentil de ta part.

Jamais journée d'ouvrage ne parut si longue à Bébert. Son regard croisait la lente course des aiguilles de la grosse horloge poussiéreuse avec un automatisme surprenant. À quatre heures pile, il se demanda si la journée était suffisamment avancée pour que l'on puisse se dire que le soir était arrivé. Après tout, le soleil était presque couché. Il réussit à se retenir. Maintenant qu'il savait que Laura attendait son appel, la gêne s'était envolée.

Une heure plus tard, quand il passa devant le casse-croûte, Bébert constata que Laura était déjà partie. Il courut jusque chez lui, entra en coup de vent, bouscula sa jeune sœur Yvonne et s'empara du téléphone avant de s'enfermer dans sa chambre, coincé contre son bureau parce que le fil de l'appareil n'allait pas plus loin.

Quand il ressortit de sa chambre, quelques instants plus tard, un large sourire le transfigurait. Demain matin, à six heures précises, Laura l'attendrait au coin de la rue.

— Pas besoin d'alimenter les cancans, avait-elle cependant demandé. J'ai pas envie que ma grand-mère ou tes parents nous voient partir ensemble. Ma mère est au courant, ça me suffit. On se retrouve au coin de la rue.

Bébert, ne sachant trop comment interpréter cette requête, préféra y voir un souci de discrétion à l'égard de Francine.

Contrairement à ce qu'il anticipait, il dormit comme

un loir et se réveilla frais et dispos. Comme il n'avait de comptes à rendre à personne, après tout, il avait vingt-quatre ans, Bébert quitta la maison sans arrière-pensée. Il avait hâte de faire la route, il avait hâte de voir sa sœur, il avait hâte de prendre son filleul dans ses bras. La journée serait belle.

Laura voyait les choses sensiblement de la même façon. Si elle avait choisi de s'offrir une journée de détente, c'était pour en profiter. Dès qu'elle aperçut la rutilante auto du patron de Bébert, elle leva la main pour saluer son voisin. À côté d'elle, sur le trottoir, il y avait deux gros sacs d'épicerie en papier brun.

— Viens m'ouvrir le coffre, fit-elle en entrouvrant la portière. Ma mère m'a donné plein de provisions pour ta sœur.

Quand ils empruntèrent le pont Jacques-Cartier, le soleil se levait à peine. Sur le fleuve, tout en bas, les travaux en vue de l'exposition universelle de 1967 étaient déjà commencés.

— Tu parles d'une idée de fou! commenta Bébert après un bref regard au-delà du pont où quelques grues pointaient leur flèche d'acier vers le ciel. Voir qu'on peut faire pousser des îles comme ça.

Le sujet les occupa durant quelques instants.

Puis ils parlèrent de choses et d'autres.

Laura raconta des anecdotes de classe; Bébert expliqua le roulement d'un garage.

À Drummondville, ils n'eurent brusquement plus rien à dire.

Alors que le silence s'emparait de l'habitacle de l'auto et que Laura se demandait s'ils n'avaient pas épuisé les sujets de conversation possibles entre eux, elle se tourna brusquement vers son compagnon de route. Laura venait de penser à quelque chose. Ou plutôt à quelqu'un.

— Faut que je te dise… As-tu vu Antoine récemment?

Bébert fronça les sourcils.

— Antoine? Ben justement, non. Je me demande ben pourquoi y' est pas…

— Ça ne me surprend pas, coupa joyeusement Laura. Tiens-toi bien, mon Bébert, tu vas en apprendre une bonne.

— Rien de grave, j'espère?

— Est-ce que j'ai l'air d'une fille qui va annoncer une mortalité? Ben non, rien de grave. Pas dans le sens de malheureux. Mais c'est important, par exemple. Important pour Antoine.

Question d'agacer Bébert, Laura resta silencieuse un moment.

— Pis? s'impatienta Bébert, le regard vrillé sur la route parce que chaque fois qu'il empruntait l'auto de son patron, sa plus grande hantise était de la ramener abîmée.

— Si t'as pas vu mon frère ces derniers temps, c'est parce qu'il est très occupé, annonça alors Laura, avec une pointe d'excitation dans la voix.

— Occupé? Tout le monde est occupé, me semble.

— D'accord. Mais pas comme Antoine!

— Sapristi, Laura! Arrête de me faire étriver. Y' est occupé à quoi, Antoine?

— À faire des peintures.

— Batince ! Toutes ces mystères-là pour me dire ça ?
Je le sais qu'Antoine, y' fait des peintures. C'est pas nouveau. C'est ça qu'y' aime faire, ton frère. Moé, je répare
des chars pis lui, y' fait des peintures. Ça fait longtemps
que tout le monde sait ça.

— Ce que tout le monde ne sait pas, par exemple, c'est
que présentement, Antoine fait des tas de toiles pour pouvoir choisir les plus belles qui vont être exposées. Au mois
de mai, Antoine et ses peintures s'en vont à Paris.

Le regard de Bébert délaissa la route une fraction de
seconde pour se poser sur Laura, mais ce fut suffisant pour
qu'elle y lise une incroyable stupéfaction. Elle éclata de rire.

— Ça t'en bouche un coin, hein ?

— Y a de quoi, non ? Antoine pis ses peintures vont se
retrouver à Paris ! On rit pus.

Le temps de digérer la nouvelle et Bébert ajouta :

— Chus content pour lui. Ben ben content. Y' le
mérite.

Sa voix était rauque comme s'il était ému. Surprise, un
peu mal à l'aise, Laura n'osa le relancer. Heureusement,
car Bébert n'aurait pu lui expliquer que, brusquement, il
avait revu le dessin d'une auto qu'un petit garçon malheureux avait dessiné pour lui un certain samedi d'été. Ce
jour-là, à mots couverts, Antoine lui avait parlé de monsieur Romain, et Bébert avait vite compris que le dessin
était pour lui à la fois un cauchemar et une délivrance.
C'est pour cela qu'en ce moment, il était ému. Mais il ne
pouvait le dire à Laura.

Bébert laissa passer quelques instants, puis, d'une voix raffermie, il reprit :

— Comme ça, Antoine va aller à Paris… T'as raison, c'est sûrement important pour lui, constata-t-il, soulagé que Laura n'ait pas pensé à le questionner. Astheure, raconte-moé comment ça s'est passé.

Alors, Laura raconta tout ce qu'elle savait.

— Inutile de te dire que tout le monde, chez nous, était fier de lui. Pis content pour lui. Tout le monde sauf mon père, comme d'habitude.

— Ton père ? Que c'est que ça y prendrait de plusse pour être fier d'Antoine ? Me semble que c'est ben assez.

— Mon père, y' est jamais content !

— Les pères sont toutes un peu comme ça, non ?

À mots couverts, Bébert faisait allusion à la réaction démesurée de son propre père quand il avait appris que Francine était enceinte. En moins de deux, Pierre-Paul Gariépy avait mis sa fille à la porte.

— Ben, le mien est pire que tous les autres ! compléta Laura avec humeur. Y a jamais rien qui fait son affaire.

Jusqu'à ce jour, il n'y avait qu'avec Francine que Laura laissait filtrer un peu de ses frustrations envers sa famille. Et curieusement, en ce moment, elle avait la drôle d'impression qu'être avec Bébert, c'était comme être avec Francine. Elle le connaissait depuis toujours. C'est peut-être pour cette raison qu'elle avait envie de se confier. Elle avait l'intuition qu'il la comprendrait. Laura n'aurait su dire d'où lui venait cette impression, mais elle était là, en elle, aussi réelle que l'amitié qui la liait à

Francine. Ainsi, sans hésiter, Laura poursuivit :

— C'est vrai qu'avec mon père, on sait jamais à quoi s'attendre. Un rien suffit à le mettre en colère, mais d'un autre côté, il faudrait être les meilleurs partout, tout le temps, pour qu'il soit content. Pis encore ! Regarde Antoine...

Le temps d'une intériorité et Laura reprit :

— Pauvre Antoine. Avec lui, on dirait que c'est pire que pour Charles pis moi. Mon père a jamais compris qu'un garçon aime plus le dessin que le hockey. On dirait qu'il en veut à Antoine à cause de ça.

— C'est petête normal, se hasarda Bébert.

— Pas une miette, s'emporta Laura. Si t'es pour dire comme lui, aussi bien me taire tout de suite. On s'entendra jamais.

C'était exactement le genre de menace à faire pour que Bébert devienne illico aussi muet qu'une tombe.

— Je dis pus rien. C'était juste pour essayer de comprendre.

Cette évidente bonne volonté amadoua Laura.

— Y a rien à comprendre, Bébert, à part le fait que mon père est borné. Un point c'est tout. Si tu veux avoir ses bonnes grâces, ou bien il faut que tu lui parles de char ou bien il faut que tu discutes hockey avec lui. Si tu connais les joueurs du Canadien par cœur, là, il va te trouver intéressant. Pis une fois par quatre ans, si tu montres de l'intérêt pour les élections, ben là, tu vas monter dans son estime, pis il va te parler comme à un être humain, d'égal à égal. Malheureusement, Antoine s'intéresse à rien de ce qui est important pour mon père. Absolument rien du tout. Alors, imagine-toi pas que le fait d'aller à Paris va changer quelque chose.

— Pourtant…

— Pourtant, comme tu dis, coupa Laura. Pourtant, c'est une preuve que mon frère a du talent. Pourtant, c'est une preuve, aussi, qu'il n'a pas perdu son temps à gribouiller, comme le prétend mon père avec dédain. Pourtant tout ce que tu voudras, ça ne sert à rien !

Laura était remontée comme un ressort trop tendu.

— Tout ce que mon père a vu dans ce voyage-là, c'est l'argent que ça allait coûter. C'est vrai que ça va coûter cher. Personne ne va l'obstiner là-dessus. Mais, comme l'a fait remarquer ma mère, c'est pour son avenir… Avenir… Pauvre moman ! Elle n'aurait jamais dû prononcer ce mot-là parce qu'à ce moment-là, c'est moi qui suis devenue le sujet de conversation et le ton a monté d'un cran. Mon père a dit qu'un avenir, justement, ça se bâtit en travaillant. Pas en allant à l'université indéfiniment. On avait qu'à le regarder pour admettre qu'il avait raison. Pour lui, j'aurais dû commencer à travailler comme professeur depuis longtemps au lieu de perdre mon temps à étudier pour finalement devenir professeur tel que prévu. Pour mon père, l'université ou un voyage à Paris, ce n'est rien qu'une toquade. Des niaiseries tout juste bonnes à le saigner à blanc, comme il l'a répété à quelques reprises ce soir-là. Il était tellement en colère qu'il a ordonné à ma mère d'enlever la peinture d'Antoine qu'elle avait accrochée au mur, juste au-dessus de la télévision. Il a dit qu'elle l'avait mise là uniquement pour le narguer pis que si elle ne l'enlevait pas, il allait lui-même la foutre à la poubelle. Quand mon père s'emporte, il dit n'importe quoi. Au bout du compte, c'est ma grand-mère qui s'en est mêlée.

À ces mots, Laura ébaucha un premier sourire depuis le début de ce long monologue.

— Laisse-moi te dire que mon père est mieux de filer doux quand ma grand-mère décide de s'en mêler. C'est la seule personne sur terre que je connais qui arrive à le faire changer d'idée.

— Pasque ta grand-mère a réussi à le faire changer d'idée?

— Eh oui! Je ne sais pas comment elle s'y prend, mais chaque fois qu'il y a une discussion entre mon père et elle, grand-moman arrive toujours à brouiller tellement bien les pistes que mon père ne sait plus où il en est. Comme ma mère le dit: même une chatte y retrouverait pas ses petits!

Maintenant, le visage de Laura pétillait d'espièglerie.

— Et c'est exactement ce qui s'est passé ce soir-là. De la toile d'Antoine à l'université et des cours de dessin à mon travail au casse-croûte, ma grand-mère a tout bien mélangé. Même moi, j'avais de la difficulté à la suivre. Quand mon père a dit: «Calvaire, la mère, on dirait que vous le faites exprès pour tout revirer ce que je dis», on a tous compris. Ça voulait dire que grand-moman avait gagné!

Laura avait parodié la voix de son père, ce qui avait arraché un sourire à Bébert. Autre regard en coin pour ne pas quitter complètement la route des yeux et il trouva Laura jolie avec ses joues rougies par l'emportement.

— Finalement, sur la promesse formelle que ça ne lui coûterait pas un sou, poursuivit Laura, mon père a donné son accord. Curieux, d'ailleurs, que ma mère veut toujours avoir la permission de popa avant de décider quoi que ce soit. Depuis le temps, elle devrait savoir qu'il est toujours contre tout et n'importe quoi, pis que dans le fond, il se fiche pas mal de nous autres.

— Ça, Laura, c'est comme dans toutes les familles, je pense ben, analysa Bébert. Chez nous, avec, c'est le père qui décide d'à peu près toute. Sauf que chez nous, on a pas une grand-mère comme la tienne pour raplomber les choses. Des fois, ça serait ben utile.

À ces mots, Laura comprit que Bébert faisait encore une fois allusion à Francine. Ce fut donc en parlant d'elle et de sa nouvelle vie avec le petit Steve qu'ils terminèrent leur voyage en direction de Québec.

Un dimanche matin à neuf heures, les rues de la ville étaient presque désertes. Entre le pont de Québec et la basse-ville, ils ne croisèrent que ceux qui se rendaient à l'église ou en revenaient.

— Tu vas voir ! Ma sœur s'est trouvé un beau p'tit logement. Pis en plusse, c'est à deux menutes de sa job. Deux menutes à pied ! C'est sur la rue Notre-Dame-des-Anges.

Quand Bébert arrêta enfin l'auto, ils étaient devant une maison qui devait dater du siècle dernier, étroite et tout en hauteur.

— C'est ici ?

— Ouais… Faut pas se fier à l'allure extérieure. Tu vas voir, en dedans, ça a ben de l'allure. Pis en plus, a' l'a deux chambres. Avec un p'tit, c'est pratique.

— On est pas trop de bonne heure, j'espère !

Bébert éclata de rire tout en ouvrant sa portière.

— Inquiète-toé pas pour ça ! Francine me disait justement l'autre jour que depuis la naissance du p'tit, a' l'a pus besoin de cadran. Tous les jours de la semaine, est debout avant le soleil. Va cogner pis moé j'arrive avec les sacs de provisions de ta mère. Chus sûr que Francine va être ben contente de te voir.

Mais ce ne fut pas une Francine surprise et heureuse qui lui ouvrit la porte. Encore en pyjama, les cheveux hirsutes et les yeux rougis, elle avait l'air épuisée. Même la surprise de voir Laura ne lui arracha pas un sourire. Reculant d'un pas, Francine l'invita tout de même à entrer.

— Maudite marde, Francine ! Qu'est-ce qui se passe ? Steve va bien, au moins ?

Francine renifla.

— Crains pas, mon p'tit va ben. C'est juste que je m'ennuie de lui.

Laura regarda autour d'elle. Effectivement, l'appartement semblait étrangement calme.

— Que tu t'ennuies ? demanda-t-elle en reportant les yeux sur son amie. Steve n'est pas ici ?

Au même instant, Bébert parut dans l'embrasure de la porte, les bras chargés des sacs envoyés par Bernadette.

— Salut, la sœur ! Où c'est que tu veux que je mette ça ?
Ça vient de… Mais que c'est qui se passe icitte, à matin ?

D'un coup de talon, Bébert referma la porte.

— Le p'tit a rien, j'espère ?

Alors, Francine répéta mot pour mot ce qu'elle venait
de dire à Laura. Puis, elle ajouta :

— D'habitude, j'vas le chercher le vendredi pour
l'avoir avec moé durant la fin de semaine. Mais c'te
semaine, j'ai pas pu à cause de Cécile qui…

— Je comprends pas, interrompit Bébert. Où c'est
qu'y' est, ton gars ? Y' s'est toujours ben pas envolé,
batince !

Cette dernière remarque fit enfin sourire Francine.

— Non, y' s'est pas envolé. Y' est encore ben que trop
p'tit pour ça. Va mettre tes sacs sur la table pis viens t'assire. M'en vas t'expliquer toute c'qui s'est passé depuis ta
dernière visite. Tu vas voir, c'est pas ben ben malaisé à
comprendre.

À la fin du mois d'août, tout s'était enchaîné presque
miraculeusement : le travail, l'appartement et la gardienne. Une vieille dame, habitant à quelques maisons du
nouveau logis de Francine, s'était offerte pour garder le
bébé.

— Ça va m'occuper. Je trouve justement les journées
longues.

Un mois plus tard, épuisée, elle donnait sa démission.

— Pis tu m'en as pas parlé ? s'offusqua Bébert en
interrompant sa sœur.

— Pourquoi c'est faire que je t'en aurais parlé ? T'es à

Montréal, toé. Tu pouvais pas m'aider. C'est à Cécile que j'en ai parlé, rapport que c'est elle qui m'a dépannée durant une couple de jours. Pis c'est elle, avec, qui a trouvé matante Lucie.

— Matante Lucie ?

— Ouais… C'est de même qu'on l'appelle. Depuis un mois, c'est c'te femme-là qui prend mon Steve en pension du dimanche soir au vendredi soir suivant pour pas trop cher. C'est sûr que je trouve ça dur de le laisser de même, mais finalement, c'est mieux pour tout le monde. *Anyway,* j'sais que je vas l'avoir avec moi durant la fin de semaine pis ça m'aide à pas trop m'ennuyer. Sauf que cette semaine, j'ai pas pu aller le chercher pasque Cécile est partie dans Beauce. Son père a eu une crise de cœur. Pis comme d'habitude c'est avec elle que j'vas chercher Steve le vendredi, cette semaine, j'ai pas pu. Je comprends que c'est pas de sa faute, à Cécile, pis qu'a' l'avait pas le choix de partir, mais moé, pendant c'te temps-là, je m'ennuie. Je peux même pas dire que j'vas prendre un taxi pour aller le voir : matante Lucie, a' demeure à Saint-Augustin. J'ai pas assez d'argent pour aller jusque-là. J'ai pus d'argent pour rien à part le loyer, le manger pis la pension de Steve. C'est rendu que je fume juste quand on me donne une cigarette. Mais c'est pas grave, ajouta-t-elle avec empressement, ne voulant surtout pas que l'on se méprenne sur ses propos. Steve, c'est mon p'tit, pis je voudrais pas que quelqu'un d'autre le prenne pour toujours. La pension chez matante Lucie, c'est ben assez pis c'est juste en attendant.

— Ben, arrête de brailler, Francine, pis va t'habiller. On va aller le chercher, ton Steve.

Bébert était déjà debout et il rattachait son manteau.

— Ben voyons don, toé. C'est pas à porte, chez matante Lucie.

— Pis ça ? Chus pas venu de Montréal avec Laura pour te regarder te morfondre. Si on est icitte, c'est pour voir le p'tit pis jaser avec une Francine de bonne humeur. Envoye, que je te dis ! Va t'habiller, on part tusuite.

Le sourire de Francine valut à lui seul le dérangement. Tandis que la jeune mère filait vers sa chambre, Laura échangea un regard complice avec Bébert dont le cœur bondit dans la poitrine.

Pour avoir droit à ce regard encore et encore, Bébert était prêt à faire la route entre ce Saint-Augustin dont venait de parler Francine et la ville de Québec durant toute la journée ! Même s'il ne savait pas exactement où se situait Saint-Augustin.

\* \* \*

Novembre était plutôt désagréable. Venteux et froid, le temps était souvent à la pluie. Évangéline et Bernadette en profitèrent pour compléter rapidement leur traditionnel grand ménage chez elles, bien sûr, mais aussi chez Estelle qui, de son côté, cousait régulièrement pour la petite Michelle.

— Elle grandit à vue d'œil, cette enfant-là ! Comme son père Adrien !

— Ouais! Je me rappelle qu'Adrien avec, y' était pas mal grand pour son âge. Le plus grand de sa classe quand y'a commencé l'école, si je me souviens ben.

Personne, sous le toit des Lacaille, ne faisait plus ouvertement allusion à Maureen, la mère de Michelle, ce qui n'empêchait pas Bernadette, malgré tout, de penser à elle de plus en plus souvent. Comment une mère pouvait-elle arriver à survivre loin de sa fille? Si Michelle était plutôt grande quand on avait célébré sa fête de un an, Maureen aussi y était pour quelque chose. Il ne faudrait surtout pas l'oublier. Mais chaque fois que Bernadette essayait d'aborder le sujet avec Adrien, discrètement, quand ils étaient en tête-à-tête, il lui répondait par un laconique «pas de changement» qui pouvait tout dire comme ne rien dire du tout.

Bernadette ne comprenait pas.

Comment Adrien pouvait-il se comporter de la sorte, sachant pertinemment que sa fille, hormis son handicap aux bras, était tout à fait normale? N'avait-il pas expliqué son arrivée impromptue à Montréal en alléguant que Maureen refuserait de voir sa fille tant et aussi longtemps qu'elle ne serait pas rassurée sur son état de santé mentale?

Bernadette n'inventait rien. Adrien l'avait dit clairement et aujourd'hui, on était rassurés: Michelle était une enfant tout à fait normale, plutôt vive, même. Cela faisait des mois qu'on le savait et Adrien, lui, refusait toujours d'envisager un retour au Texas.

— Ma fille est heureuse ici. Je ne demande rien de plus.

Alors, Bernadette ne comprenait pas.

Depuis le printemps dernier, depuis la toute première visite qu'ils avaient rendue au docteur Leclerc, l'opinion que Bernadette se faisait d'Adrien avait commencé à se modifier. Petit à petit, d'une phrase à l'autre, d'une attitude à une autre. Elle l'aimait toujours autant, mais elle ne l'idéalisait plus. Adrien était un homme comme tous les autres avec, cependant, une sensibilité à fleur de peau peu commune. Une sensiblerie de femme, comme l'aurait dit Marcel. Était-ce la guerre qui l'avait rendu ainsi ? Bernadette ne pouvait le savoir, car elle ne l'avait pas connu avant la guerre. Mais chose certaine, cet homme était particulièrement vulnérable malgré la force qu'il semblait afficher.

À l'été, Adrien et Michelle avaient déménagé et ils habitaient le second logement du rez-de-chaussée. Évangéline ne s'était pas fait prier pour signifier à ses locataires qu'elle avait besoin de la place. Rien au monde n'aurait pu la rendre plus heureuse que d'avoir tous ceux qu'elle aimait auprès d'elle. Depuis, elle affichait une bonne humeur égale que Bernadette ne lui avait pas souvent connue, une bonne humeur que la perspective de voir son petit-fils partir pour Paris avait rendue à peu près inépuisable.

— Viarge que chus contente ! Que c'est que je pourrais demander de plusse au Bon Dieu, je te le demande ? Tout le monde de la famille va ben autour de moé. Tu vois, Bernadette, quand on mène une bonne vie, ça nous est rendu au centuple. C'est de même qu'y' disent ça dans les évangiles.

Grimpée sur un escabeau, Bernadette était en train de décrocher les rideaux du salon pour les laver tandis qu'Évangéline vidait la petite étagère vitrée pour épousseter les bibelots. Le grand ménage commencé en octobre tirait à sa fin. Début novembre, il ne leur restait déjà plus qu'à faire celui d'Estelle et elles seraient prêtes pour les fêtes.

— C'est sûr que pour une mère, avoir tous ses enfants proches d'elle, ça doit être ben gratifiant, répondit alors Bernadette, avec circonspection, espérant que ces quelques mots ouvriraient un certain dialogue.

— C'est pas rien que gratifiant, tu sauras. C'est juste normal que ça soye de même.

— Normal ?

Laissant tomber sur le plancher un premier panneau de tentures, Bernadette se retourna vers sa belle-mère, une fesse prudemment appuyée contre le plateau de l'escabeau.

— Moé, je vois rien de normal là-dedans, reprit-elle. Je vois rien d'autre qu'une suite d'événements qui font que c'est de même. Rien de plusse. Des fois, nos enfants sont appelés à s'éloigner de la maison pour mener leur vie, pis c'est pas anormal. C'est petête décevant, c'est sûr, mais c'est pas anormal.

— Coudon, toé ! T'es ben contrariante à matin.

Plumeau à la main, Évangéline leva brièvement les yeux vers sa belle-fille qui reprit :

— Pantoute, la belle-mère. Je dis juste ce que je pense. Si un jour mes enfants s'éloignent, je me dirai que c'est pour la bonne cause. C'est sûr que ça va me faire de la

peine, mais je dirai pas que c'est anormal, par exemple…
Quin! Mettons qu'Antoine finit par s'installer à Paris
pour sa carrière pis que…

— Balivernes, coupa Évangéline. Tu parles pour rien
dire, Bernadette. Antoine aura jamais besoin d'aller s'établir aussi loin que ça. T'as juste à regarder madame
Émilie pour comprendre que j'ai raison. A' vit icitte, à
Montréal, pis a' mène quand même une belle carrière
avec ses peintures. Imagine-toé pas que je te vois pas venir
avec tes sabots! Depuis t'à l'heure que tu tournes autour
du pot.

— Autour du pot?

Bernadette descendit de son perchoir et elle déplaça
l'escabeau vers l'autre bout de la fenêtre, heureuse de ne
pas avoir à soutenir le regard d'Évangéline qu'elle sentait
vrillé sur sa nuque.

— Ouais, autour du pot. Prends-moé pas pour une
demeurée, Bernadette. Je le sais ben, va, que tu veux me
parler d'Adrien pis de Maureen.

— Justement, Maureen…

Lentement, un barreau après l'autre, Bernadette grim-
pait à l'escabeau.

— Par bouttes, j'ai l'impression qu'y a pas personne,
ici dedans, qui pense à elle.

Il n'y avait aucune agressivité ou colère dans la voix de
Bernadette, seulement une grande tristesse. Néanmoins,
Évangéline n'entendit que le reproche. Laissant tomber
son plumeau, elle se releva en grimaçant et s'approcha de
sa belle-fille.

— Pasque tu t'imagines que j'y pense pas, à Maureen ? Viarge, Bernadette ! Pour qui c'est que tu me prends ? Pour une sans-cœur ?

— J'ai jamais dit ça, la belle-mère, jamais. J'essaye juste de me mettre à la place de Maureen pis je trouve ça ben triste, ben déplorable qu'a' l'aye pas vu sa fille.

— C'est elle qui a choisi que ça se passe de même, Bernadette. Rappelle-toé ce qu'Adrien nous a dit.

— Ben, moé, chus pas sûre de ça, la belle-mère. Pas sûre pantoute. La peur de l'avenir avec une enfant malade, pis la fatigue, pis la déception, avec, l'ont petête amenée à dire ça. Je mets pas la parole d'Adrien en doute. Mais dans le fond d'elle-même, chus pas sûre que c'est ce qu'a' pensait vraiment, Maureen.

— Ça, ma pauvre p'tite fille, y a pas personne qui peut le savoir, à part elle-même.

Évangéline attrapa le pan de rideau que Bernadette lui tendait, le déposa sur un fauteuil et retourna à l'étagère.

— Pis à part Adrien, comme de raison, reprit-elle, enchaînant ainsi avec ses dernières paroles. Y' a vécu avec elle assez longtemps pour ben la connaître. Si lui y' pense que c'est pas encore le temps d'aller voir Maureen, y' doit savoir de quoi y' parle.

— Si vous saviez comme j'espère que vous avez raison. Pasque si fallait que ça soye pas vraiment ça pis que…

— Arrête-moé c'tes suppositions-là tusuite, Bernadette. On dirait que tu fais pas confiance à Adrien.

— C'est pas juste une question de confiance. C'est… c'est tout le reste ! Je trouve ça particulier qu'un homme comme Adrien, dans la force de l'âge, reste comme ça à rien faire, chez eux, pendant qu'à trois, quatre jours d'auto d'icitte, y a petête une mère qui...

— Tu viens de le dire, Bernadette, coupa Évangéline. C'est ben particulier.

Brusquement, la vieille dame eut l'air épuisée.

— Ouais, c'est ben particulier comme situation. Je dis pas que t'as tort, Bernadette. Mais je dis pas, non plus, que t'as raison. Tout le monde icitte s'est posé la même question : pourquoi c'est faire qu'Adrien est pas parti tusuite au Texas quand y' a su que sa fille était normale ? C'est ce que moé, j'ai pensé, pis Estelle avec, a' me l'a dit, pis toé, pis Angéline, pis probablement Laura. Marcel, je le sais pas, rapport qu'y' dit jamais rien. Mais les autres, tous les autres, y' ont pensé la même affaire que toé. Malheureusement, Adrien a choisi de pas livrer le fond de sa pensée pis on est toutes restés sur notre faim. Y' dit juste que c'était pas le temps. Petête ben que c'est à son tour d'avoir peur. Peur de l'accueil des autres, là-bas, dans son Texas. Pas pour lui, comprends-moé ben, mais pour la p'tite Michelle. Petête que c'est juste ça. Va don savoir ! Entécas, moé, je le sais pas. Mais, dans le fond, c'est-tu si important que ça de le savoir ? Je pense pas. Ça fait que moé, j'ai décidé d'y faire confiance, à mon gars. C'est pas une tête folle pis en attendant, sa fille, a' manque de rien. Surtout pas d'amour. Pis ça, c'est le docteur Leclerc en personne qui a dit que pour astheure, c'est de ça que Michelle a le plusse besoin. De l'amour pis des bons soins. Icitte, a' l'a toute ça. Comme tu l'as dit t'à l'heure, pour qu'un homme comme mon Adrien, fort pis en santé, décide de rester à rien faire de ce qu'un homme sensé est habitué de faire, c'est sûr qu'y' juge que c'est important. Pense un peu à la vie qu'y' menait là-bas. Rappelle-toé comment c'est qu'y' avait l'air d'aimer ça quand y' nous parlait des grands champs pis des troupeaux. Pour faire une croix là-dessus, Bernadette, c'est qu'Adrien est sûr que c'est essentiel pour sa fille. Pour le reste, on a pas à juger. C'est ce que moé j'en pense pis j'espère qu'on aura jamais à revenir là-dessus, nos deux. Astheure, passe-moé les rideaux, m'en vas les mettre dans la laveuse.

Tel que demandé par Évangéline, les deux femmes n'en reparlèrent jamais. Mais depuis ce jour-là, Bernadette avait l'impression d'être la seule à penser encore à Maureen. Jamais elle n'aurait pu imaginer qu'un jour elle se sentirait aussi solidaire de cette femme qu'elle avait longtemps vue comme une rivale.

Novembre s'en allait à grands pas. Déjà le vendredi 22. Ce matin, devant le calendrier, Bernadette s'était dit que dans un mois, ils seraient à quelques jours de Noël. Le deuxième qu'Adrien et Michelle passeraient ici, en leur compagnie.

Le deuxième que Maureen vivrait seule, sachant qu'à l'autre bout de l'Amérique, elle avait une petite fille.

Même si Bernadette avait toujours eu confiance en Adrien, elle était loin de croire qu'il avait pris la bonne décision cette fois-ci. L'Adrien qu'elle côtoyait depuis un an n'était pas tout à fait le même que celui qui avait habité, durant des années, le monde de ses rêves éveillés où elle se voyait le rejoindre au Texas pour vivre avec lui un amour éternel. L'homme qui vivait ici depuis un an était plus fragile, plus vulnérable que celui dont elle avait entretenu le souvenir. Cependant, elle ne l'en aimait pas moins.

Depuis maintenant environ un an, Bernadette n'alimentait plus ses rêves éveillés. Elle n'en avait plus besoin puisque Adrien vivait ici. L'avenir à ses côtés était devenu une réalité quotidienne, différente de tout ce qu'elle avait imaginé mais bien concrète. Entre eux, et surtout grâce à Michelle, s'était établie une vie de couple comme elle l'avait si souvent espérée, faite de partage et de dialogue, une vie de couple comme celle qu'elle avait naïvement crue possible avec Marcel quand elle s'était mariée à dix-huit ans. Elle avait vite déchanté. Marcel était tout bonnement incapable de partager calmement ses idées. Les discussions avec lui viraient automatiquement à la confrontation où, malheureusement, la violence était trop souvent présente. Bernadette l'avait appris à ses dépens dès les premiers temps de leur mariage. Par contre, depuis quelques années, les coups ne pleuvaient plus. Leur relation s'était même bonifiée puisque, à sa façon, Marcel avait rempli une bonne partie du contrat. Il était un bon travailleur et Bernadette comme les enfants n'avaient jamais manqué de rien. C'était là un trait de caractère et un fait que Bernadette avait toujours appréciés, car elle les trouvait importants. Puis, un peu plus tard, avec le petit Charles, Marcel avait même appris à être un bon père.

Quand il lui arrivait d'avoir cette pensée, Bernadette

était toujours mal à l'aise. Après tout, Marcel n'était pas vraiment le père de Charles; c'était Adrien. Un moment d'égarement avait engendré ce petit garçon qui, heureusement, ressemblait beaucoup à Marcel tant physiquement que dans sa façon d'être. Alors, Bernadette finissait toujours par se dire que personne n'était au courant, hormis Évangéline qui ne parlerait jamais, et que l'important était le bien-être de son plus jeune fils. Pour préserver cette relation harmonieuse entre Marcel et Charles, Bernadette était prête à emporter son secret dans la tombe s'il le fallait. De toute façon, Adrien n'avait pas à savoir. Pas pour l'instant. La petite Michelle avait besoin de toute son affection, de toute son attention.

Néanmoins, au fil des ans, Bernadette avait appris à négocier avec Marcel qui, de son côté, avait appris à apprécier la présence d'une femme capable de s'occuper correctement des enfants, de la maison, de sa mère vieillissante et d'une tante malade tout en menant une carrière lucrative de vendeuse Avon. Sans être capable de mettre en mots ce qu'il ressentait vraiment, Marcel ne se gênait pas pour faire l'éloge de Bernadette quand il était avec ses amis à la taverne.

C'est ainsi que depuis un an, Bernadette avait l'impression que sa vie avait atteint un certain équilibre entre la présence de Marcel et celle d'Adrien. Seule l'attirance qu'elle ressentait toujours pour son beau-frère arrivait parfois à la déstabiliser, une attirance partagée, elle le savait. Certains gestes, certains regards ne pouvaient mentir. Mais la hantise d'une autre maternité avait suffi, jusqu'à maintenant, à endiguer ses envies. Quand sa belle-mère se servait du bien-être de Michelle pour justifier l'attitude d'Adrien qui refusait toujours de retourner au Texas, Bernadette se disait qu'il y avait sûrement autre chose pour le retenir. Elle osait croire que d'être aux côtés d'Adrien justifiait aussi une partie de ce refus. De le croire faisait en sorte que, d'une certaine façon, Bernadette se sentait investie d'une mission, celle d'amener Adrien à revoir ses choix et ses priorités. Sans renier l'attention particulière dont Michelle avait besoin, son beau-frère pourrait admettre qu'il n'était pas seul au monde devant sa fille et que la présence de Maureen pourrait s'avérer utile, voire essentielle, dans le développement de la petite Michelle. Si la femme en Bernadette espérait de tout cœur garder Adrien à ses côtés, ici à Montréal, la mère, elle, savait qu'un jour il devrait partir. C'était inévitable. Bernadette s'y préparait. Le fait de savoir qu'à l'autre bout de l'Amérique, une mère n'avait toujours pas vu sa fille suffisait pour remettre les pendules à l'heure.

Mais on était déjà arrivés à la fin du mois de novembre et Bernadette concevait aussi que faire un si long voyage en compagnie d'une jeune demoiselle d'à peine un an, avec l'hiver qui menaçait, ce n'était pas la meilleure idée. Alors, tant mieux si Adrien se sentait chez lui à Montréal, comme il le disait si souvent! La vie de Bernadette n'en serait que plus douce pour les mois à venir. Elle reprendrait sa croisade au printemps.

Bernadette n'avait pas vu la journée passer. Comptabilité, ménage et cuisine avaient occupé ses heures.

Évangéline était descendue chez Estelle dès le matin et Bernadette ne l'avait pas revue. Elle soupçonnait les deux vieilles dames de mijoter quelques surprises pour la famille à l'occasion de Noël qui approchait à grands pas. Alors, elle avait profité de cette journée pour se débarrasser de toutes ces petites choses qu'elle remettait à plus tard. Puis, elle avait ouvert son gros livre de recettes des Dames de la Congrégation. Cuisiner avait toujours été une détente pour Bernadette. L'après-midi avait donc été agréable pour elle. Présentement, plusieurs douzaines de bons biscuits refroidissaient sur la table. Quand elle aurait fini de laver bols et ustensiles, Bernadette irait en porter à ses voisins d'en dessous. Au beurre d'arachide pour Estelle et Angéline. Aux pépites de chocolat pour Adrien et Michelle.

C'est au moment où elle ouvrit la porte menant à l'escalier arrière de la maison que Bernadette prit conscience du vent froid qui s'engouffrait partout et des gros nuages sombres qui filaient au-dessus des toits voisins. Le mois finirait comme il avait commencé : dans la pluie. À moins que la neige ne vienne tout recouvrir. Il faisait suffisamment froid pour que la chose soit possible. Tenant d'une main deux assiettes remplies de biscuits encore tièdes, empilés tant bien que mal, et de l'autre la serviette de table qu'elle avait déposée dessus pour les protéger, Bernadette descendit prudemment l'escalier vermoulu.

Elle fut accueillie chez Estelle par un gloussement gourmand.

— La bonne idée ! J'avais justement un p'tit creux.

Évangéline était déjà debout et tendait les mains.

— Le temps d'un bon thé chaud avec une couple de biscuits, pis je remonte te donner un coup de main pour le souper.

— OK. En attendant, j'vas aller porter mes autres biscuits chez Adrien. Ça doit ben faire trois jours que j'ai pas vu la p'tite Michelle. Chaque fois que je passais chez eux, a' dormait. À cette heure-citte, a' doit ben être réveillée. Donnez-moé une grosse demi-heure, la belle-mère, pour que j'aye le temps de jouer un peu avec elle pis on se retrouve chez nous.

L'instant d'après, Bernadette se présenta à la porte de l'appartement voisin. Quand elle avait à se déplacer ainsi, d'un logement à l'autre, Bernadette comprenait très bien ce qu'Évangéline voulait dire quand elle affirmait que c'était vraiment agréable de tous vivre sous le même toit.

Bernadette entra sans frapper. La cuisine était sombre même si des effluves alléchants s'échappaient d'un chaudron posé sur la cuisinière.

— Allô ! lança-t-elle joyeusement. C'est moé, Bernadette. J'ai quèque chose pour la p'tite Michelle.

Aussitôt, on entendit un cri de joie provenant du salon, et le bruit caractéristique de petites bottines trottinant sur le bois verni se fit entendre. La petite fille arriva à la cuisine en même temps que son père qui fit aussitôt un peu de clarté.

— Regarde ce que matante Bernadette a préparé pour toé !

Assise sur les talons pour être à la hauteur de l'enfant, Bernadette tendit l'assiette à Michelle. La petite fille s'approcha d'elle et spontanément, elle tendit le bras droit où était rattachée une main aux doigts soudés. Bernadette leva les yeux vers Adrien qui souriait de toutes ses dents, visiblement très fier de sa fille.

— Depuis quand ? demanda Bernadette, surprise et ravie.

— Depuis quelques jours seulement.

— Mais c'est merveilleux !

Depuis qu'elle avait commencé à découvrir ses mains, comme tous les bébés de la terre le faisaient, Michelle avait eu le réflexe d'utiliser la petite main qui pendait à son épaule gauche. Même sans bras, cette main était normalement constituée et fort habile. Durant l'été, habillée de vêtements légers qu'Évangéline et Estelle avaient adaptés à ses besoins, Michelle avait découvert le monde autour d'elle comme n'importe quel enfant. Elle arrivait à manipuler les objets avec suffisamment de dextérité pour ne pas dépendre de tout le monde. Seul le moment des repas posait problème. Comme Laura, Antoine et Charles l'avaient fait avant elle, Michelle voulait manger toute seule. Mais sans bras, sa main n'arrivait pas à porter les aliments à sa bouche. Après quelques repas teintés de frustrations tant pour Michelle que pour Adrien, celui-ci décida qu'il était grand temps que sa fille apprenne à utiliser son autre main même si celle-ci était nettement moins mobile. Bernadette venait de voir les résultats de leurs efforts des dernières semaines.

— Mais t'es ben bonne, ma belle Michelle ! Matante est don ben fière de toé.

Inconsciente de tout l'émoi que suscitait son geste, sans hésiter, la petite Michelle porta un biscuit à sa bouche. Puis, après une première bouchée avalée, elle déclara :

— C'est bon.

La main était déjà à hauteur de bouche pour une deuxième bouchée. Bernadette et Adrien éclatèrent de rire en même temps tandis que Bernadette se relevait.

— M'en vas mettre l'assiette sur la table sinon ta fille aura pas faim pour souper. Tu me la ramèneras quand vous l'aurez vidée.

Adrien lui fit un clin d'œil gourmand.

— Tu devrais la ravoir dès demain matin. Vide et propre. En attendant, aurais-tu deux minutes à me consacrer ?

— C'est sûr. Pourquoi ?

— J'aimerais avoir ton opinion. Viens dans le salon, tu vas comprendre.

Tous les meubles de la pièce avaient été repoussés dans un coin, à l'exception d'un fauteuil et de la télévision qui fonctionnait en sourdine.

— J'en ai assez du beige terne des murs, expliqua Adrien. Je crois bien qu'il n'y a que ma mère pour trouver ça beau.

Bernadette approuva d'un vigoureux hochement de tête.

— T'as ben raison. Je l'aime ben, Évangéline, mais des fois, j'ai hâte que le logement d'en haut soye à moé, juste pour y mettre un peu de couleur. J'ai beau essayer de convaincre ta mère, y a rien à faire. A' dit que le drabe, ça fait plus chic que des couleurs vives.

— Alors, tourne-toi et dis-moi ce que tu en penses !

Bernadette pivota sur elle-même. Le mur extérieur, percé d'une fenêtre, avait été recouvert d'une teinte abricot qui mettait en valeur les boiseries d'un blanc crémeux.

— Mais c'est ben beau, Adrien. Avec tes meubles vert olive, ça va donner un salon comme on en voit dans les revues.

— Es-tu bien certaine ? Tu ne dis pas ça juste pour me faire plaisir, n'est-ce pas ?

— Ben voyons don, toé ! J'ai pas l'habitude de mentir pour faire plaisir au monde, tu sauras. Si je te dis que je trouve ça beau, c'est que c'est… Holà, la belle Michelle ! Tu trouves pas que c'est un peu trop fort ?

Debout devant la télévision, la petite fille s'amusait à jouer avec le bouton réglant le son. Bernadette grimaça.

Mais à l'instant où elle s'approcha de l'appareil pour baisser le son, Adrien posa la main sur son bras.

— Deux minutes, Bernadette. Regarde ! On dirait bien qu'il va y avoir une annonce spéciale.

— … Nous nous excusons d'interrompre l'émission en cours, mais nous venons d'apprendre que le président Kennedy qui effectuait une visite à Dallas vient d'être la cible d'un tireur qui…

Adrien était déjà aux côtés de Michelle comme si la petite pouvait comprendre quelque chose à ce que disait l'annonceur. Sans hésiter, il la souleva dans ses bras et les yeux toujours fixés sur la télévision, il demanda :

— As-tu entendu, Bernadette ? On a tiré sur le président Kennedy.

Il aurait appris que sa mère venait de décéder qu'Adrien n'aurait pu avoir la voix plus grave.

— Ouais, j'ai entendu. Sur le ton qu'y' a dit ça, l'annonceur de la tivi, on dirait ben que c'est grave. Penses-tu, toé que…

D'un geste impatient de la main, Adrien exigea que Bernadette se taise.

— … Je répète : nous venons d'apprendre que le président des États-Unis vient d'être la cible d'un tireur embusqué. Le président Kennedy est présentement en route pour l'hôpital… de Dallas… Pour l'instant, nous revenons à notre programmation régulière, mais dès que nous aurons de plus amples informations, nous…

La musique accompagnant la poupée Fanfreluche, de l'émission *La boîte à surprises,* remplaça peu après la voix de l'annonceur, au plus grand ravissement de Michelle qui se mit à gigoter comme un beau diable pour échapper aux bras de son père. Celui-ci la déposa sur le sol où la petite fille s'empressa de s'asseoir. La voix de la comédienne qui tenait le rôle de Fanfreluche était à la fois haute et enveloppante, pointue et tellement expressive. Adrien comprenait aisément qu'elle attire l'attention d'une enfant comme Michelle. Habituellement, il s'installait avec sa fille pour regarder cette émission, lui expliquant tout ce qu'elle ne pouvait comprendre. Après tout, Michelle n'avait que quinze mois. Bien en avance sur son âge, elle parlait déjà couramment, mais certaines choses lui échappaient encore, et Adrien se faisait un devoir d'être auprès d'elle dès qu'il sentait qu'elle avait besoin de sa présence, de ses explications.

Mais en ce moment, Adrien n'avait pas le cœur aux émissions enfantines. Se redressant, il s'approcha de Bernadette qui, elle, était revenue aux couleurs du salon. Bien sûr, elle connaissait le président américain, mais l'événement ne la touchait pas vraiment, même si elle en percevait toute la gravité. Comme avec tout ce qui se rapportait à la politique — ce qui, dans son esprit, concernait d'abord et avant tout Marcel et sa mère —, Bernadette avait appris à garder ses distances.

— Pour revenir à la couleur que t'as choisie, Adrien, lança-t-elle joyeusement, c'est pas mal beau. Avec quèques coussins qui…

— Laisse faire les coussins pour le moment.

Adrien lui avait répondu sans la regarder. Son regard restait fixé sur la télévision. Bernadette haussa les épaules.

— Mais pourquoi ?

— Parce qu'il se passe en ce moment des événements nettement plus importants que la couleur d'un salon.

Bernadette ne comprenait pas. De toute évidence, Adrien attendait le retour de l'annonceur et sa présence à elle dans ce salon n'avait plus la moindre importance. Néanmoins, avant de retourner en haut, dans son appartement, Bernadette insista.

— Je répète : pourquoi ?

Bernadette détestait ne pas comprendre.

— C'est ben triste d'apprendre que quelqu'un aye pensé à tirer sur le président Kennedy, mais que c'est ça va changer à notre vie de tous les jours ? Pour moé comme pour toé, c'est la vie de tous les jours qui est importante.

— Peut-être, oui. Mais d'une autre façon, la politique américaine a, elle aussi, une grande importance sur notre vie. Je crois que...

On venait d'interrompre l'émission une seconde fois. Adrien répéta son geste de la main pour réfréner la moindre envie de riposte de la part de Bernadette.

— ... à une heure, heure locale du Texas, le président des États-Unis, John Fitzgerald Kennedy est décédé. Je répète...

Un lourd silence envahit le salon. Bernadette n'osait plus parler. La petite Michelle, elle, avait levé les yeux vers son père.

— Pourquoi la poupée est partie ?

Sans répondre à sa fille, Adrien la prit tout contre lui. À la télévision, maintenant, on montrait des vues de la ville de Dallas.

— Je n'arrive pas à croire que ça se soit passé à quelques heures à peine de chez nous, murmura Adrien. Dallas, c'est tout juste à trois heures de ma maison.

Chez nous, ma maison...

Bernadette recula d'un pas en direction de la porte du salon. Elle avait reçu ces quelques mots comme une épine supplémentaire, plantée dans cet amour impossible qui était le sien. Depuis maintenant un an, Adrien habitait parmi eux. Depuis des semaines, il ne parlait plus du Texas ni de tous ceux qui y vivaient. Tout juste une allusion, par-ci par-là, rien de plus. Malgré cela, Bernadette savait qu'un jour, il devrait y retourner. C'était dans la normalité des choses que cela se passe ainsi. Michelle avait une mère qui vivait au Texas, Bernadette y pensait tous les jours. Mais en attendant, elle avait cru que désormais, c'était ici, à Montréal, qu'Adrien se sentait chez lui. Un peu à cause de l'accueil qu'il y avait reçu. Un peu à cause d'elle.

Elle s'était trompée.

En montrant la télévision du bout de l'index, Adrien expliquait à sa fille les détails d'une ville qu'elle-même ne verrait probablement jamais.

Alors, Bernadette se retira silencieusement et elle monta chez elle, le cœur plus lourd que jamais.

# CHAPITRE 4

## Québec, samedi 8 février 1964

Francine s'arracha du lit dès les premiers pleurs de son fils. C'était devenu un automatisme chez elle.

Sans même ouvrir les yeux, elle chercha sa robe de chambre posée au pied de son lit et elle repéra ses pantoufles du bout des orteils. Puis, se traînant les pieds, elle se dirigea à tâtons vers la chambre de Steve. Elle ne se souvenait plus quand, pour la dernière fois, elle avait pu faire la grasse matinée. Depuis novembre, alors que les journées s'étaient mises à raccourcir à vue d'œil, c'est avant le lever du jour qu'elle devait sortir du lit, sept jours par semaine. Pour le travail du lundi au vendredi, et pour Steve la fin de semaine.

Francine referma frileusement les pans de sa robe de chambre sur sa poitrine. Par souci d'économie, elle réglait le thermostat au plus bas pour la nuit, juste pour être certaine que les tuyaux ne gèlent pas. Ainsi, avec un peu de chance, elle n'aurait pas à demander un nouveau plein de mazout pour se rendre jusqu'au printemps. Elle espérait que son stratagème fonctionne, car elle n'avait plus un sou de côté. En semaine, quand Steve était chez matante Lucie, Francine gardait ses bottes dans la maison et empilait chandail sur chandail pour économiser au maximum. Encore un mois et le pire de l'hiver serait passé.

Son bébé avait les mains glacées. Voilà ce qui l'avait réveillé. Sans hésiter, Francine le prit dans ses bras et l'emmena pour le coucher avec elle. À deux, dans son lit, ils devraient arriver à se réchauffer.

Effectivement, blotti contre sa mère, le bambin se rendormit paisiblement. Mais pour Francine, la nuit était terminée. Quand Steve dormait tout contre elle, Francine n'arrivait jamais à se rendormir. Certaines histoires d'horreur d'enfants étouffés par leurs parents durant leur sommeil la gardaient éveillée.

Machinalement, elle prit entre ses doigts la menotte de son fils et l'approchant de ses lèvres, elle se mit à souffler dessus pour la réchauffer.

Jamais elle n'aurait pu imaginer un seul instant que la

vie serait aussi difficile, aussi ingrate. Pourtant, malgré tout, Francine ne regrettait rien parce qu'en ce moment, elle avait la certitude d'être aimée. Elle avait la certitude absolue d'être essentielle pour quelqu'un, et cela lui suffisait, au-delà de toutes ses attentes, pour accepter bien des frustrations, bien des sacrifices. La seule chose sur laquelle elle ne lésinait jamais, c'était la nourriture. Francine n'avait pas les moyens de tomber malade. Elle ne pouvait se permettre le luxe de perdre son emploi. Alors, elle mangeait à sa faim pour rester en forme, pour contrer la grippe d'hiver. Bien sûr, son menu était loin de ressembler à celui que sa mère mettait sur la table familiale des Gariépy. Mais peu lui importait; Francine n'avait jamais été capricieuse. Et surtout, pas question pour elle de se plaindre de sa situation à Cécile. Elle avait sa fierté, et de voir qu'elle arrivait à s'en sortir, seule avec Steve, posait un baume sur tout le reste. Tant pis pour les cigarettes qu'elle ne fumait plus que très rarement, tant pis pour le cinéma qu'elle ne fréquentait plus, tant pis pour les vêtements qu'elle n'achetait plus; elle se reprendrait plus tard, à un autre moment de sa vie qu'elle n'arrivait pas encore à imaginer.

En effet, depuis la naissance de Steve, pour Francine, l'avenir ne débordait jamais des quelques mois devant elle.

Pour l'instant, savoir qu'il y aurait un printemps après l'hiver suffisait à lui donner le courage de continuer. Tant que son petit Steve ne manquait de rien, l'essentiel, aux yeux de Francine, était assuré.

Quand la clarté commença à filtrer sous la toile qui obstruait la fenêtre de sa chambre, Francine se leva. Elle aimait bien avoir quelques minutes à elle avant le réveil du bébé.

Plaçant deux oreillers contre son fils pour l'empêcher de rouler sur le côté, elle quitta la pièce sur la pointe des pieds.

Quand elle passa dans le couloir, Francine poussa légèrement le bouton du thermostat, juste assez pour entendre la fournaise se mettre à gronder dans la cave. Puis, elle regagna la cuisine où elle tourna machinalement l'interrupteur. C'était le défaut de son petit logement: sans aucune fenêtre donnant directement sur l'extérieur, la cuisine était une pièce sombre, peu invitante. Si un jour elle déménageait, ce serait à cause de la cuisine, car pour tout le reste, elle était plutôt satisfaite.

En bâillant, Francine mit de l'eau à bouillir dans un chaudron. Allumer un élément de la cuisinière était plus efficace qu'une bouilloire pour tiédir rapidement la pièce, et Steve serait bientôt debout. Francine profiterait aussi du surplus d'eau bouillante pour préparer un bon gruau qu'elle partagerait avec son fils. Puis, tous les deux, ils s'habilleraient chaudement et ils iraient se promener. À Noël, Laura et Bébert s'étaient entendus pour acheter en commun un beau traîneau rouge pompier pour leur filleul. Quant à Cécile, elle avait donné un bel habit de neige rembourré pour Steve et un manteau doublé de mouton pour Francine. Ainsi emmitouflés, ni la mère ni le fils ne craignaient le froid.

La promenade commençait invariablement par une visite à la gare du Palais. Steve adorait regarder le ballet des trains arrivant et partant. Assis sur les genoux de Francine, il pouvait facilement passer une heure à rire et à applaudir. Puis, tous les deux, ils faisaient un court saut à l'épicerie pour les maigres courses de la semaine et ils revenaient à la maison juste à temps pour le repas du midi.

Durant la sieste de Steve, Francine en profitait pour mettre à mijoter une grosse soupe aux légumes, remplie de chou, et un dessert bien sucré et bien lourd qu'elle étirait durant toute la semaine.

Puis c'était l'heure de la toilette de Steve et tout de suite après, Francine utilisait l'eau tiède et savonneuse du bain pour laver leur linge qu'elle étendait ensuite dans la chambre de son fils, car Cécile lui avait dit que son logement était trop sec pour un bébé.

Souper, jeu et dodo permettaient de finir le samedi en beauté. Francine passait sa soirée à feuilleter les vieilles revues de Cécile en écoutant la radio.

Le dimanche était consacré au ménage avant de partir chez Cécile où ils mangeaient avec la famille avant d'aller reconduire Steve chez matante Lucie.

De ses semaines, Francine ne retenait pas grand-chose sinon qu'elle regrettait la manufacture où elle travaillait à Montréal. Si Patrick et son oncle étaient des patrons exigeants, pointilleux, même, au moins ils étaient justes et la bonne entente régnait entre les couturières. Bien sûr, il y avait des commérages et certaines jalousies, mais personne n'était vraiment méchant. Ici, la mentalité était bien différente. En plus de six mois, Francine ne s'était fait aucune amie. Elle était toujours considérée comme la nouvelle, la jeune veuve éplorée venue de Montréal. À plusieurs reprises, Francine avait surpris des sourires en coin quand on la regardait. Elle avait vite compris que son statut de veuve ne dupait personne. Tant pis. Francine travaillait comme une forcenée. À défaut de se faire des amies, elle donnerait au moins satisfaction à ses patrons. Si jamais il y avait une promotion, peut-être penserait-on alors à elle. Le moindre sou supplémentaire serait toujours le bienvenu.

Sa vie était réglée comme du papier à musique et c'est pourquoi, quand elle entendit les babils du bébé, Francine ne pouvait se douter que ce samedi serait différent. D'autant plus qu'en plein hiver les visites imprévues étaient plutôt rares.

Mais à peine avait-elle fini de laver la vaisselle qu'on frappait à sa porte.

— As-tu entendu ça, Steve ? On dirait ben qu'on va avoir de la visite.

La voix de Francine pétillait de plaisir anticipé.

— Attends-moé là, mon homme, m'en vas aller voir qui c'est qui est là. C'est petête grand-moman Cécile !

Francine était ravie. Le moindre changement à sa routine était un pur plaisir. Ce fut d'autant plus vrai qu'elle tomba nez à nez avec Bébert.

— Ben voyons don, toé ! Que c'est tu fais là, de bonne heure de même ?

— M'sieur Morin a besoin de son char avant le souper.

À ces mots, Francine éclata de rire.

— Tu parles d'une réponse ! Fallait-tu que tu viennes icitte absolument aujourd'hui ? Surtout si ton boss a besoin de son char avant le souper… Envoye, rentre, on gèle.

— Non, expliqua Bébert tout en se secouant les pieds sur le paillasson. J'avais pas absolument besoin de venir te voir aujourd'hui. Mais chus absolument sûr que tu vas être contente, par exemple.

Bébert semblait fier de la tournure de sa phrase.

— Ah ouais ? Pis en plus, t'aurais une surprise ? Donne-moé ton manteau pis suis-moé dans cuisine. Steve est dans sa chaise haute. Y' me regardait faire la vaisselle.

— Y' te regardait faire la vaisselle ? Tu parles d'une affaire plate à faire, toé !

Bébert était déjà dans le corridor.

— Mononcle s'en vient, mon beau Steve, lança-t-il en haussant la voix. Pis j'ai une belle surprise pour toé. T'auras pus jamais besoin de regarder ta mère faire la vaisselle !

Étonnée, heureuse et surtout curieuse, Francine suivait son frère sur les talons.

— Comme ça, si j'ai ben compris ce que tu viens de dire, la surprise est pas pour moé, est pour mon gars.

— Ouais, si on veut. Mais tu vas avoir le droit de t'en servir aussi souvent que tu vas en avoir envie, par exemple.

— Pasque j'vas avoir envie de me servir d'une bebelle

de bebé ? Veux-tu ben me dire ce que c'est ? Pas un bicycle, toujours ?

— Batince, la sœur ! Chus pas cave à c'te point-là ! Je le sais que Steve est ben que trop p'tit pour ça... Bon, astheure, tu vas me donner un bon café pour que je refasse mes forces. M'en vas en avoir besoin.

— Des forces ? Pour donner un cadeau ? Ben coudon ! J'arrive pas à deviner.

Le temps de boire son café, de discourir de la température de l'appartement trop froide à son goût et Bébert remettait son manteau.

— Attends-moé sur le bord de la porte pour me l'ouvrir quand j'vas arriver. Pis tasse-toé pour faire de la place, c'est gros pis pesant en sacrifice.

De plus en plus curieuse et excitée, Francine ne se fit pas prier pour faire exactement ce que son frère lui avait demandé. Après avoir déposé son fils dans son petit lit par mesure de précaution, elle vint attendre Bébert dans l'embrasure de la porte d'entrée.

L'instant d'après, Bébert revenait, caché par une boîte volumineuse et encombrante qu'il déposa au beau milieu du salon. Puis il se tourna vers Francine, de toute évidence très fier de lui.

— Pis, la sœur, tu devines-tu ce que c'est, astheure ?

Francine avait bien lu « RCA Victor » sur la boîte, mais elle n'osait croire que Bébert puisse lui faire un tel cadeau. Par contre, avec une boîte aussi grosse, ce n'était sûrement pas un poste de radio. De toute façon, elle en avait déjà un.

— Ben là, fit-elle hésitante. On dirait ben que c'est...

— Une télévision, coupa Bébert qui ne supportait plus l'attente.

Une semaine à se retenir d'appeler à Québec pour annoncer sa visite, c'était déjà au-delà de ses forces. Mais il avait promis à Laura que la surprise serait totale et il avait tenu sa promesse. Malheureusement, aujourd'hui, Laura n'avait pu être du voyage. Un examen important était à l'horaire du lundi.

— Pis? Que c'est que t'en dis, de mon cadeau? De notre cadeau, rectifia Bébert. Pasque c'est avec Laura que je te donne ça.

Francine dut prendre une profonde inspiration avant de répondre tant elle était émue.

— J'en dis que c'est ben que trop.

Puis, elle se rappela les paroles de Bébert. Elle tourna la tête vers lui en reniflant. Elle avait les yeux pleins d'eau.

— Pourquoi c'est faire que t'as dit que c'était un cadeau pour Steve? Pour ça avec, y' est ben que trop p'tit.

— Pantoute! Y a plein de beaux programmes pour les enfants astheure. Tu vas voir.

Francine s'était approchée de la boîte et elle passait un index tremblant et incertain sur le dessus.

— Bonté divine! Je peux pas accepter, murmura-t-elle, retenant ses larmes. C'est ben que trop beau juste pour moé.

— T'as rien à dire là-dedans, Francine.

La voix de Bébert était catégorique et affectueuse en même temps.

— T'as pas le droit de refuser, Francine. C'est pas à

toé, c'te télévision-là. Je te l'ai dit t'à l'heure: c'est à Steve.
C'est son cadeau de fête en avance. À son âge, y' fera pas
la différence entre aujourd'hui pis le mois d'avril pis
comme ça, vous allez pouvoir en profiter tusuite. Les soirées sont longues en hiver.

— Pas juste longues, tu sauras. Sont plates en sacrifice
quand chus tuseule sans mon p'tit… Sainte bénite! Chus
en train de l'oublier, moé là. Steve! J'arrive, mon homme.
Viens voir le beau cadeau que ton parrain pis ta marraine
t'ont donné. Astheure, le samedi matin, on va pouvoir
regarder les bonshommes ensemble! Tu vas voir comment c'est beau pis c'est le fun! Pis après, on ira voir les
trains…

Francine se contenta d'une rapide visite à l'épicerie ce
samedi-là. Assise à même le plancher du salon, elle
s'amusa à passer d'une chaîne à l'autre sous l'œil indifférent de Steve qui, lui, s'amusait à grimper sur sa mère.

Bébert avait installé le gros meuble dans un coin du
salon où il régnait en maître et la radio avait été reléguée
à la cuisine, posée sur le réfrigérateur.

Ce dimanche-là fut le premier où Francine ne pleura
pas en laissant son bébé chez matante Lucie. Elle se doutait que l'ennui, cette semaine, serait moins vif. L'attrait
de la nouveauté jouait et elle entendait en profiter. Depuis
un an, la vie ne s'était pas faite particulièrement douce à
son égard. Après un bref instant de confusion, Francine
jugea finalement que ce cadeau princier, elle l'avait peut-
être bien mérité.

Dès qu'elle revint chez elle, elle enfila son pyjama et

après avoir baissé le chauffage, elle s'installa dans son fauteuil préféré, bien enveloppée dans une couverture. Pour l'avoir entendu annoncer à la radio, elle savait que ce soir, le groupe musical de l'heure allait être présenté à la télévision pour une première fois en Amérique.

À défaut d'aller au cinéma et d'avoir une télévision, Francine s'était mise à écouter de la musique, au grand plaisir de Laura qui, elle, ne jurait que par cela, et ce, depuis de nombreuses années. Chaque fois qu'elles s'étaient rencontrées au cours de cette dernière année, elles en avaient parlé, se rappelant, avec des fous rires de gamines, les musiques de leurs années d'adolescence.

Alors, ce soir, tandis qu'elle s'apprêtait à regarder les Beatles, Francine se doutait bien qu'à plus de cent milles de chez elle, Laura aussi devait être devant sa télévision.

Cette supposition lui fit chaud au cœur. C'était comme un lien entre elles. Un lien dont Francine avait bien besoin.

La jeune mère remonta la couverture jusque sous son menton en soupirant de bien-être. À bien y penser, Bébert avait eu raison d'insister pour que Laura soit la marraine de Steve. Sans la voir aussi souvent qu'elle le voudrait, Francine sentait que l'amitié qui la liait à Laura était plus sincère que jamais.

*Oh please, say to me...*

La chanson qu'elle savait par cœur sans en comprendre le sens la tira de sa réflexion.

Les quatre jeunes Anglais crevaient l'écran. Oubliant Laura, Francine jugea aussitôt qu'ils étaient nettement mieux en personne qu'en photo. Ils avaient l'air d'une bande de gamins turbulents qui s'amusaient, surtout celui à gauche de l'écran qui jouait de la guitare à l'envers. Il était particulièrement beau.

Il lui faisait penser à Patrick.

Francine regarda autour d'elle, comme si elle s'attendait à voir apparaître brusquement Patrick dans son salon. Cela faisait un bon moment qu'elle n'avait pas pensé à lui. Elle n'avait pas le temps et c'était peut-être mieux comme ça. Mais en ce moment, un vestige de cet amour total et sincère qu'elle avait déjà ressenti lui fit débattre le cœur. Où était-il, son beau Patrick, que faisait-il ? Et que dirait-il, surtout, s'il venait à apprendre qu'il avait un fils ?

Francine poussa un long soupir, nostalgie et fatigue entremêlées, puis elle reporta les yeux sur la télévision où les jeunes chanteurs prenaient place pour une seconde chanson. Il était beaucoup trop tard pour les regrets. Valait mieux se concentrer sur le temps présent et garder ses énergies pour son fils. De toute façon, la vie serait bien moins difficile maintenant qu'elle avait une télévision. Fini les longues soirées solitaires. Dorénavant, tous les soirs, si elle en avait envie, Francine pourrait avoir de la visite. Des *Belles histoires des pays d'en haut* à *Plein soleil* dont Laura lui avait parlé, en passant par tous ces films qu'elle n'avait plus les moyens d'aller voir au cinéma, Francine ne serait plus jamais seule. Demain, à la pause du midi, elle irait à la compagnie Paquet, un des grands magasins ayant pignon sur rue près de la manufacture où elle travaillait, et elle achèterait une belle carte pour remercier Laura. Comme son amie n'était pas là hier, Francine n'avait pu le faire de vive voix. Tant pis pour la dépense, elle rognerait sur le budget de l'épicerie.

Quand les Beatles eurent disparu de l'écran, Francine se releva pour tourner le bouton et revenir à une émission en français. Même s'il faisait un peu froid dans l'appartement, ce soir, Francine n'avait pas envie de se glisser sous les couvertures pour se réchauffer.

Pendant ce temps-là, tel que supposé par Francine, Évangéline et ses petits-enfants étaient, eux aussi, assis devant leur télévision. Amoureuse inconditionnelle de la musique, Évangéline battait la mesure du bout de son chausson de laine. Ce rythme enlevé lui plaisait bien, ce qu'elle s'empressa de dire à Laura dès que la dernière note se fit entendre.

— T'avais raison, Laura. Sont pas pires.

Laura tourna vivement la tête vers sa grand-mère tandis que ses deux frères quittaient la pièce, peu impressionnés par la prestation des jeunes Anglais.

— Comment ça, pas pires ? Ils sont excellents.

Évangéline fit la moue.

— Mettons. J'irais même jusqu'à dire que je les trouve meilleurs pis moins énervés que ton Elvis Presley. Dans le fond, y' ont juste un défaut.

— Un défaut ?

Laura avait l'air offusquée. À croire que sa grand-mère lui adressait un reproche personnel.

— Ouais, un défaut : y' ont l'air pouilleux avec leu

cheveux par-dessus les oreilles. Pis c'est pas pasqu'y' portent un habit trop p'tit pis une cravate en lâcet que ça change quèque chose. Dans mon temps, tu sauras, ma p'tite fille, un homme devait pas avoir les cheveux qui touchent à son col de chemise. C'est juste une question de propreté. Si tu veux mon avis, Laura, y' sont mieux de se faire couper les cheveux, tes chanteurs anglais, pasque sinon, y' vont pas faire long feu. Tu sauras m'en parler dans quèques mois. Mais pour la musique, t'as raison : y' sont plus que pas pires. Bon ! Astheure que c'est dit, tu vas m'excuser, ma belle fille, chus fatiguée sans bon sens. Je m'en vas me coucher. On se reverra au déjeuner.

* * *

— Te rends-tu compte, Laura ? Avec un peu de chance, on pourrait les voir en personne !

Le printemps était hâtif cette année, et, à la mi-mars, la neige était presque toute fondue. Alicia et Laura en avaient profité et elles revenaient à pas lents vers la demeure des Lacaille après une séance de cinéma où elles venaient de voir *Les oiseaux* d'Alfred Hitchcock, film qu'Alicia avait qualifié de chef-d'œuvre et que Laura n'avait pas particulièrement aimé. Ayant vu qu'elle n'arriverait jamais à convaincre son amie et que le ton risquait de monter, Alicia s'était rabattue sur son sujet de prédilection : le voyage qu'elle entreprendrait à l'été en compagnie de Laura. Ses parents avaient enfin accepté qu'elle aille en Angleterre chez ses grands-parents paternels qu'elle n'avait pas revus depuis de nombreuses années. Comme elles l'avaient souvent projeté, Laura serait de la partie. Mais, curieusement, aux dires d'Alicia, son amie ne montrait pas tout l'enthousiasme qu'un tel projet aurait dû susciter. Alicia s'était donc promis de faire changer les choses.

— J'ai même écrit à ma grand-mère pour qu'elle se renseigne, poursuivait-elle, exubérante. Après tout, on va être en Angleterre pour plus d'un mois! Verrais-tu ça, Laura? Toi et moi à un spectacle des Beatles! Ce serait formidable, non?

— Bien sûr.

Le ton de Laura était prudent, presque contraint. Retenant un soupir d'impatience, Alicia s'arrêta pile et se tourna vers elle.

— Bon! Qu'est-ce qu'il y a?

Laura écarquilla les yeux, imitant ainsi, et à la perfection, une fille tout à fait surprise par la question.

— Comment ça, qu'est-ce qu'il y a? Il n'y a rien de particulier sinon que je n'ai pas vraiment aimé le film et que...

— On ne parle plus du film et tu le sais fort bien. N'essaie pas de noyer le poisson.

Laura se détourna, rougissante. Elle aurait bien dû mentir, aussi, et partager l'emballement d'Alicia pour le film. Leur conversation aurait été moins épineuse. Il faisait trop beau pour avoir une dispute.

— D'accord, admit-elle enfin en recommençant à marcher pour éviter le regard de son amie. On ne parle plus du film mais du voyage.

— Merveilleux, lança Alicia, sarcastique, lui emboî-
tant le pas. On parle de notre voyage. Alors, dis-moi pourquoi, chaque fois que j'essaie de parler de ce fichu voyage,
toi, tu sembles te défiler ?

— Je ne me défile pas.

— Ah non ?

— Pas du tout. C'est... c'est juste que j'ai trop de
choses en tête pour me réjouir vraiment. Laisse finir
l'année scolaire et tu vas voir.

— L'année scolaire ! Comme si je n'avais pas d'études,
moi ! Ton excuse ne tient pas la route, Laura.

— Je n'ai jamais dit que tu n'avais pas d'études. Tu
mélanges tout.

— Nenni, madame, je ne mélange rien du tout. C'est
toi qui es de mauvaise foi.

Laura ne répliqua rien, car il n'y avait rien à répliquer.
Alicia avait raison. Les yeux au sol, Laura continua
d'avancer sans répondre.

Comment dit-on à une très bonne amie que le projet
caressé depuis tant d'années ne se réalisera pas ? Où
trouver les mots qui annonceraient la triste nouvelle sans
blesser ? Parce que Laura savait qu'elle ne pourrait
accompagner Alicia, et ce, depuis des mois ! C'était une
bête question d'argent. Après avoir participé à l'achat de
la télévision pour Francine et contribué à la cagnotte qui
permettrait à Antoine de s'envoler pour Paris, Laura ne
pouvait se permettre de passer une bonne partie de l'été
sans travailler, d'autant plus qu'elle avait décidé, sans en
parler à qui que ce soit, d'ajouter une année de psycho-

logie à ses études. Le travail d'Angéline, la fille de la tante Estelle, la fascinait. Mais allez donc expliquer ça à quelqu'un qui n'a qu'à demander pour recevoir !

Et comme Laura détestait par-dessus tout faire de la peine à quelqu'un...

Elle soupira, toujours sans parler.

Malgré la peine qu'elle ferait sûrement à Alicia, Laura savait qu'elle avait pris les bonnes décisions. Antoine et Francine avaient beaucoup plus besoin d'elle qu'une Alicia qui partirait, de toute façon, retrouver ses grands-parents. Il n'y avait aucune commune mesure entre les trois situations.

Devant le silence qui perdurait, Alicia s'impatienta.

— Alors, Laura Lacaille ? Ton silence est éloquent. Si tu ne dis rien, c'est que j'ai raison et qu'il y a un problème. Sinon, tu serais folle comme un balai, comme tu le dis parfois.

Laura sursauta, posa brièvement les yeux sur Alicia qui la dévisageait.

— Peut-être, oui…

Laura était toujours aussi hésitante. Le rythme de ses pas avait ralenti.

— Oui, avoua-t-elle enfin. Il y a un problème et il est de taille. Mais il faut que tu saches, d'abord, que je ne veux pas te…

— Tes parents ! improvisa Alicia, lui coupant la parole.

Elle savait fort bien que les parents de Laura n'étaient pas toujours faciles, surtout quand venait le temps de donner une permission.

— Tes parents ont changé d'avis, poursuivit-elle, et ils ne veulent plus que tu partes. À quelques mois de ta majorité, c'est un peu ridicule, tu ne trouves pas ?

La tentation de donner raison à Alicia fut très forte. L'excuse serait tout à fait plausible et Laura détestait parler d'argent avec son amie. Sur ce sujet, elles ne vivaient pas sur la même planète. Mais en même temps, Laura savait pertinemment qu'Alicia ne lâcherait pas le morceau aussi facilement. Si Laura se servait de ses parents comme excuse, Alicia la harcèlerait pour la convaincre de leur parler et chacune de leurs rencontres serait un vrai cauchemar. Aussi bien dire la vérité tout de suite et régler le problème une bonne fois pour toutes, en espérant qu'Alicia ne lui en voudrait pas trop.

— Non, ce n'est pas mes parents, précisa Laura, la voix enrouée. Ils ne savent même pas que je ne partirai plus.

Voilà, le morceau était lâché ! Les deux filles venaient d'arriver devant le casse-croûte de monsieur Albert. Une seconde fois, Alicia s'arrêta brusquement.

— Que tu ne partiras plus ? Ai-je bien compris ?

— Oui, tu as très bien compris.

— Mais qu'est-ce que c'est que ça ? Depuis quand tu ne viens plus avec moi ? Ça fait des mois, des années qu'on en parle !

— Je sais. Mais je n'ai pas le choix.

Alicia semblait atterrée. De grosses larmes de déception brillaient dans ses yeux.

— Comment ça, pas le choix ? demanda-t-elle d'une

voix étranglée. On a toujours le choix dans la vie, tu sauras, Laura Lacaille.

— Pour toi peut-être, mais pas pour moi. C'est le voyage ou une année en psychologie. Il est là, mon choix.

— La psychologie, maintenant!

Une pointe de colère s'était glissée à travers la déception d'Alicia.

— Avoue-le donc que tu n'as jamais eu l'intention de venir avec moi!

— Mais ce n'est pas vrai. J'en rêvais, de ce voyage.

— Sûrement pas tant que ça puisque tu ne viens pas. Si c'était vraiment une question d'argent comme tu sembles le dire, tu m'en aurais parlé bien avant aujourd'hui. Tu sais très bien que mes parents pourraient t'aider. Mais on sait bien! Madame est trop orgueilleuse pour accepter de l'aide!

— Tu as raison, Alicia, il n'est pas question que tes parents me paient un voyage. Essaie de comprendre!

— Oh! J'ai tout compris, ne t'inquiète pas… Je… Tu vas m'excuser auprès de ta mère, mais ça ne me tente plus tellement d'aller souper chez toi. J'aurais de la difficulté à sourire devant ta famille.

Et sans même une promesse de la rappeler, Alicia tourna les talons et se perdit rapidement dans la foule.

Ce fut au tour de Laura d'avoir les yeux pleins d'eau. Elle pouvait bien se plaindre que les gens autour d'elle ne savaient pas s'exprimer, elle ne valait guère mieux.

Laura tourna le coin de la rue. Tout au bout, il y avait la maison de sa grand-mère. C'était chez elle, et bien que la discussion l'ait toujours embêtée, elle prit brusquement conscience que son père n'avait pas tort quand il affirmait qu'on ne mélange pas des pommes avec des oranges. Alicia ne pourrait jamais comprendre que Laura refuse l'argent de ses parents. Ce n'était pas de l'orgueil, c'était de la fierté. Cette même fierté qui avait permis à sa grand-mère de faire son chemin dans la vie.

Laura reprit son chemin en marchant très lentement. Elle voulait avoir le temps de reprendre sur elle avant d'entrer dans la maison. Ses parents et sa grand-mère n'avaient pas à savoir qu'elle avait pleuré. De déception, bien sûr, car malgré tout ce que pouvait en penser Alicia, Laura avait toujours rêvé de faire ce voyage. Mais de colère aussi parce qu'Alicia n'avait rien compris. Inutile de lui parler de Francine ou d'Antoine, car elle n'aurait probablement pas plus compris.

Ne lui restait plus qu'à aviser sa mère qu'elle ne partirait pas.

Heureusement, avec Bernadette, Laura n'aurait pas besoin de tout expliquer. Sa mère la comprendrait et serait fière d'elle.

# CHAPITRE 5

*« Love me, please love me*
*Je suis fou de vous*
*Pourquoi vous moquez-vous chaque jour*
*De mon pauvre amour ?*
*Love me, please love me*
*Je suis fou de vous*
*Vraiment, prenez-vous tant de plaisir*
*À me voir souffrir »*

*Love me, please love me*
MICHEL POLNAREFF

## Montréal, lundi 20 avril 1964

Comme chaque fois qu'il voulait être tranquille, Marcel avait enfilé sa vieille veste de laine rapiécée et il était venu se réfugier dans la chambre froide de la boucherie.

Tout à l'heure, en prenant son café, il avait entrevu, dans le journal du matin, la merveille des merveilles. C'était sûrement d'elle que son ami Lionel avait parlé en termes admiratifs, pour ne pas dire superlatifs !

Marcel voulait la contempler à son goût et il n'avait pas du tout l'intention que Bernadette le surprenne, lui, en train de se pâmer sur une photo, comme un gamin.

Il comptait bien, aussi, forger sa propre opinion.

Marcel avait donc quitté la maison en coup de vent pour arriver à l'épicerie avant tout le monde.

Il déposa son journal sur le bout de l'étal et approcha le petit banc qu'il utilisait pour faire ses comptes.

Puis il ouvrit le journal à la page dix.

Elle était là, aussi belle que dans les descriptions les plus élogieuses, les plus exubérantes de Lionel.

Marcel la contempla un long moment avec un regard gourmand.

Elle avait des formes équilibrées. Elle n'était ni trop grande ni trop large et elle était, surtout, décapotable !

En rouge, comme sur la photo, elle était absolument géniale. Même si son ami Lionel avait une forte propension à l'exagération, cette fois-ci, il ne s'était pas trompé. La Ford Mustang était une pure merveille. Bien plus belle que la Corvair ou la Dodge Dart. Cela faisait des semaines qu'ils en parlaient le soir à la taverne, et elle était enfin arrivée !

Durant un bref mais fulgurant instant, Marcel regretta d'avoir cédé à ses envies et de s'être procuré une auto neuve, alors que son vieux Dodge beige et brun de 1954 aurait pu, encore pour un moment, lui rendre de précieux services. À preuve, Bernadette l'utilisait tous les jours et elle ne s'en plaignait jamais. S'il s'était montré raisonnable l'an dernier, aujourd'hui, il pourrait s'acheter une Mustang et personne n'aurait à redire quoi que ce soit. Mais non ! Il avait voulu faire son jars et se promener en auto neuve. En ce moment, il en payait le prix.

Marcel resta longtemps immobile à détailler le bijou qui, il le savait déjà, allait devenir l'auto de ses rêves. Il s'imagina cheveux au vent, se promenant le samedi soir dans le centre-ville, faisant l'envie des passants, même si pour l'instant, les balades au centre-ville se faisaient plutôt rares. Les rues éventrées par la construction du métro n'étaient pas invitantes. Mais ça ne durerait plus très longtemps et bientôt, s'il n'avait pas changé d'auto l'an dernier, Marcel aurait pu faire l'envie de bien des gens. À commencer par son frère Adrien qui, lui, se contentait de sa vieille auto. Elle était peut-être décapotable, il n'en restait pas moins qu'elle commençait à être passablement rouillée. Deux hivers à Montréal avaient donné son coup de grâce à la merveille bleu ciel.

— Mais comment c'est que tu veux qu'y' change de char, Adrien ? Y' travaille même pas. Je pense que je le comprendrai jamais !

Se rappeler que son frère se promenait dans une vieille auto décrépie atténua sa déception. Après tout, son Oldsmobile Cutlass avait fière allure. En plus, elle était rouge, comme la Mustang de l'annonce !

Marcel referma le journal. Quand il aurait fini de payer son Oldsmobile, il serait toujours temps de s'acheter une Mustang.

Puis, il repensa à son frère.

Quand Marcel disait qu'il ne le comprenait pas, ce n'était pas une simple question d'auto. C'était l'ensemble de sa vie qu'il ne comprenait pas.

À commencer par ce désir soudain qu'il avait eu d'aller se battre en Europe quand ils étaient encore des jeunots. Allez donc comprendre pourquoi un homme décide de risquer sa vie pour des étrangers.

— Celle-là, je la comprendrai jamais, murmura Marcel les deux coudes appuyés sur l'étal et le menton entre ses mains. Quand ben même on me l'expliquerait durant des heures, je comprendrais pas. Calvaire! Faut-tu être fou, rien qu'un peu.

Puis, il y avait eu son absence. Dix ans, ou à peu près, sans venir voir leur mère.

— Une autre affaire que je comprendrai jamais, marmonna Marcel sans changer de position. Y' le savait, Adrien, que la mère avait un faible pour lui. A' l'a toujours eu. Y' devait ben se douter qu'a' se morfondait pour lui. Même moé, j'aurais jamais faite ça. Jamais! Pis c'est pas pasqu'on passe notre temps à se faire des compliments, la mère pis moé. Je dirais même qu'on est comme chien et chat pis qu'on est pas souvent du même avis. Mais une mère, calvaire, ça reste une mère!

Puis Adrien était revenu.

Depuis son arrivée à Montréal l'année précédente, c'était la manie d'Adrien de vouloir, à tout prix, s'occuper lui-même de sa fille que Marcel remettait en question.

— Comme si y avait pas assez de femmes autour de c't'enfant-là pour s'en occuper. Je le sais ben qu'a' l'est infirme, la pauvre p'tite, mais c'est pas une raison pour qu'un homme arrête de travailler. Pas sûr, moé, que Michelle serait pas mieux de grandir avec des femmes.

Une fille, infirme ou pas, ça restera toujours ben une fille. Pis en plusse, la p'tite Michelle, a' l'en a une, mère, une vraie ben à elle au Texas. Faut-tu être sans dessein, un peu, pour rester loin de sa maison pis de sa famille comme ça. Y' avait juste à se trouver une femme par icitte si y' voulait vivre icitte.

Un coup frappé à la porte de la chambre froide mit un terme à ce long monologue que Marcel se tenait à lui-même. Un coup d'œil machinal à l'horloge et il sauta sur ses pieds. Adrien et sa vie étaient subitement relégués très loin dans ses pensées.

— Calvaire de calvaire ! J'ai pas vu le temps passer, moé là. Proche huit heures pis j'ai pas monté mon comptoir ni faite mon steak haché.

Au même instant, Benjamin Perrette, le propriétaire de l'épicerie, passait la tête dans l'entrebâillement de la porte. Le vieil homme était tout souriant. Malgré cela, Marcel s'empressa de le rassurer.

— Je le sais que chus un peu en retard, m'sieur Perrette, mais j'vas me dépêcher de préparer le steak…

Ben Perrette se mit à rire.

— Chus pas venu pour te tirer la pipe, mon jeune. La boucherie, c'est chez vous, pis c'est toé qui décides. Non, chus venu pour te parler. Mais si ça te fait rien, on va aller dans mon bureau. Icitte, y' fait ben que trop frette. Je sais pas comment tu fais pour rester des heures de temps dans un frette pareil.

— C'est ben la seule place dans toute la ville de Montréal ousque chus sûr d'avoir la paix. Pas de femme, pas d'enfants, pas de clientes… C'est pour ça que j'viens icitte. Pis le frette, vous saurez, on finit par s'habituer.

— Ben, parle pour toé, mon Marcel. Moé avec, j'étais boucher dans le temps, pis je me suis jamais accoutumé à la maudite chambre froide. Astheure, viens dans mon bureau, faut que je te parle. C'est ben important.

Une heure plus tard, Marcel regagnait la boucherie, à l'arrière de l'épicerie de monsieur Perrette. Il était songeur et pour une première fois, peut-être, il n'avait pas envie de monter son comptoir. Il avait trop de choses en tête pour prendre plaisir à travailler. Pourtant, il n'avait pas le choix. Les clientes se pressaient déjà autour de lui, heureuses de le voir apparaître.

— Donnez-moé une couple de menutes pour toute préparer, les madames, pis ça va me faire plaisir de vous servir. Vous savez ce que c'est, ajouta-t-il en faisant un clin d'œil polisson, quand le boss veut vous voir, c'est lui qui passe en premier. Faites le reste de vos commissions pis revenez icitte dans une dizaine de menutes. Vous allez voir ! J'ai des ben belles *chops* de lard à matin. Pis des bonnes tourtières au veau, faites d'hier au soir. C'est ma femme Bernadette qui les a préparées. Y a pas meilleur !

Ce lundi-là fut probablement la journée la plus étrange que Marcel passa à la boucherie. Entre une livre de baloney et un jambon, entre quelques côtelettes et un rôti, entre le plaisir qu'il avait toujours eu à servir ses clientes et les propos que monsieur Perrette lui avait tenus au petit matin, Marcel eut l'impression de rêver sa journée plus que de la vivre.

Il avait tout simplement l'impression que sa vie lui échappait.

Mais à qui en parler ?

Certaines choses font partie de la vie privée des gens, et même les meilleurs amis de taverne ne peuvent se transformer en confidents.

Aux yeux de Marcel, la discussion avec monsieur Perrette faisait justement partie de ces choses que l'on ne confie pas au premier venu.

Et tant pis s'il qualifiait son ami Lionel de premier venu.

En fin de journée, il fut le dernier à quitter l'épicerie. Il frotta longuement son étal et son comptoir avant de partir, comme si c'était la dernière fois qu'il y travaillait.

Puis il remonta l'allée des conserves en détaillant les boîtes bien alignées. L'annonce de Ben Perrette avait de quoi perturber n'importe qui, d'autant plus le boucher de la place !

Marcel, qui avait pourtant bon appétit, mangea du bout des lèvres avant de se retirer au salon. Puis, devant l'invasion de la pièce par les jeunes, il se réfugia dans sa chambre. Habituellement, il aurait élevé la voix, mais pas ce soir. Il avait d'autres chats à fouetter, autrement plus importants que deux garçons un peu bruyants. Curieux, d'ailleurs, cette nouvelle manie qu'avait Antoine de lui tenir tête et de faire le chahut avec son petit frère. Marcel ne l'aurait jamais avoué, mais il aimait bien cette nouvelle attitude. À ses yeux, c'était plus viril, plus normal pour un garçon. Peut-être bien, après tout, que ce fichu voyage à Paris y était pour quelque chose !

Le soir commençait à tomber. Sans allumer, Marcel s'allongea sur son lit. Il lui fallait réfléchir et vite. Son avenir en dépendait. Le sien, soit, mais aussi celui de sa famille.

C'est ainsi que Bernadette le retrouva, quelques heures plus tard, alors qu'elle revenait de chez Estelle. Marcel n'avait pas bougé. Couché dans le noir, il fixait, sans vraiment le voir, le réverbère au coin du terrain.

— Veux-tu ben me dire ce que tu fais là, toé ?

Bernadette avait fait un peu de clarté, se croyant seule dans la chambre. C'est en levant la tête qu'elle avait aperçu Marcel.

Ce dernier ne répondit pas. Bernadette s'approcha du lit, retira sa robe de nuit qu'elle avait pliée sous l'oreiller et se tourna pour se changer.

— T'es-tu malade, coudon ? demanda-t-elle par-dessus son épaule.

Marcel leva les yeux vers elle.

— Tu m'as-tu déjà vu malade, calvaire ?

— Non. T'as ben raison, t'as une santé de fer…

En un tournemain, Bernadette avait enfilé sa robe de nuit. Elle déposa son linge sur la chaise à côté de la table de nuit et se dirigea vers le bureau pour se brosser les cheveux.

— Que c'est que t'as, d'abord ? C'est pas dans tes habitudes de rester tuseul à jongler dans le noir.

— Je le sais. Mais à soir, c'est pas pareil.

Marcel et Bernadette se regardaient par miroir interposé. Celle-ci leva les sourcils devant la réponse de son mari.

— Que c'est qu'y' a de différent à soir à part le fait, ben entendu, que t'as mangé comme un moineau ?

Marcel esquissa un petit sourire.

— T'as remarqué ?

Bernadette haussa les épaules, replaça rigoureusement sa brosse en nacre sur le bureau, tout à côté du petit miroir appareillé, puis elle revint lentement vers le lit.

— C'est sûr que j'ai remarqué, fit-elle en tirant sur le couvre-lit. Ça fait plusse que vingt ans qu'on vit ensemble pis c'est ben la première fois que ça arrive.

— Tu viens de le dire. C'est pasque ça fait vingt ans.

Bernadette suspendit son geste et laissa retomber les couvertures.

— Ben là, Marcel, va falloir que tu m'expliques ta pensée pasque moé, je comprends rien en toute dans ce que tu viens de dire. Comment c'est faire que le fait de vivre ensemble depuis vingt ans peut venir jouer dans ton appétit ? Me semble que c'est pas clair.

— Ben pour moé, ça l'est. Pis en calvaire, à part de ça.

Marcel se releva en soupirant. Comme il le faisait tous les soirs, il ouvrit le dernier tiroir de sa commode pour retirer la chemise qu'il porterait le lendemain. Il la déposa soigneusement sur le dossier de sa chaise.

— J'ai toujours ben mangé pasque j'avais l'esprit en paix, tenta-t-il d'expliquer sans regarder Bernadette qui en profita pour se glisser sous les couvertures. À soir, c'était différent. Tu vois ben que c'est pas difficile à comprendre.

— Vu de même, c'est sûr que c'est plusse clair. Mais ça

me dit pas pourquoi, par exemple, t'avais l'esprit préoccupé.

— C'est à cause de Ben Perrette.

Bernadette se redressa aussitôt.

— Ben Perrette? Que c'est qu'y' vient faire dans ton
appétit, lui? T'as toujours ben pas perdu ta job, hein?
Pasque si c'est le cas, m'en vas y parler dans face, à Ben
Perrette. C'est pas pasque c'est un p'tit vieux qu'y' va s'en
tirer comme ça. T'es un bon boucher, Marcel. Le meilleur
que je connais, tu sauras.

— Pasque t'en connais d'autres?

À ces mots, Bernadette se mit à rougir, comme chaque
fois que Marcel lui faisait remarquer qu'elle venait de dire
une idiotie. Mais comme cette fois-ci elle était certaine de
ce qu'elle avançait, elle s'entêta. Marcel était un excellent
boucher.

— Fais-moé pas dire ce que j'ai pas dit, Marcel Lacaille.
C'était juste une manière de parler. T'es un bon boucher
pis tu le sais à part de ça. Fait que si Ben Perrette veut te…

— Ben Perrette veut pas me mettre à porte,
Bernadette, coupa calmement Marcel. C'est juste qu'y'
veut vendre son épicerie.

Un lourd silence succéda aux paroles de Marcel. Un
silence où Bernadette eut l'impression que les rouages de
sa pensée s'entendaient dans toute la pièce.

— Y' veut vendre? demanda-t-elle pour gagner du
temps, car elle avait fort bien compris. Pourquoi?
enchaîna-t-elle aussitôt. Pis que c'est que ça a à voir avec
toé?

— Ça a toute à voir, ma pauvre Bernadette. Ben Perrette, y' veut vendre rapport qu'y' est vieux, tu viens de le dire toi-même. Pis si le nouveau boss décide de pus avoir de boucherie, c'est là que j'vas perdre ma job.

Bernadette balaya l'objection du revers de la main.

— T'auras juste à t'engager ailleurs, c'est toute, fit-elle catégorique. Ta réputation est faite, me semble.

— Non, Bernadette, c'est pas de même que je vois l'avenir. C'est justement à ça que j'ai passé ma soirée. J'ai pensé à ce que je ferais si jamais y avait pus de boucherie à l'épicerie Perrette. Pis une affaire qui est sûre, c'est que j'ai pas envie de me retrouver engagé dans une grosse épicerie. C'est ça qui est devenu à la mode, les grosses épiceries. Pis ça me tente pas. C'est pas moé, de travailler pour un autre. Chus habitué de ronner ma *bizness* tuseul. Pis je pense que j'ai pas trop mal réussi. Toute ça pour revenir au faite que ça fait plusse que vingt ans que je travaille chez Perrette, pis tout d'un coup, j'ai ben peur d'avoir à toute recommencer. C'est pour ça qu'à soir, au souper, j'avais pas trop faim.

Un second silence envahit la pièce tandis que Marcel éteignait la lumière pour se changer, comme il le faisait tous les soirs. Mais au lieu de venir s'étendre dans le lit tout contre Bernadette, comme il avait coutume de le faire depuis leur mariage, Marcel se dirigea vers la fenêtre. Sa haute stature était nimbée de la lumière du réverbère, et Bernadette vit clairement le gros soupir qui gonfla sa poitrine. Pour une toute première fois, elle pressentit que son mari aussi pouvait être vulnérable comme tout le monde.

Était-ce la noirceur qui engendra la confidence? Bernadette n'aurait su le dire. Mais à l'instant où elle allait suggérer à Marcel de venir la rejoindre, celui-ci croisa les mains dans son dos et, les jambes écartées comme s'il avait besoin de garder son équilibre, il se remit à parler.

— C'est quand Adrien est arrivé avec la p'tite Michelle que j'ai compris à quel point on avait été chanceux, toé pis moé. Trois beaux enfants en santé, c'est pas mal moins dur à vivre qu'une seule infirme. Même si par bouttes, j'ai ben de la misère à les comprendre, mes enfants.

Confidence ou pas, Marcel serait toujours Marcel. Il disait les choses crûment, sans fioritures, en digne fils d'Évangéline qu'il était.

— Ça veut pas dire que chus d'accord avec la manière de faire d'Adrien, par exemple, poursuivit-il d'une voix sourde comme s'il ne parlait que pour lui-même. Mais dans un sens, ça me regarde pas. Ce qui me regarde, c'est ma famille à moé.

C'était bien la première fois que Bernadette entendait Marcel parler de leurs enfants sur ce ton. Ce qu'elle avait toujours considéré comme étant sa famille à elle était en fait leur famille. Durant toutes ces années, elle l'avait peut-être un peu oublié. Après tout, Marcel ne travaillait pas que pour lui.

— Ça fait vingt ans que je trime dur du matin au soir pour ma famille. Mais remarque que je m'en plains pas, j'aime ma job. C'est sûr que quand Laura est arrivée, ça m'a pris de court. J'étais pas prêt à avoir un bebé aussi vite après le mariage. Je pensais qu'on aurait un peu de temps à nous autres avant de commencer la famille. Après toute, on se connaissait pas ben ben, toé pis moé. Ça s'était faite vite, c'te mariage-là. Ouais, ça me dérangeait ben gros d'avoir un p'tit aussi vite que ça. Je trouvais qu'on était trop jeunes. N'empêche que quand tu m'as demandé d'augmenter ton allocation pasque tu trouvais qu'un bebé, ça coûtait cher, j'ai pas rechigné pis je te l'ai donné, ton argent. Je me suis dit que j'avais juste à travailler plusse fort pis que ça passerait. Pis ça a passé. Dans le fond, ma boucherie, je l'ai montée d'un enfant à l'autre. Travailler pour ma famille, ça donnait un sens à mes journées.

Bernadette retenait son souffle tellement elle avait peur de bousculer Marcel et qu'il finisse par se taire. Cela faisait vingt ans qu'elle espérait vivre un instant comme celui-ci. Un instant de partage, de dialogue.

— J'ai petête ben pas été un père qui joue à quatre pattes avec ses p'tits, mais au moins, mes enfants ont manqué de rien. Hein, Bernadette, que vous avez manqué de rien ?

— Pour ça, approuva Bernadette d'une voix très douce, t'as ben raison. On a jamais manqué de rien. T'as ben rempli ta part du contrat, Marcel. Pis en plusse, tu nous as gâtés. Le char pis la tivi, nous autres avec, on en a profité.

— C'est en plein ce que je me suis dit, à soir, pendant que je pensais à toute ça. J'ai ben rempli ma part du contrat, pis calvaire que j'aimerais ça continuer à le faire. C'est sûr que pour Laura, c'est moins important.

A' l'aurait juste à lâcher ses maudits bancs d'école pour être capable de se débrouiller tuseule. Pis pour Antoine, on dirait ben que c'est la même affaire, même si je comprends rien là-dedans. J'en reviens pas encore qu'on peut penser de vivre comme du monde en vendant ses dessins. Mais pour Charles, par exemple...

Une curieuse émotion traversa la voix de Marcel quand il prononça le nom de son plus jeune fils. Comme un trémolo qui vint se planter profondément dans le cœur de Bernadette.

— Pour Charles, j'ai pas le choix de continuer. Si un jour y' avait la même idée folle que sa sœur pis qu'y' voulait aller à l'université, j'veux être capable d'y dire oui. Ça fait que si je calcule ben comme faut, j'en ai encore pour une bonne vingtaine d'années avant de lâcher mon tablier. C'est long en calvaire, vingt ans, quand t'aimes pas ta job.

— Pour ça...

Marcel se tourna vers Bernadette et, ouvrant tout grand les bras, il conclut:

— C'est là où chus rendu. Je vois rien d'autre devant moé que le fait qu'y' faut que je continue à travailler, d'une manière ou ben d'une autre.

— Petête ben que ça va être moins pire que ce que tu t'imagines. Petête que...

— J'haïs ça, des « petête » ! Petête, ouais, que ça va ben se passer mais petête, avec, que le nouveau boss voudra pas de boucherie. Ou ben y' va vouloir que la boucherie soye à son nom. J'ai pas de papier, moé, qui dit que la boucherie est à moé. Monsieur Perrette pis moé, on s'est contentés de nos paroles pis ça fait vingt ans que ça dure. Pas sûr, moé, que ça va être pareil avec un autre boss. La boucherie, a' fait pas juste ses frais, tu sauras. A' fait des profits ben intéressants. Le nouveau propriétaire serait ben cave de laisser aller ça sans dire un mot.

— Pis c'est qui, le nouveau propriétaire ? demanda Bernadette.

Marcel était venu la rejoindre. Au mouvement qu'il y eut dans le lit à côté d'elle, Bernadette sentit que Marcel haussait les épaules.

— Je le sais pas encore. Toute ce que monsieur Perrette m'a dit, à matin, c'est que l'épicerie était à vendre. Lui y' est fatigué pis y' veut s'en aller finir sa vie en Floride.

— Comme ça, si je te comprends ben, y a pas encore d'acheteur ?

— On dirait ben. Pas pour astheure, entécas. Mais je vois pas en quoi ça change le faite qu'un jour, va ben falloir que...

— Laisse-moé finir, Marcel...

La voix de Bernadette était étrangement fébrile.

— Tu viens de dire aussi, poursuivit-elle, que Ben Perrette pense à s'en aller s'établir en Floride. Ça, Marcel, ça veut dire qu'y' a de l'argent de côté. On part pas vivre au boutte du monde les poches vides.

— Calvaire, Bernadette, c'est sûr que Ben Perrette a de l'argent de côté. L'épicerie est remplie de monde du matin au soir.

— Ben, achète-la ! Si a' fait des profits, l'épicerie de monsieur Perrette, ça serait petête une bonne affaire.

Il y eut un moment de flottement, comme si Marcel avait besoin d'un certain temps pour mesurer l'ampleur de ce que Bernadette suggérait. Puis, il se redressa brusquement.

— T'es-tu malade, toé ? J'ai pas les moyens de me payer ça, moé, une épicerie. Pis je connais rien là-dedans. C'est pas pasque je sais mener une boucherie que j'peux, du jour au lendemain, mener toute une épicerie.

— Déprécie-toé pas, Marcel. Moé, au contraire, chus sûre que t'es capable. Si t'as appris à ronner une boucherie, tu peux apprendre à ronner une épicerie. Ça doit ben se ressembler un peu. C'est comme moé avec mes produits Avon.

— Calvaire, Bernadette ! Va pas comparer tes rouges à lèvres avec une épicerie.

Piquée au vif, Bernadette se redressa à son tour.

— Ben, tu sauras, Marcel Lacaille, que moé, je vois pas de différence. J'ai mes livres de comptes comme toé. Je fais des chèques pis j'en encaisse d'autres comme toé. Pis je fais mon rapport d'impôt tous les ans, comme toé.

— Tu fais toute ça, toé ?

Marcel semblait incrédule, ce qui alimenta la colère de Bernadette.

— Ouais, je fais toute ça. Pis en plusse, y' a fallu que je monte ma clientèle tuseule. On parle pas d'une épicerie toute montée, tu sauras, on parle d'une *bizness* que j'ai partie à zéro. Fait que, viens pas lever le nez sur ma job.

A' vaut ben la tienne pis en plusse, je fais de l'argent comme toé.

— C'est vrai, admit Marcel, beau joueur. Ça avec, c'est une autre affaire que je comprends pas, mais faut que je reconnaisse qu'on peut faire de l'argent en vendant des rouges à lèvres... Mais ça me dit pas, par exemple, où c'est que j'vas trouver le *cash* pour l'acheter, l'épicerie. En autant que ça me tente de l'acheter, comme de raison. Pis en autant que monsieur Perrette veut ben me la vendre.

Encore une fois, Bernadette balaya l'objection du bout des doigts.

— C'est sûr qu'y' va vouloir te vendre son épicerie, Ben Perrette. Tout deviendrait facile pour lui. Jamais y' va oser lever le nez sur une offre pareille. Pis pour le *cash,* t'as juste à demander à monsieur Perrette de te signer un papier qui dit que t'es propriétaire de la boucherie depuis vingt ans. Un papier ben officiel, chez le notaire si y' faut. Après, avec c'te papier-là pis ton livre de comptes, t'auras juste à aller à la banque pour emprunter sur ta boucherie. Comme ça, tu vas l'avoir, ton *cash.* Dans le fond, la seule affaire qu'y' faut que tu te demandes, c'est si t'as plusse envie de travailler pour un étranger que pour toi-même. C'est toute.

Ainsi présentée, la solution semblait toute simple. Tellement simple que Marcel se recoucha sans dire un mot. Quand il finit par s'endormir, longtemps plus tard, il tentait d'imaginer à quoi ressemblerait une journée derrière une caisse enregistreuse plutôt que derrière un comptoir de viande.

Il dut admettre que l'image ne lui était pas désagréable.

\* \* \*

Pour Bernadette, la vente de l'épicerie était une chose réglée. Ça faisait maintenant dix jours que sa longue discussion avec Marcel avait eu lieu, et ce dernier n'en avait pas reparlé. Néanmoins, tous les soirs, il revenait du travail avec ses livres de comptes et dès le souper terminé, il s'enfermait dans leur chambre pour faire ses calculs. Bernadette ne s'en mêlait pas, même si elle trouvait que c'était un peu long. Jusqu'à aujourd'hui, Marcel avait toujours vu aux besoins de sa famille et même au-delà. Pour cette raison, elle lui faisait une entière confiance. Il prendrait la meilleure décision pour eux tous, elle en était persuadée.

De toute façon, elle avait bien d'autres préoccupations en tête, à commencer par Antoine qui devait partir dans un peu plus d'un mois.

Bernadette n'arrivait pas à se faire à l'idée que son fils allait s'envoler pour Paris.

— Comment voulez-vous, la belle-mère, avait-elle expliqué à Évangéline lors d'un déjeuner qu'elles prenaient en tête-à-tête, qu'un engin aussi gros pis pesant qu'un avion arrive à s'arracher du sol ? C'est contre nature, bâtard ! Pis c'est pas toute. Chus sûre qu'un p'tit vent de travers pourrait le faire dégringoler. Ça a pas l'air stable pantoute, ces machines-là. Depuis que je sais qu'Antoine va partir, je me suis mis à regarder toutes les avions que j'entends passer au-dessus de la maison.

Laissez-moé vous dire que ça se promène d'un bord pis de l'autre. À croire que le chauffeur sait pas ce qu'y' fait ! J'ai pas envie que mon Antoine se retrouve tuseul au beau milieu de l'océan. Pasque c'est là qu'y' se retrouverait, notre Antoine, vous saurez. Au beau milieu de l'océan Atlantique. Je le sais pasque l'autre jour, j'ai regardé sur la mappemonde de Laura.

Évangéline s'était contentée de se moquer gentiment d'elle. Mortifiée, Bernadette n'en avait jamais reparlé, gardant pour elle ses inquiétudes et ses insomnies.

Et encore ! S'il n'y avait eu que l'avion, peut-être bien que Bernadette aurait réussi à contrôler son anxiété. Mais il y avait aussi les trois semaines qu'Antoine passerait à Paris.

Trois semaines !

Aussi bien dire l'éternité. Une éternité que son fils passerait avec une quasi-inconnue. Car au fond, bien qu'elle lui ait parlé à quelques reprises et qu'elle l'ait rencontrée une fois, Bernadette ne connaissait pas vraiment cette madame Émilie. Évangéline avait beau lui répéter qu'étant la sœur de madame Anne, on avait là une garantie en béton, Bernadette ne s'en contentait pas.

— Pas sûre, moé, qu'être la sœur de madame Anne, ça veut dire que madame Émilie est pareille. Vous avez juste à regarder Antoine pis Charles pour comprendre ce que je veux dire. Y a pas deux frères plus différents l'un de l'autre que mes deux gars.

Évangéline avait fait semblant de réfléchir avant de rétorquer :

— Ben, on a juste à aller la voir encore une fois pour se faire une opinion.

Sans oser l'avouer ouvertement, Évangéline aussi espérait un peu mieux connaître madame Émilie avant le départ de son petit-fils.

— Aller la voir ? Vous pensez pas, vous, qu'on va avoir l'air de deux belles écornifleuses ?

— Pantoute. On va juste avoir l'air de deux curieuses. Comme mère pis comme grand-mère, c'est juste normal. On va y dire, à madame Émilie, qu'on aimerait ben ça voir les peintures qu'Antoine va envoyer à Paris. Pis ça sera même pas mentir.

— C'est vrai que ça me tente ben gros de les voir.

— Que c'est qu'on attend, d'abord ? Va te changer, Bernadette, on va y aller tusuite.

Bernadette avait hésité.

— Vous pensez pas qu'on serait mieux d'appeler avant ?

— Pantoute ! Y a rien de mieux que de prendre què-qu'un par surprise pour mieux le connaître. On aura juste à dire qu'on passait par là.

Dix minutes plus tard, le vieux Dodge de Bernadette tournait le coin de la rue. Une heure de plus et les deux femmes revenaient bredouilles. Oh ! Elles avaient vu les toiles d'Antoine, mises à sécher sur les chevalets de l'atelier, toutes plus belles les unes que les autres, mais madame Émilie, elle, brillait par son absence, partie faire des courses, comme l'avait expliqué une gardienne.

Déjà là, c'était bien mal parti aux yeux de Bernadette.

Une mère digne de ce nom ne laissait jamais de jeunes enfants aux soins d'une étrangère.

Et dire qu'elle avait gaspillé la seule excuse qui lui venait à l'esprit pour justifier une seconde visite chez madame Émilie. Elle aurait bien dû appeler, aussi !

Une semaine plus tard, Bernadette en était toujours au même point. Plus la date du départ approchait et plus elle était inquiète.

C'est encore à ce fichu voyage que Bernadette réfléchissait, assise sur le perron avant, par ce bel après-midi d'avril.

La maison était vide au grand complet. Évangéline et Estelle étaient parties en promenade et Adrien avait un rendez-vous à l'hôpital avec la petite Michelle. Il semblait bien mystérieux, d'ailleurs, quand il avait quitté la maison, déclinant l'offre de Bernadette qui proposait de l'accompagner. Mais comme, depuis l'automne, elle s'efforçait de réinventer sa vie sans lui, le *chez nous* en parlant du Texas lui étant resté coincé dans la gorge, Bernadette avait ravalé sa déception et s'était installée sur le perron pour profiter de ces quelques moments de solitude. Malheureusement, Antoine et son voyage s'étaient manifestés aussitôt après qu'elle eut pris une bonne inspiration, venant lui gâcher tout son plaisir.

Sachant qu'à ne rien faire, elle n'arriverait jamais à penser à autre chose, Bernadette se releva à l'instant précis où paraissait l'auto bleu ciel d'Adrien. Le temps que Bernadette ébauche un sourire moqueur en constatant que son antiquité d'auto avait meilleure mine que celle d'Adrien et ce dernier sortait de sa voiture. Il leva la main pour la saluer.

— Bernadette !

Adrien contourna sa voiture pour ouvrir la porte du passager, puis, prenant la petite Michelle dans ses bras, il releva la tête une seconde fois. Il avait l'air particulièrement joyeux, ce qui alimenta la curiosité de Bernadette.

— As-tu deux minutes ?

Bernadette était déjà près de l'escalier pour descendre le rejoindre.

— Ouais. Pourquoi ?

— Faut que je te parle. Si tu savais ! Le temps de coucher Michelle pis je te rejoins. Va m'attendre dans la cuisine.

Curieuse, Bernadette descendit l'escalier et faisant le tour de la maison, elle entra par la porte arrière. L'instant d'après, Adrien la rejoignait et sans dire un seul mot, il vint à elle, la souleva du sol et la fit tourner dans ses bras. Toutes les bonnes résolutions de Bernadette lui suggérant qu'elle était mieux de se détacher avant de trop souffrir s'envolèrent sur-le-champ. Mine de rien, elle laissa retomber la tête sur son épaule. Les effluves de sa lotion après-rasage lui montèrent à la tête comme un bon vin. Quand Adrien la serra tout contre lui, elle s'abandonna à son étreinte, un instant, un tout petit instant, avant de se détacher.

— On pourrait nous voir.

Adrien la laissa s'éloigner même si un sourire étincelant illuminait tout son visage.

— On s'en fout ! Je suis le plus heureux des hommes et ça, tout le monde va le comprendre. Assis-toi, Bernadette. Je vais t'expliquer.

L'explication tenait à quelques mots seulement.

— Aujourd'hui, j'ai vu un spécialiste à l'hôpital.

Adrien en tremblait presque.

— Pour lui, c'est évident. Une opération pourrait redonner une main normale à Michelle. On le voit très bien à la radiographie. Tous les os de ses doigts sont là, sous la peau. C'était fascinant de voir ça. Et ils ont grandi tout à fait normalement. C'est ce que le médecin voulait voir avant de parler d'opération.

Les mots d'Adrien tombaient sur le cœur de Bernadette comme une ondée bienfaisante.

— Ça veut-tu dire que notre p'tite Michelle aurait deux mains comme tout le monde ?

— Oui ! Deux mains et dix doigts ! Imagine comment tout va être plus facile pour elle. Sa main droite va fonctionner comme celle qui pend à son épaule.

— Attends que ta mère pis Estelle apprennent ça ! C'est… c'est un vrai miracle, tant qu'à moé. Un vrai miracle.

— Un miracle de la médecine moderne, oui. Par contre, le médecin veut attendre à l'automne avant d'opérer. Il dit que Michelle va être endormie longtemps et il veut être certain de mettre tous les atouts dans son jeu. Il dit aussi que ça va être douloureux pour elle. Plus elle va vieillir et comprendre ce qui lui arrive, mieux ça va aller.

Bernadette avait tendu la main au-dessus de la table et

ses doigts s'étaient spontanément emmêlés à ceux d'Adrien.

— Chus contente pour elle, Adrien. Ben contente. Je te l'avais dit: ta fille a toute ce qu'y' faut pour mener une vie normale.

— Je le sais, Bernadette. Peut-être as-tu un instinct de mère qui me fait défaut? Je ne sais pas. Moi, quand je suis arrivé ici, je ne voyais que du noir comme avenir. Sans la moindre teinte de gris.

— Ben astheure, tu vas pouvoir contempler une vie toute en couleurs, Adrien, toute en couleurs! Sauf si t'es comme moé pis que tu t'inquiètes pour un oui ou pour un non.

— Comment ça, t'inquiéter? J'avais pourtant l'impression que tout allait pour le mieux en haut. Même ma mère est de bonne humeur comme je ne l'ai pas vue souvent être de bonne humeur.

— Je le sais ben. T'as raison: ça va pas pire chez nous. Pas pire pantoute, ajouta-t-elle en se rappelant la discussion qu'elle avait eue avec Marcel.

Même avec lui, depuis ce soir-là, Bernadette avait la nette impression que ça allait mieux.

— Je viens de te le dire: c'est moé, encore moé qui vois petête des nuages noirs quand le ciel est bleu pétant.

— Je ne comprends pas.

Bernadette se releva et machinalement, elle vint se poster devant l'évier, là où souvent elle faisait le point avec elle-même. Le coup d'œil était différent, certes, mais c'était bien la même cour que celle vue d'en haut.

— C'est Antoine, avoua-t-elle dans un soupir.

— Antoine ? Son voyage est annulé ?

Au regard d'Adrien, c'était là la seule chose qui pouvait perturber la vie de son neveu. Depuis quelques mois, le jeune homme était dans une forme splendide, plein de projets et d'enthousiasme. Voir ce voyage-là annulé serait une catastrophe pour lui. Antoine en parlait avec tellement d'attente dans les yeux et la voix.

Inquiet à son tour, Adrien était déjà debout et il s'approchait de Bernadette.

— Ben non, son voyage est pas annulé, le rassura celle-ci quand elle sentit la présence d'Adrien dans son dos. Mais par bouttes, pour moé, je pense que ça serait mieux. J'en peux pus de m'inquiéter pour lui. C'est rendu que j'en dors pus la nuit.

Posant ses mains larges et chaudes sur les épaules de Bernadette, Adrien les serra avec affection.

— Alors, à mon tour de te rassurer. Tu t'inquiètes pour rien. Antoine est un garçon raisonnable et curieux de nature. Pour lui, un voyage à Paris pour voir ses toiles exposées, c'est comme vivre un rêve tout éveillé. Tu ne peux pas l'empêcher de vivre sa vie, Bernadette. Tu n'as pas le droit.

Bernadette haussa imperceptiblement les épaules.

— Je le sais, fit-elle réticente. Mais en même temps, je me demande jusqu'où va notre devoir de parents. Tu le sais-tu, toé ? Après toute, Antoine a juste quinze ans. C'est pas un homme même si y' a grandi comme une asperge. C'est encore juste un enfant. Pis un enfant qui était pas mal renfermé sur lui-même y a pas si longtemps de ça. Sans que je sache trop trop pourquoi, d'ailleurs. C'est toute ça qui fait que je m'inquiète pour lui. En plusse de pas connaître vraiment madame Émilie. Si ça avait été Laura qui était partie au même âge, ça aurait été ben différent. Ouais, ben différent. Mais Antoine...

Adrien sentait toute la tension que Bernadette dégageait. La pression de ses mains se fit plus forte, plus intense, tandis qu'un silence lourd de pensées se glissait entre eux.

Quand il était arrivé à Montréal avec son bébé, c'est Bernadette qui l'avait soutenu, aidé, conseillé, encouragé. Elle s'était occupée de Michelle comme si ce nouveau-né avait été sa propre fille, sans compter les heures. Elle l'avait bercée, lavée, consolée.

Et lui, qu'avait-il fait en échange ? Rien. Ou si peu. Par peur de s'attacher un peu plus, sachant qu'un jour, il repartirait, il avait gardé ses distances. Parce qu'il avait toujours su que le Texas continuerait de le hanter. Le Texas et ceux qui l'habitaient. Si Maureen ne parlait jamais de sa fille, son beau-père, Chuck, par contre, n'avait jamais oublié de l'appeler. Deux fois par mois, sans faute, il prenait des nouvelles de sa petite-fille. Deux fois par mois, rigoureusement, il envoyait un chèque pour qu'elle ne manque de rien. Alors, depuis quelque temps, Adrien avait commencé à parler du Texas à Michelle même si elle n'y comprenait pas grand-chose. L'assassinat du président Kennedy avait été un déclencheur, pour lui. L'ennui des grands espaces en avait découlé. Alors, il en parlait à sa fille. Le jour où ils partiraient, tous les deux, la petite Michelle saurait qu'elle avait un grand-père qui l'espérait impatiemment.

Mais en attendant, il vivait ici auprès d'une femme qui avait beaucoup d'importance à ses yeux. Si la vie l'avait voulu autrement, elle aurait peut-être été la mère de ses enfants. Mais ce n'était pas le cas, et lui, dans les circonstances actuelles, il était le pire des égoïstes de ne pas lui rendre au centuple ce qu'elle avait fait spontanément pour Michelle.

— Et si j'accompagnais Antoine ?

L'idée s'était imposée d'elle-même.

Bernadette tourna la tête vers Adrien.

— Toé ? Tu irais à Paris avec mon Antoine juste pour que moé je m'inquiète pus ? J'ai-tu ben compris ?

— Pourquoi pas ?

— Pis Michelle, elle ?

— Elle vient avec moi.

— Avec toé ? Eh ben… Me semble que ta fille est encore pas mal p'tite pour un gros voyage de même… Pis l'argent ? T'as pas de job pis ça coûte cher en verrat, un voyage à Paris. Ta mère, Laura pis moé, on est ben placées pour le savoir.

Bernadette hochait la tête en parlant, comme si elle essayait de soupeser tous les tenants de cette curieuse proposition.

— Pis ça t'es venu comme ça, tout d'un coup, cette idée-là ? ajouta-t-elle avant qu'Adrien puisse répondre.

— Comme ça, oui. Et pour l'argent, je m'en occupe. J'en ai quand même un peu de côté.

— Eh ben…

Bernadette était songeuse. Puis, brusquement, elle se retourna face à Adrien.

— Pis l'avion ? Ça te fait pas peur, à toé, de prendre l'avion ?

Adrien éclata de rire.

— Peur ? Non, pas vraiment. Je ne l'ai jamais pris, mais ça doit être excitant.

Bernadette soupira d'exaspération. Les hommes étaient tous pareils !

— Excitant ! T'en as de ces mots, toé ! Monter dans une machine qui va nous emmener entre le ciel pis la terre, sans trop savoir si on va en débarquer un jour, moé, je trouve pas ça excitant, je trouve ça épeurant. Mais t'as beau penser comme tu veux… Comme ça, tu irais à Paris avec mon gars ?

— Je viens de te le dire. À moins que tu préfères y aller toi-même ?

— T'es-tu fou, toé ! Pas question que j'embarque dans un avion, m'entends-tu ? Si un jour j'vas dans les vieux pays, pis y a rien de sûr là-dedans, ça va être en bateau, pas autrement… Mais savoir que toé, tu serais là-bas avec mon Antoine, par exemple, ça m'enlèverait un gros poids de dessus les épaules. Ouais, un ben gros poids. Pis même si a' dit rien, je pense que ça serait la même affaire pour ta mère. Pis pour Estelle, par la même occasion. Ces deux-là, quand y en a une qui pense une affaire, l'autre fait pareil.

Adrien était tout sourire devant une Bernadette redevenue volubile. Il la connaissait suffisamment pour savoir que c'était bon signe. Bernadette se détendait.

— Marché conclu, lança-t-il joyeusement. Tu me donnes les dates et les heures où Antoine doit partir et je m'arrange pour être dans le même avion que lui.

Bernadette lui rendit son sourire puis elle revint face à la fenêtre.

— Ben, j'en reviens pas! Moé qui me rongeais les sangs, y a pas une heure de ça, en me berçant sur le perron, j'ai l'impression d'être toute légère, tout d'un coup. Me semble que ça va ben dormir cette nuit.

Bernadette se sentait comblée, soulagée. Elle se retourna vivement et se dressant sur la pointe des pieds, elle déposa un baiser tout léger au coin des lèvres d'Adrien.

— Merci, murmura-t-elle.

Puis, avant que l'émotion ne lui fasse dire des bêtises, elle s'éloigna pour se retourner vivement une autre fois.

— Ça se peut-tu! Un peu plusse pis j'oubliais Michelle. Une nouvelle main, faut fêter ça! Je vous attends pour souper en haut. M'en vas y faire, à ta fille, un gros gâteau au chocolat. Comme si c'était sa fête. Pis a' va avoir le droit de se barbouiller tant qu'a' veut. Je vous attends pour six heures. Pis soyez pas en retard! Marcel haït ben ça, manger en retard.

# CHAPITRE 6

*« Quand tes cheveux s'étalent*
*Comme un soleil d'été*
*Et que ton oreiller*
*Ressemble aux champs de blé*
*Quand l'ombre et la lumière*
*Dessinent sur ton corps*
*Des montagnes des forêts*
*Et des îles aux trésors*

*Que je t'aime, que je t'aime, que je t'aime,*
*Que je t'aime, que je t'aime, que je t'aime ! »*

*Que je t'aime*
JOHNNY HALLYDAY

## Québec, mardi 12 mai 1964

Depuis le début du printemps, Francine avait l'impression de revivre. Même sa petite cuisine sans fenêtre lui paraissait plus claire. En semaine, maintenant, quand il faisait beau, elle s'offrait de longues promenades le soir après son travail. Il lui arrivait même de se rendre jusque chez la tante Gisèle, prenant l'ascenseur qui menait à la haute-ville, ou alors, elle marchait jusqu'au port pour regarder les bateaux. Quand il pleuvait, la télévision la désennuyait. Mais, en ce début de mai, il ne pleuvait pas souvent.

Depuis que Laura et Bébert lui avaient fait ce fabuleux cadeau, la vie de Francine n'était plus la même. Quand elle reconduisait son fils le dimanche soir, elle ne pleurait plus. Elle savait qu'au retour, il y aurait une présence chez elle. Les images de la télévision lui tenaient compagnie et l'ennui du petit Steve avait pris un autre visage. La détresse de le quitter chaque semaine s'était transformée en simple attente. Francine n'était plus seule.

Et puis son fils avait grandi. La vie au quotidien, avec lui, était plus facile. Même s'il ne parlait pas beaucoup, il marchait très bien et le regard qu'il posait sur les gens et les choses autour de lui était grave. Si Francine s'inquiétait du fait que Steve ne dise que « maman » et « lait », Cécile, elle, le prenait avec un grain de sel.

— Ton fils est tout à fait correct, arrête de t'inquiéter. J'en ai vu, des enfants, des tas d'enfants, et Steve n'a rien d'anormal.

— De toute façon, les p'tits gars parlent moins vite que les p'tites filles, avait renchéri la tante Gisèle. Tout le monde sait ça !

Les trois femmes prenaient le frais sur le perron de la tante Gisèle. À leurs pieds, le petit garçon jouait avec quelques autos de bois que la tante Gisèle avait retrouvées dans la chambre de son fils Fernand.

— C'est juste des antiquités, mais lui, y' fera pas la différence.

Francine porta les yeux sur son fils qui jouait bien calmement, tout à fait concentré sur une auto qu'il tournait et retournait entre ses petites mains potelées. Elle essaya de se rappeler la tendre enfance de son petit frère Serge, question de vérifier les dires de la tante Gisèle, mais elle n'y parvint pas. Dans l'esprit de Francine, un voile de brume s'étalait sur ses souvenirs. La vie familiale telle qu'elle l'avait connue à Montréal n'appartenait plus à son quotidien. Pour elle, plus le temps passait et plus la démarcation se faisait précise et claire, comme si un couteau bien aiguisé avait tranché sa vie en deux au moment de la naissance de Steve. Revoir ses parents, aujourd'hui, n'était plus une priorité ni même un souhait. Quand il lui arrivait d'y penser, Francine devait admettre qu'elle n'aurait rien à leur dire.

Seuls Bébert et Laura arrivaient encore à nouer ensemble les deux facettes de la vie de Francine. Avec eux, les souvenirs étaient plus définis, plus nets. Ils parlaient parfois du bon vieux temps en riant comme des enfants. Mais dès qu'ils repartaient pour Montréal, le passé de Francine rétrécissait comme peau de chagrin, reprenant sa dimension routinière.

— Hé, Francine ! J'te parle.

Francine sursauta et porta les yeux sur la tante Gisèle.

— Je m'escuse, j'étais dans lune. Vous m'avez demandé quèque chose ?

— Oui. Je t'ai demandé si tu voulais souper avec nous autres. J'ai fait un gros pâté au poulet à matin pis…

Une lueur gourmande traversa le regard de Francine.

Cela faisait une éternité qu'elle n'avait pas mangé de pâté au poulet ni rien d'autre, d'ailleurs, de plus élaboré que son inépuisable soupe au chou accompagnée de saucisses ou de baloney avec des patates. Même si elle ne souffrait pas de la faim, son ordinaire était plutôt simple.

— Je vous remercie, fit-elle quand même avec une pointe de détermination dans la voix. Mais va falloir que je rentre bientôt. J'ai une montagne de linge à laver pis ça serait ben le fun que je puisse l'étendre dehors avant la noirceur.

La tante Gisèle opina vigoureusement.

— Je comprends ça. Avec un p'tit, on a toujours ben gros du lavage à faire. Mais ça t'empêchera pas d'emporter un bon morceau de pâté avec toi, par exemple. De toute façon, y' est ben que trop gros pour Napoléon pis moi. À nos âges, on mange comme des moineaux pis j'ai pas envie de manger du pâté au poulet pour le reste de la semaine.

La tante Gisèle était déjà debout. Elle entra dans la maison tout en continuant de parler.

— Pis toi avec, ma Cécile, tu vas en emporter pour ta famille. Vous allez voir, y' est ben bon. J'ai mis des p'tits oignons dedans pis des p'tits...

La voix de la vieille dame se perdit sur un fond de casserole malmenée. Cécile se tourna vers Francine en lui faisant un petit clin d'œil complice.

— Elle ne changera jamais. Je pense qu'elle donnerait sa chemise sans hésiter pour faire plaisir à quelqu'un. Pourtant, Dieu sait qu'elle peut être rébarbative quand on la rencontre une première fois. Avec sa voix de général en chef, elle a de quoi faire peur !

Francine répondit spontanément au sourire de Cécile. Elle se rappelait fort bien sa première rencontre avec la tante Gisèle. La voix de la vieille dame qui lui assenait question sur question l'avait fait frémir.

— C'est vrai. Mais c'est juste une apparence. En attendant, j'ai ben l'impression qu'on va toutes manger du pâté à soir. Ça va être bon.

— Et si j'allais te reconduire en auto ?

Francine regarda autour d'elle. Il faisait une journée parfaite, de celles dont elle avait souvent rêvé quand elle grelottait dans son petit appartement glacial l'hiver dernier.

— Merci, Cécile, fit-elle en ramenant son attention sur cette dernière. C'est ben fin d'y avoir pensé, mais j'aime mieux marcher. Je passe mes grandes journées assis devant un moulin à coudre, enfermée dans une salle immense pis bruyante. Ça me fait du bien de prendre de l'air. Pis j'en profite pour parler à mon p'tit. J'y montre toute ce qu'on voit pis j'y dis le nom des choses. Je me dis qu'à faire ça souvent, y' va ben finir par me répondre un jour.

Cécile esquissa un sourire ému. Francine était peut-être une femme simple, sans grande instruction, mais son gros bon sens finissait toujours par lui dicter les bonnes attitudes, les bons mots. Et elle adorait son petit Steve ! Si elle-même avait gardé sa fille, peut-être bien qu'aujourd'hui, elle...

Cécile secoua la tête pour faire taire ses suppositions.

La vie avait été telle qu'elle devait être. Y penser tout le temps ne changerait rien au passé. Elle refit un sourire à Francine.

— D'accord, je comprends. Mais de grâce, arrête de t'inquiéter! Ton fils va finir par parler comme tout le monde et je te prédis qu'un jour, tu vas regretter le temps où il ne disait pas grand-chose.

Quelques instants plus tard, Francine s'en allait sur un grand signe du bras pour saluer Cécile et sa tante. Le landau avait été remplacé par une poussette, cadeau de Cécile à l'anniversaire de Steve. Dans le panier placé sous le siège, le pâté encore tiède embaumait jusqu'à elle.

— Tu vas voir, mon Steve, à soir on va manger bon. On est ben chanceux, toé pis moé, d'avoir une tante Gisèle dans notre vie. Pis une Cécile avec, comme de raison. Tu le sais petête pas encore, mais t'es un p'tit gars ben gâté. Ouais, ben gâté. T'as-tu vu le beau char que tu viens d'avoir?

Francine devenait intarissable quand elle promenait son fils, comme si elle voulait rattraper le temps perdu en semaine.

— Une chance que t'as des mononcles pis des matantes qui t'aiment gros de même pasque je sais pas qui c'est qui te donnerait tes bebelles. C'est pas avec le salaire que je fais que je pourrais t'acheter ça. Bonté divine que ça sent bon! Je le sais pas si toé t'en manges souvent chez matante Lucie, mais moé, ça fait un bail que j'ai pas vu ça sur une table, un bon pâté au poulet. Dans le temps, chez ma mère, on en mangeait tous les...

Francine s'arrêta subitement. De parler comme de marcher. L'odeur qui s'échappait du pâté avait fait renaître une image bien précise : celle de sa mère déposant un pâté identique sur leur table. Durant une fraction de seconde, Francine revit la cuisine de son enfance, odorante, chaleureuse, remplie de soleil, aux comptoirs débordant de vaisselle sale. Durant une fraction de seconde, elle entendit les voix de ses frères et sœurs qui se chamaillaient, et de grosses larmes lui montèrent aussitôt aux yeux.

— Je peux vous aider ?

Mal à l'aise, Francine détourna vivement la tête et s'essuya furtivement le visage. Quand elle ramena les yeux devant elle, un homme entre deux âges s'approchait.

— Il y a un problème ?

Incapable de parler, Francine se contenta d'un bref signe de négation. De toute façon, un étranger ne pouvait rien pour elle. Ce n'était qu'un tout petit moment d'égarement qu'elle oublierait bien vite.

— Merci, arriva-t-elle à articuler. Ça va aller. Ce… Je pense que c'était juste une graine dans mon œil.

Mais à l'instant où Francine allait reprendre sa promenade, persuadée que l'incident était clos, l'inconnu arriva à sa hauteur et, sans crier gare, il s'accroupit devant la poussette, lui bloquant ainsi le passage.

— C'est un beau p'tit gars que vous avez là.

L'homme n'aurait pu trouver mieux s'il voulait engager la conversation. Francine était déjà toute rose de plaisir.

— Merci. Y' s'appelle Steve pis y' vient tout juste d'avoir un an.

— Steve... C'est un beau nom, déclara l'inconnu en passant un doigt sur la joue rebondie du bébé. Un nom à la mode !

Puis, il se redressa et tendit la main à Francine.

— Moi, c'est Jean-Marie. J'ai toujours trouvé que c'était un drôle de nom pour un homme, mais c'est le mien. Dans le temps, il était à la mode, lui aussi.

La confusion rendit Francine encore plus rouge. Elle n'avait pas l'habitude de parler aux étrangers même s'ils avaient l'air gentil comme celui-là. Mais comme la main de l'homme était toujours tendue, Francine saisit le bout de ses doigts en disant :

— Pis moé, c'est Francine. Maintenant, vous allez m'escuser, mais chus pressée.

— Pressée ? Par une si belle journée ?

Sur ces mots, l'homme éclata de rire.

— Comme si ça me regardait ! Vous avez tous les droits, chère dame. Même celui d'être pressée. Les jolies femmes ont toujours tous les droits.

Il n'en fallut pas plus pour que Francine vire à l'écarlate, incapable de répliquer. Les flatteries l'avaient toujours embarrassée.

— Je... Merci, dit-elle finalement et fort maladroitement, ne sachant trop si c'était là la bonne réponse à donner.

Jamais de toute sa vie Francine n'avait autant regretté une décision, celle d'avoir refusé l'offre de Cécile. Bien qu'en apparence fort courtois, l'homme la rendait mal à l'aise.

— Maintenant, faut vraiment que je m'en aille. Le p'tit va avoir faim.

— Alors, permettez-moi de vous accompagner.

Que répondre à cela sans avoir l'air impoli? Francine haussa imperceptiblement les épaules en articulant un bref «oui» à peine audible. Jean-Marie, puisqu'il venait de lui demander de l'appeler par son nom, lui emboîta le pas.

Durant un moment, Jean-Marie alimenta la conversation à lui seul. Il parla du temps qu'il faisait et de l'été qui s'en venait à grands pas. Il ne semblait pas se formaliser du fait que Francine se contente de monosyllabes pour lui répondre. Alors, elle en profita pour le détailler du coin de l'œil.

Malgré une tenue d'ouvrier — jeans et chemise à manches roulées ouverte sur une camisole au blanc immaculé —, Jean-Marie s'exprimait bien, un peu comme Laura depuis qu'elle s'était mise à étudier. Curieusement, cette constatation rassura Francine. Et puis, Jean-Marie était galant. Il l'aidait à soulever la poussette pour monter ou descendre un trottoir. Ces petits détails, du langage recherché à la courtoisie, interpellèrent la femme qui sommeillait en Francine depuis qu'elle était mère à plein temps.

Un homme, pas trop mal de sa personne, s'intéressait à elle.

Peu à peu, les réponses de Francine se firent plus

longues, plus élaborées. Elle parla de son travail, de sa vie depuis la naissance de Steve.

— Veuve ? Toutes mes sympathies, madame. Et quel courage, seule avec un enfant !

Quand ils passèrent devant un petit casse-croûte, elle refusa à contrecœur l'invitation à prendre un café.

— Je regrette, mais j'ai vraiment pas le temps.

— Une autre fois, peut-être ?

Francine se surprit à espérer que ce n'était pas qu'une simple formule de politesse.

Une fois qu'ils arrivèrent chez elle, Jean-Marie insista pour l'aider à monter la poussette à l'intérieur.

— C'est trop lourd pour vous, Francine. Même si l'escalier n'a que trois marches, laissez-moi vous aider.

Il l'appelait déjà par son prénom. S'il jeta un regard discret autour de lui pour détailler son intérieur, Francine ne s'en aperçut pas.

Sans plus tarder, Jean-Marie lui tendit la main.

— Je sais que vous avez mille et une choses à faire, vous me l'avez dit. Alors, je me retire. Permettez-moi, tout simplement, de revenir frapper à votre porte maintenant que je connais votre adresse.

Et Francine accepta.

Pourquoi pas ?

Jean-Marie était gentil, poli, et son fils, habituellement réservé avec les étrangers, lui avait fait un grand sourire.

\* \* \*

Cramponné à deux mains, Antoine regardait par le hublot. Les hangars de l'aéroport défilaient de plus en plus vite. Quand les roues de l'avion quittèrent le sol, ses doigts serrèrent si fort les accoudoirs que ses jointures devinrent toutes blanches. Assise à côté de lui, Émilie l'observait avec une petite moquerie dans l'œil.

— N'aie pas peur, Antoine. Un avion, c'est très solide. On ne risque rien.

— Pas sûr, moé.

— Moi, Antoine. On dit « moi ». Il va vraiment falloir que tu surveilles ton langage parce que les Français ne comprendront rien à ce que tu vas leur dire.

— C'est vrai, bredouilla le jeune homme, contrit, sans pour autant quitter la terre des yeux.

Le sol s'éloignait à une vitesse vertigineuse.

— Vous me l'avez dit, mais j'avais oublié, madame Émilie. Chus ben que trop… je suis trop z'énervé.

Émilie ravala le sourire moqueur qui lui monta aux lèvres.

Dès que la consigne s'éteignit, Antoine détacha sa ceinture et se soulevant à demi, il regarda par-dessus son épaule. À trois rangées derrière lui, Adrien lui envoya la main et, assise sur les genoux de son père, la petite Michelle lui fit un grand sourire. De les voir près de lui, tous les deux, rassura Antoine. Fichue bonne idée que sa mère avait eue là, d'ailleurs, de demander à Adrien de l'accompagner ! Même s'il ne sentait pas le besoin d'être protégé, après tout, il avait plus de quinze ans et suivait des cours de musculation depuis longtemps, Antoine admettait néanmoins qu'avec Adrien, il se sentirait moins intimidé. Il n'avait aucunement protesté quand Bernadette lui avait fait part des intentions d'Adrien, d'autant plus que madame Émilie n'avait apporté aucune objection à la demande de Bernadette.

— Je comprends ce que ta mère doit ressentir, avait dit Émilie quand Antoine lui en avait parlé à l'atelier quelques semaines auparavant. Moi aussi, tu sais, je suis une maman et comme telle, je me sentirais nettement plus détendue si quelqu'un accompagnait mon fils.

Le vol se passa donc sans incident et malgré la recommandation d'Émilie qui lui conseilla de dormir, Antoine n'y parvint pas. Trop de nouveautés le sollicitaient, trop d'inconnus l'attendaient de l'autre côté de l'océan.

Quand l'avion atterrit enfin à l'aéroport, il avait les paupières lourdes. Malheureusement pour lui, ici, c'était le matin.

— J'aurais ben dû vous écouter, aussi, pis essayer de dormir un peu. Je sais pas comment j'vas faire pour me rendre jusqu'au soir, expliqua-t-il en récupérant leurs bagages tandis qu'il étouffait bâillement sur bâillement.

Émilie avait réservé deux chambres à l'hôtel Crystal, sur la rue Saint-Benoît. Adrien avait réussi à s'y loger, lui aussi, dans une ancienne chambre de bonne située sous les combles.

— Merveilleux ! Avec un peu de chance, Michelle et moi devrions avoir une vue extraordinaire sur les toits de Paris, avait-il expliqué.

Antoine avait regardé son oncle en fronçant les sourcils. Les toits de Paris ? Puis son visage s'était éclairé.

— Ah ouais… C'est vrai, tu connais Paris, toé.

— Eh oui ! C'est là que j'étais quand l'armistice a été signé, après la guerre. C'est une ville magnifique. Je n'en garde que de bons souvenirs.

Curieusement et malgré la sérénité que laissaient supposer ces quelques mots, quand son oncle les avait prononcés, son regard s'était durci. Antoine n'avait osé demander plus d'explications et pris lui-même par l'excitation de son propre voyage, il avait vite oublié l'incident.

Le long trajet entre l'aéroport et l'hôtel, à travers les rues d'une ville tellement différente de tout ce qu'il connaissait, réussit à garder Antoine bien éveillé.

— Mais c'est ben beau, icitte !

— Ici, Antoine, ici.

— Ouais, c'est vrai, ici…

Antoine fit un sourire penaud à madame Émilie.

— C'est pas facile, changer notre manière de parler. Par contre, c'est ma sœur Laura qui va être fière de moé… de moi quand j'vas revenir chez nous, en autant que toutes vos mots me rentrent dans tête, comme de raison. Mais en attendant d'être rendu là, je peux-tu vous dire que je trouve ça beau en mautadine, toutes ces vieilles maisons-là ? Moi qui aime ça, dessiner des maisons, je peux pas demander mieux ! Mais d'un autre bord, c'est ben bruyant icit… ici ! J'ai jamais entendu autant de klaxons en même temps. C'est fou !

Quand le taxi s'arrêta devant l'hôtel qu'Émilie avait choisi, à Saint-Germain-des-Prés, Antoine savait que son oncle ne devrait plus tarder, et l'envie de dormir se jeta sur lui comme la misère sur le pauvre monde. Un lit! Tout ce qu'Antoine souhaitait en cet instant bien précis de sa vie, c'était un lit pour s'y étendre et un oreiller pour y poser la tête. Mais cette envie irrépressible fut de courte durée.

Émilie avait à peine fait quelques pas dans le hall de l'hôtel qu'elle poussait un petit cri de joie et laissant tomber sa valise à ses pieds, elle se précipita dans les bras d'un homme à la barbe grise et aux cheveux longs.

Antoine n'était pas le genre de garçon à se mêler de ce qui ne le regardait pas, mais cette fois-ci, il ne put s'empêcher d'être curieux.

Qui donc était cet homme que, de toute évidence, madame Émilie connaissait fort bien et peut-être même un peu plus? L'abandon dont elle fit preuve en se jetant à son cou laissait supposer une certaine intimité qui mit Antoine mal à l'aise.

Le jeune homme allait froncer les sourcils sur ses questionnements, toute envie de dormir disparue encore une fois quand, se tournant vers lui, une madame Émilie toute souriante l'interpella.

— Antoine! Viens que je te présente.

Connaissant et appréciant Marc, le mari de madame Émilie, Antoine approcha avec circonspection et tendit la main avec une certaine réticence. Durant ce temps, de toute évidence, madame Émilie n'avait rien remarqué du malaise d'Antoine. Elle était tout simplement radieuse.

— Te souviens-tu, Antoine, de ce peintre dont je t'ai parlé? demanda-t-elle, exubérante. Celui qui m'avait ouvert les portes des plus grandes galeries d'art de New York ? Eh bien, il est là, devant toi ! Je te présente Gabriel Lavigne, un très cher ami.

Antoine, qui détestait toujours autant serrer la main de qui que ce soit, abandonna la sienne durant quelques instants, les muscles tendus. Ainsi, c'était lui, le fameux peintre dont Émilie lui avait souvent parlé avec beaucoup de respect dans la voix.

L'homme le détaillait avec un petit sourire camouflé sous sa moustache.

— Voici donc le prodige !

Gabriel Lavigne avait une voix grave et chaude.

— J'avais bien hâte de vous connaître, jeune homme !

Et en plus, selon ses dires, il était là pour lui, Antoine Lacaille !

Aussitôt, la réticence d'Antoine se fit plus accommodante.

— J'aime aider les jeunes talents, lui expliqua justement Gabriel. Et selon ce que Charlotte m'a dit, du talent, vous en avez à revendre, monsieur Lacaille. D'où ma présence ici.

Monsieur Lacaille ? Était-ce bien à lui que cet artiste de réputation internationale s'adressait ?

Antoine redressa imperceptiblement les épaules avant de jeter un regard prudent sur Gabriel. Que venait faire là-dedans Charlotte, la sœur aînée de madame Émilie ? Antoine ne se rappelait pas avoir entendu dire que Charlotte peignait.

À l'instant où Antoine allait poser quelques questions

pour tenter de s'y retrouver, Adrien arrivait à son tour. Michelle perchée sur un de ses bras, il portait une lourde valise de l'autre main. Antoine, qui avait un bon sens de l'observation, comprit, au regard qu'Adrien jeta autour de lui, que son oncle prenait le pouls de la situation. De toute évidence, lui aussi s'interrogeait sur la présence de Gabriel.

Cette fois-ci, Émilie en prit conscience et elle intervint aussitôt avant que suppositions et mauvaises interprétations ne viennent gâcher le moment.

— Monsieur Lacaille! Venez que je vous présente un bon ami. Un très bon ami!

Le sens de l'observation d'Antoine était indéniable même si le meilleur était probablement encore à venir. Par contre, celui de Gabriel Lavigne était vif et précis, aiguisé par des années de regards posés sur ses semblables qu'il reproduisait fidèlement sur la toile.

Tout de suite, le peintre remarqua la petite Michelle à qui il manquait un bras en même temps que son regard croisa celui d'Adrien, un homme fatigué, désabusé, il l'aurait juré. L'absence d'une femme à ses côtés venait confirmer ce qu'il ressentait et laissait supposer un drame dans la vie de cet homme.

Le temps qu'Adrien fasse quelques pas dans le hall, les deux hommes se jaugèrent. Bien que de générations différentes, Gabriel étant nettement plus âgé qu'Adrien, la poignée de main qu'ils échangèrent fut cordiale. Ce que les deux hommes avaient vu l'un de l'autre leur avait plu.

— Bon! Je vous laisse, annonça Gabriel quelques instants plus tard. Maintenant que vous savez que je suis ici, allez dormir un peu. Je sais ce que c'est que ce fameux décalage horaire. Nous nous reverrons demain, à la galerie.

Sur ces mots, Gabriel se tourna vers Antoine.

— J'ai bien hâte de constater par moi-même tout le bien que Charlotte a dit de vous.

Charlotte ? Encore ?

Antoine aurait bien aimé comprendre, mais la fatigue l'emporta. La simple perspective de dormir balayait tout. «Demain, se dit-il en reprenant sa valise qui lui sembla, brusquement, nettement plus lourde qu'au moment où il avait quitté Montréal. Demain je demanderai à madame Émilie pourquoi ce peintre parle sans arrêt de sa sœur Charlotte. »

Dans les minutes qui suivirent, Antoine sombra dans un profond sommeil qui dura, en tout et pour tout, deux petites heures. Le temps de s'ajuster à la réalité, quand il ouvrit les yeux, et l'excitation d'être à Paris l'emporta sur sa fatigue qui était encore bien réelle, et lui donna un deuxième souffle. Antoine sauta en bas de son lit, affamé.

Il hésita quand même un long moment avant de frapper à la porte de madame Émilie. Dormait-elle, elle aussi ?

Debout dans le corridor, Antoine se dandina d'un pied à l'autre durant quelques instants, indécis.

Les gargouillements produits par son estomac réussirent à réduire sa gêne qui se transforma en un simple embarras. Il avait formellement promis à sa mère de ne pas se retrouver seul dans les rues de Paris et il était du genre à tenir ses promesses. Par contre, il mourait de faim et il n'était pas question de déranger l'oncle Adrien. La petite Michelle devait sûrement dormir à poings fermés. Antoine n'avait donc pas le choix et il frappa un petit coup poli à la porte de madame Émilie.

— Entre, Antoine, c'est ouvert.

Le jeune homme, intimidé, resta sur le pas de la porte.

— Je… J'ai faim, expliqua-t-il, mal à l'aise. Je me demandais si on ne pourrait pas aller souper tusuite. Après tout, y' est presque quatre heures et demie pis j'ai...

Émilie éclata de rire, l'interrompant.

— Ici, Antoine, on ne dit pas souper. On dit dîner.

— Ah ouais? Dîner… C'est drôle, ça! Pis le midi, on dit quoi, d'abord?

— On dit « déjeuner ».

— Déjeuner? Hé ben… Pis le matin, y' disent ça comment?

— Le petit-déjeuner.

Antoine expira bruyamment.

— Sont ben compliqués, les Français… Mais ça change rien au fait que j'ai pas mal faim. Dîner ou souper, c'est pareil, non? Quant à moé… quant à moi, en autant que je mange, je peux ben appeler ça comme vous voulez.

— D'accord. Dîner ou souper, ça peut être la même chose, tu as bien raison. Le hic, par contre, c'est qu'ici, on ne soupe pas avant sept ou huit heures et présentement, il n'est que quatre heures et demie.

Antoine ouvrit tout grand les yeux.

— Pas avant sept… Mais que c'est que j'vas faire en

attendant ? Chus… je suis vraiment affamé, madame Émilie ! C'est comme si j'avais pas mangé depuis une semaine au moins !

— Alors, on va prendre le thé.

— Du thé ?

Cette fois, Antoine était vraiment atterré. À ses yeux, tout allait de mal en pis et il n'était plus du tout certain d'aimer Paris.

— Je veux pas être impoli, madame Émilie, tenta-t-il d'expliquer le plus délicatement possible, mais j'haïs ça, le thé. J'haïs ça ben gros. Ma grand-mère en boit souvent, vous saurez, pis a' me l'a faite goûter. Mais y a rien à faire, j'aime vraiment pas ça. Pis de vous à moi, c'est pas une tasse de thé qui peut nourrir son homme, comme le dirait ma mère.

— Prendre le thé, c'est une habitude anglaise qu'on pourrait traduire par le mot « collation », chez nous, ou encore « goûter », ici.

D'un simple regard, Émilie comprit qu'Antoine était en train de perdre patience, et depuis toujours, elle détestait les emportements.

— Si tu veux, trancha-t-elle rapidement, on va laisser tomber les cours de langage et on va se contenter d'aller manger.

— Manger ?

Visiblement, Antoine était complètement perdu.

— Me semble que vous venez de me dire, y a pas deux menutes, qu'icitte, euh, ici, on soupait, non, on dînait pas tusuite ?

— Mais rien n'empêche d'aller goûter, Antoine ! Un bon café accompagné d'une pâtisserie, française, comme de raison, qu'est-ce que tu penserais de ça ?

— Ben là... C'est sûr que ça me permettrait de patienter jusqu'au souper. J'en ai jamais mangé, mais j'ai toujours trouvé que ça avait l'air ben bon, des pâtisseries françaises. Y en a des fois dans la vitrine du p'tit restaurant au bout de la rue de mon école. C'est ma mère, un jour, qui m'a dit que ça s'appelait comme ça, ces beaux p'tits gâteaux-là. Pis le café, j'aime ben ça. Surtout avec du sucre pis du lait ben froid pour le tiédir.

— Pour le sucre, ça va aller, mais pour le lait...

Émilie ferma les yeux une fraction de seconde en soupirant. Antoine verrait bien assez vite qu'ici, le lait était chaud.

— Va m'attendre dans le hall de l'hôtel. Moi aussi, j'aime bien le café et moi aussi, j'ai un petit creux. Le temps de me rafraîchir le visage et je te rejoins. On va aller au restaurant Les deux Magots. C'est un très bel endroit et c'est à peine à un coin de rue d'ici. Ensuite, on va marcher dans le quartier, question de s'orienter un peu. Ici, c'est un quartier d'artistes en tous genres, tu sais. Ouvre bien les yeux ! Tu pourrais croiser des gens aussi célèbres que Jean-Paul Sartre ou Yves Montand ou même Georges Brassens.

Sartre ? Montand ? Brassens ?

Antoine n'avait pas la moindre idée de qui madame Émilie parlait. Il se promit, néanmoins, de noter ces trois noms sur un bout de papier pour ne pas les oublier. Laura, elle, devait sûrement savoir à qui on faisait allusion et elle serait impressionnée d'apprendre que son frère avait vécu dans le même quartier qu'eux.

Après s'être répété les trois noms une seconde fois, pour être bien certain de ne pas les oublier, Antoine reporta son attention sur madame Émilie.

— Après, j'avais pensé qu'on pourrait se rendre jusqu'à Montmartre, poursuivait celle-ci tout en ouvrant sa valise. Ça nous permettrait de passer le temps en attendant l'heure du souper. C'est là que se tiennent les peintres et c'est là aussi que se trouve la galerie. Sur la rue Yvonne-le-Tac, à gauche en sortant du métro.

— On va prendre le métro ?

— Oui, on va prendre le métro. Deux, même, si je me souviens bien.

Antoine avait l'air tout excité.

— Un vrai métro ? Comme celui qu'y' sont en train de construire à Montréal ?

— Exactement. C'est bruyant mais bien pratique. En deux temps trois mouvements, on se retrouve à l'autre bout de la ville… Allez ! Va en bas, je te rejoins dans quelques minutes.

Quelques instants plus tard, madame Émilie rejoignait Antoine.

— On y va ! Le temps de manger un peu, puis on fait le tour du quartier. Tu vas voir, Antoine, c'est charmant comme tout, ici, et rempli d'histoire.

Sous l'œil amusé d'Émilie, Antoine hésita longuement avant d'arrêter son choix sur un mille-feuille et un moka.

— Sont ben p'tites, leurs pâtisseries! Si j'en prends juste une, m'en va avoir encore ben que trop faim pour attendre le sou… le dîner.

En trois coups de dent, il avait tout avalé. Heureusement, la promenade lui fit rapidement oublier qu'il avait toujours faim.

Square Laurent-Prache.

— Regarde, Antoine! Le mur de pierres blanches que tu vois là, contre le mur de l'église, c'est les vestiges d'une vieille abbaye construite avant même que l'Amérique soit découverte.

— Ben voyons don, vous! Me semble que ça se peut pas.

— Et comment que ça se peut! Le monde n'a pas commencé à exister avec Christophe Colomb!

— Ouais… C'est vrai. Je l'ai appris à l'école.

Antoine regarda tout autour de lui.

— C'est un beau p'tit parc, c'est sûr, mais j'aime mieux ceux de chez nous. C'est pas mal plus grand pis y a des jeux pour les enfants. Ici, tout a l'air un peu coincé… Mais c'est beau pareil, ajouta-t-il précipitamment quand il vit les sourcils de madame Émilie se froncer.

Rue de Rennes, rue Bonaparte, rue Jacob…

Pâtisserie Ladurée, Jules Pansu, tisserand…

— Y' ont des ben drôles de noms, les Français, analysa Antoine tout en se dévissant la tête à droite et à gauche pour lire tout ce qu'il y avait sur les devantures des boutiques. Je m'attendais pas à ça.

— Et à quoi t'attendais-tu, Antoine?

— Je le sais pas trop… Peut-être à retrouver des noms comme ceux de par chez nous. Après toute, à l'école, y' nous disent qu'on descend des Français.

À ces mots, Émilie éclata de rire.

— Moi aussi, j'ai eu la même réflexion que toi quand je suis venue à Paris pour la première fois. Viens, on va tourner ici pour rejoindre la rue de notre hôtel.

Rue Guillaume-Apollinaire, rue Saint-Benoît…

Bureaux de médecins, études de notaires, fleuristes… Puis une école élémentaire.

— Ça, par exemple, y' appellent ça comme chez nous, fit Antoine tout souriant en pointant une porte du doigt. L'école de mon p'tit frère Charles, c'est aussi une école élémentaire, comme ici… Oh! Pis regardez, madame Émilie! L'Impasse des Deux Anges! Une impasse, comme chez nous… C'est de même qu'on appelle notre rue… Oh! Écoutez! On dirait la musique de madame Anne.

Antoine avait l'air ravi. Ces quelques points d'ancrage avec son monde habituel rendaient la ville de Paris nettement plus accueillante à ses yeux. Du doigt, Émilie lui montra une porte grande ouverte sur cette belle journée de printemps.

— Le Bilboquet, lut-elle à haute voix. On dirait bien que la musique vient de là. Tu as raison, cette musique ressemble beaucoup à celle que ma sœur aime jouer… C'est enjoué, plein de vie… Maintenant, viens! On passe à l'hôtel pour que je prenne un lainage et on s'en va à Montmartre.

— On va prendre le métro ?

— Oui. On va prendre le métro.

— Ben ça, ça me tente. Pis en mautadine, à part de ça !
Allez chercher votre chandail, madame Émilie. Moi, j'vas
vous attendre sur le trottoir. Y' fait ben que trop beau
pour entrer.

Le lendemain matin, quand Antoine entra dans la
galerie, la première chose qu'il vit, ce fut la reproduction
de la maison de madame Anne en plein hiver. Encadrée
de bois verni agrémenté d'or, sa toile avait fière allure
ainsi exposée dans l'entrée de la galerie, à un point tel
qu'Antoine fut intimidé.

Était-ce bien lui qui avait peint ce tableau ?

Et cet autre, là-bas, qui illustrait le parc où son petit
frère Charles aimait tant jouer, et là, ce coucher de soleil
au bout de la ruelle derrière la maison de Bébert...

C'était la première fois de sa vie qu'Antoine voyait ses
tableaux encadrés. Il aimait bien cette impression de qua-
lité qui s'en dégageait.

Il fit quelques pas à l'intérieur de la galerie.

La dernière fois qu'il avait jeté un regard à la fois critique et craintif sur ses toiles, madame Émilie était en
train de les dégrafer de leurs armatures de bois pour les
rouler soigneusement afin de les envoyer ici.

Aujourd'hui, elles étaient offertes à tous les regards,
plus jolies que dans son souvenir, améliorées, selon l'avis
d'Antoine, par un éclairage recherché qui les mettait en
valeur.

Antoine regarda autour de lui. Un peu plus loin, il y

avait les toiles de madame Émilie, bien sûr, toutes plus belles les unes que les autres, et aussi celles de quelques peintres qui lui étaient totalement inconnus.

Antoine se retourna vers son professeur pour lui demander si elle connaissait tous ces gens dont les toiles étaient exposées, mais celle-ci ne s'occupait pas de lui.

Aujourd'hui encore, elle avançait radieuse, les bras tendus, vers un homme assez âgé, très bien habillé, et elle l'embrassa trois fois sur les joues en riant. Antoine réprima un soupir qui aurait pu être mal interprété.

Était-ce une habitude, ici, d'embrasser tout le monde, tout le temps ?

Antoine sentit un frisson désagréable lui chatouiller le bas du dos. Juste pour cette unique raison, il n'aimerait pas vivre à Paris, et au risque de paraître impoli, il était hors de question pour lui de se prêter à ce curieux manège. Serrer la main de tous ces inconnus était, et de loin, le seul geste qu'il se permettrait.

Et c'est exactement ce qu'il fit quand madame Émilie, le cherchant des yeux, lui demanda joyeusement de venir la rejoindre.

— Viens, Antoine, que je te présente ! C'est monsieur Gérard, le propriétaire de la galerie et l'ami de monsieur Edgar que je t'ai présenté à Montréal !

Déterminé à s'en tenir à la poignée de main, Antoine avança vers l'inconnu, le bras droit bien tendu devant lui.

La journée passa en coup de vent.

Après une longue visite de la galerie où Gabriel s'était joint à eux quelques minutes plus tard, ils montèrent tous les trois jusqu'à la cathédrale du Sacré-Cœur. L'église impressionna vivement Antoine.

— C'est pas mal plus grand pis plus haut que l'église du curé Ferland chez nous, murmura-t-il à madame Émilie tout en hochant la tête. C'est ma grand-mère qui trouverait ça beau. Ben beau ! Je pense qu'a' l'irait à la messe tous les jours dans une église belle de même !

— Et attends de voir la cathédrale Notre-Dame, lui répondit Émilie sur le même ton. C'est encore plus impressionnant, plus grandiose.

Quelques minutes plus tard, oubliant les églises et sa grand-mère, Antoine fut fasciné par tous ces peintres qui travaillaient au grand air, Place du Tertre, comme s'ils étaient seuls dans leur atelier. Dévorant des yeux ce spectacle inespéré, Antoine resta un long moment silencieux. Il enviait farouchement tous ces gens qui avaient l'air tellement heureux, tellement libres.

— Chanceux ! avoua-t-il candidement tout en expirant bruyamment. Ça fait un moyen boutte que j'aimerais ça, moi avec, m'installer dehors pour faire mes peintures. Mais j'ose pas. Pis, je saurais pas où aller dans Montréal pour peindre de même sans avoir l'air fou.

— Va au parc Lafontaine !

C'est Gabriel qui venait d'intervenir. Antoine se tourna vers lui, sourcils froncés.

— Au parc Lafontaine ? Vous connaissez Montréal, vous ?

Gabriel éclata de rire.

— Oui, je connais Montréal. C'est là que je suis né et

c'est là que j'ai commencé ma carrière. J'avais même un atelier au centre-ville et je donnais des cours.

— Ah ouais ?

Antoine avait l'air on ne peut plus sceptique.

— Mais votre manière de parler… Ça sonne comme le monde d'ici quand vous dites de quoi. J'aurais jamais pu deviner que vous…

— C'est tout simplement que je vis en Europe depuis vingt ans, interrompit Gabriel. L'accent des gens d'ici a déteint sur moi.

— Eh ben !

La surprise d'Antoine, teintée d'une bonne dose d'incrédulité, était tellement bon-enfant qu'elle faisait plaisir à voir. Glissant galamment une main sous le bras de madame Émilie, Gabriel fit signe au jeune homme de le suivre.

— Viens ! On va s'installer chez La mère Catherine pour prendre le déjeuner et je vais te raconter mon histoire. C'est juste là, de l'autre côté de la place.

Antoine ne demandait pas mieux. Décidément, son voyage à Paris était rempli de belles surprises ! Et ce soir, il mangeait avec monsieur Gérard, le propriétaire de la galerie, qui lui avait promis de lui faire rencontrer des mécènes.

Voilà un autre mot dont il devrait demander la définition à madame Émilie, mais, au timbre de voix de monsieur Gérard, un mécène, ça semblait être une bonne chose. Une très bonne chose.

En attendant, Antoine était curieux d'entendre l'histoire de Gabriel !

Et il avait encore faim. L'idée de déjeuner ne lui déplaisait pas du tout.

Pendant ce temps, Adrien faisait les honneurs de son quartier préféré à Michelle. Le quartier Latin l'avait toujours attiré.

Sa petite main difforme agrippée à l'index de son père, la petite fille levait les yeux vers lui aux trois pas.

— C'est beau ici !

Michelle fit quelques pas.

— Pis la fontaine, tantôt, elle était belle même si l'eau était froide.

Et encore, quelques instants plus tard.

— C'est pas mal beau, papa, les grosses maisons avec des frisous !

Adrien accueillit ces quelques mots avec un sourire ému.

— Oui, c'est beau, Michelle. Très beau. J'ai déjà vécu ici, tu sais. Durant quelque temps quand j'étais plus jeune, j'avais ma maison ici, dans ce quartier.

Adrien en inventait un peu parce qu'il n'avait pas envie de parler de la guerre à une enfant comme Michelle.

— Tu vivais ici ? Quand ça ?

Comment expliquer les étapes d'une vie pour qu'une toute petite fille comme Michelle puisse comprendre ?

— Quand j'étais comme Antoine, lança Adrien, brillamment inspiré. Oui, c'est quand j'étais à peu près grand comme Antoine que je vivais ici.

— T'étais pas mal grand, d'abord ! apprécia Michelle, levant un regard candide vers son père.

Puis elle regarda autour d'elle, détaillant quelques maisons.

— Comme ça, ici, c'était chez toi quand t'étais grand comme Antoine. Je comprends.

Michelle avait arrêté de marcher et, immobile, elle était concentrée. Au bout de quelques instants, elle leva à nouveau les yeux vers son père.

— Mais le Texas, lui ? C'était chez toi aussi ?

— Oui. Plus tard. Quand j'ai quitté Paris, je suis allé au Texas.

Se souvenant de quelques explications déjà données par son père, Michelle approuva vigoureusement de la tête.

— Pis le Texas, c'est là où on voit des cactus qui piquent… Ça aussi, tu l'as dit, pis je l'ai vu sur une image… Pourquoi tu restes pus au Texas, papa ? C'est pus ta maison ?

— Pas pour l'instant…

Adrien avait l'impression que la conversation allait lui échapper. Et dire qu'il parlait avec une petite fille qui allait avoir deux ans ! Réprimant un sourire moqueur envers lui-même, Adrien répliqua :

— Le Texas, c'était avant Montréal. Ça aussi, je te l'ai expliqué. Et si je suis parti de là, c'est que je voulais que grand-maman te connaisse.

— C'est une bonne idée.

— Une très bonne idée. Et maintenant, sais-tu où se trouve ma maison ?

— Ben, c'est facile, ça. On reste dans la maison de

grand-maman Vangéline! C'est ça, hein? Avec matante Bernadette, pis Laura, pis Antoine, pis Charles, aussi. Il est très gentil, Charles. Il joue souvent avec moi... Maintenant, où est-ce qu'on va, papa? J'ai faim. Pis, il fait chaud. C'est comme chez grand-maman avant qu'on embarque dans l'avion. Il faisait très chaud!

Heureux de voir avec quelle facilité Michelle avait sauté d'un sujet à l'autre, Adrien regarda autour de lui.

— Regarde! C'est une crêperie.

De l'index, Adrien désignait le bout de la petite rue où ils se trouvaient. Michelle suivit la direction montrée par son père en demandant:

— C'est quoi ça, une crêperie?

— Un restaurant où l'on fait des crêpes.

— Ça se peut, ça, un restaurant qui fait des crêpes?

— Bien sûr! C'est écrit sur la pancarte: «Crêperie St-André». Est-ce qu'on va voir s'ils font d'aussi bonnes crêpes que matante Bernadette?

— Ça, par exemple, ça se peut pas.

La petite Michelle riait tout en parlant.

— Ça se peut même pas, répéta-t-elle, ravie de damer le pion à son père. C'est toi qui le dis tout le temps! Matante Bernadette fait les meilleures crêpes au monde! Tu t'es trompé, papa! Le restaurant fait des crêpes, mais pas bonnes comme matante Bernadette. Mais on peut quand même aller manger là-bas pasque j'ai vraiment très faim, tu sais! Alors? Tu viens ou tu viens pas?

Sautillant sur le trottoir, la petite Michelle se dirigeait déjà vers le restaurant même si elle savait à l'avance que les crêpes ne seraient pas aussi bonnes que celles de sa tante Bernadette.

Ce soir-là, sachant qu'Émilie et Antoine seraient absents puisqu'ils dînaient en compagnie du propriétaire de la galerie, Adrien choisit un restaurant tout près de l'hôtel parce que, le matin même, il avait cru apercevoir une longue banquette contre le mur du fond. Ainsi, quand Michelle serait fatiguée, elle pourrait s'allonger, et lui, il pourrait terminer son repas en toute tranquillité.

Malheureusement, la banquette était déjà occupée par un homme, si on se fiait aux deux mains qui tenaient un journal tout grand déployé.

Adrien allait esquisser une grimace de déception quand l'homme rabattit son journal. Ce fut alors un sourire qu'Adrien dessina.

— Monsieur Lavigne ! Quelle bonne surprise !

Gabriel était déjà debout.

— Le hasard fait bien les choses. Je suis passé à votre hôtel pour vous inviter à dîner, mais vous étiez déjà parti. Venez, Adrien, venez vous asseoir ! Et moi, c'est Gabriel, pas monsieur Lavigne. Que diriez-vous de laisser tomber les mondanités ?

Le temps d'installer Michelle sur la banquette, Gabriel lui cédant volontiers sa place, et Adrien commandait des pâtes pour sa fille. Tandis qu'il aidait la petite fille à manger, les deux hommes parlèrent de choses et d'autres, comme les deux étrangers qu'ils étaient encore l'un pour l'autre. Gabriel fit un bref survol de la vie qu'il menait au Portugal, sa carrière de peintre, ses voyages.

— J'ai un fils, vous savez. Miguel. Il a sensiblement le même âge qu'Antoine. Et il peint lui aussi. En amateur, simplement pour le plaisir, car il se prépare à faire sa médecine.

— Médecine ? C'est donc un jeune homme sérieux.

— Oui. Très sérieux. Malheureusement, la vie l'a poussé en ce sens.

Adrien n'osa demander ce qui avait bien pu se passer pour que Miguel en soit à ce point influencé, car, tandis qu'il parlait, la lueur qui avait traversé le regard de Gabriel était sombre et imposait la retenue. Comme le serveur arrivait justement avec leurs entrées, les deux hommes mangèrent en silence durant un moment. Ce fut Adrien qui rompit ce même silence entre deux bouchées.

— Puis-je me montrer indiscret ? En fait, la question me vient d'Antoine… À travers tous vos propos, il a cru comprendre que vous connaissiez bien Charlotte, la sœur aînée de son professeur, et ça l'intrigue.

Gabriel déposa sa fourchette et il porta les yeux au-dessus d'Adrien, comme si subitement le grand miroir qui était suspendu sur le mur méritait toute son attention. Il resta ainsi un long moment, sans répondre, attisant la gêne d'Adrien. Lui qui avait cru qu'en changeant de sujet de conversation il allait détendre l'atmosphère, il venait de comprendre que Charlotte aussi était un sujet délicat. Il ne savait plus que dire. Heureusement, au même instant, Gabriel baissa lentement le regard vers lui et, le fixant intensément, il confessa :

— Je connais Charlotte depuis la nuit des temps.

La voix de Gabriel était grave, émue.

— Elle a été ma muse, ma plus belle inspiration. Si aujourd'hui j'arrive à faire de si beaux portraits, c'est grâce à elle. Je ne le dis pas souvent, mais je l'ai beaucoup aimée. Malheureusement, la vie avait décidé bien avant nous que notre amour n'aurait aucune chance de survivre à la guerre.

— Vous avez fait la guerre ?

— D'une certaine façon, oui. J'étais ici, à Paris, et sans être militaire, j'ai…

— Moi aussi, j'étais en France.

Après avoir cavalièrement interrompu Gabriel, Adrien se tut brusquement. Un vieux sentiment d'appartenance refit surface, créant aussitôt un lien tangible entre Gabriel et lui. Les deux hommes échangèrent un sourire fugace.

— Moi aussi, j'étais ici, répéta alors Adrien d'une voix rauque. J'ai connu les tranchées et les combats.

— Ce qui explique peut-être cette tristesse que j'ai reconnue dans votre regard.

Ce fut au tour d'Adrien de rester silencieux un long moment, un peu surpris d'avoir été si facilement mis à nu par quelqu'un qui lui était étranger jusqu'à maintenant.

— Il fut une époque où cette tristesse, comme vous dites, me venait des souvenirs de la guerre, c'est vrai. Vous avez l'œil juste, Gabriel. Mais aujourd'hui, c'est autre chose, avoua-t-il simplement.

— Michelle ?

Adrien posa un regard attendri sur sa petite fille qui, épuisée par la longue journée de promenades dans la ville, s'était endormie, allongée sur la banquette, la tête posée sur une cuisse de son père.

— Malgré ce que l'on pourrait croire, ce n'est pas Michelle qui allume cette étincelle de tristesse, prononça-t-il dans un souffle.

Adrien leva la tête vers Gabriel.

— Bien au contraire. Ce petit bout de femme est ma joie de vivre, mon unique raison de vivre. Laissez-moi vous raconter.

C'est ainsi qu'Adrien parla de sa vie. De toute sa vie. De ses amours ambiguës, du Texas dont il s'ennuyait encore terriblement, de la naissance de Michelle, des deux années qu'il venait de vivre. C'était la première fois qu'il se livrait avec autant d'abandon, de confiance.

— Si vous, la guerre vous a séparé de celle que vous aimiez, moi, elle a empêché que je rencontre au bon moment celle qui aurait dû être la mère de mes enfants. Aujourd'hui, la mère de Michelle vit à des milliers de milles de nous et je ne sais plus si j'ai envie de la revoir. Bernadette et moi vivons une drôle de relation de couple, mais l'un comme l'autre, nous avons appris à nous en contenter. Enfin, je le crois, je l'espère, car nous n'en parlons jamais. C'est Michelle qui a permis de créer ce lien entre nous sans que personne, autour, ne puisse y redire quoi que ce soit. C'est bête de penser comme ça, mais, dans le fond, c'est Maureen qui a permis à Bernadette et moi de vivre ce que nous vivons présentement. J'en suis là et j'avoue que par moments, je ne suis pas tellement fier de ma vie.

Gabriel avait recueilli la confession d'Adrien avec beaucoup de respect, sans porter de jugement. Il comprenait. Lui aussi, il avait aimé deux femmes. Aujourd'hui encore, même s'il savait que la chose serait toujours impossible, Gabriel rêvait toujours d'un retour de Charlotte dans sa vie.

— Je comprends, dit-il alors tout simplement.

Le serveur, apportant les plats principaux, interrompit leurs confidences. La conversation reprit lentement sur des sujets plus légers. Puis, Adrien parla de l'opération que devrait subir la petite Michelle.

— Bernadette et moi, tout comme le reste de la famille, d'ailleurs, nous mettons beaucoup d'espoir dans cette opération. Ce serait merveilleux si ma fille pouvait utiliser sa main droite normalement. Par contre, le médecin nous a prévenus: ça risque d'être long et douloureux pour elle.

— Les plus belles choses de la vie s'acquièrent souvent dans la douleur, et l'âge que nous avons n'y est pour rien… Et si je vous invitais, vous et Michelle, à venir passer quelque temps chez moi, au Portugal? Le climat est bon, nettement moins rigoureux qu'à Montréal. Il me semble que ça serait bien pour une convalescence. Qu'est-ce que vous en pensez?

— Peut-être, oui…

L'hésitation d'Adrien ne dura qu'une seconde. La perspective de se retrouver loin de tout était tentante comme une oasis. Il y voyait comme une occasion de faire le point avec lui-même, avec sa vie.

— Pourquoi pas ? Vous avez peut-être raison. Un voyage ne nous ferait sûrement pas de tort, à Michelle et moi.

— Et c'est pour quand, cette opération ?

— Rien de définitif encore. Le médecin parle de l'automne prochain. Devant la réhabilitation qui sera nécessaire, il préfère attendre que Michelle soit en mesure de bien comprendre ce qui lui arrive pour qu'elle puisse coopérer de façon efficace. J'ai beau lui dire que Michelle comprend déjà très bien, il préfère quand même attendre.

— Alors, nous attendrons. Le médecin a probablement raison. Je vous laisserai mes coordonnées et vous m'écrirez. N'importe quand. Et si c'était possible, j'aimerais vraiment qu'Antoine puisse vous accompagner. Le talent de ce jeune homme est tout bonnement prodigieux. Je serais heureux de pouvoir travailler avec lui durant quelque temps.

À ces mots, Adrien éclata de rire.

— Alors là, c'est chose faite ! Soyez assuré que vous allez nous voir arriver l'été prochain. C'est à peine si j'ai vu Antoine au déjeuner ce matin et déjà, il ne parlait que de vous. J'ai bien l'impression que vous l'avez marqué.

— Lui aussi, il m'a impressionné. Les tableaux que j'ai vus à la galerie sont remarquables. Difficile de dire que c'est un jeune de cet âge qui les a peints. Alors, marché conclu ?

— Marché conclu. Si tout va bien, l'été prochain, Antoine, Michelle et moi, nous débarquons au Portugal !

# CHAPITRE 7

*« Can't buy me love, love*
*Can't buy me love.*
*I'll buy you a diamond ring, my friend*
*If it makes you feel alright*
*I'll buy you anything, my friend*
*If it makes you feel alright*
*For I don't care too much for money*
*For money can't buy me love... »*

*Can't buy me love*
BEATLES

**Montréal, lundi 9 novembre 1964**

Adrien entra en coup de vent dans la cuisine à l'instant où la famille de Bernadette finissait de souper. Sans manteau, échevelé et Michelle cramponnée à son cou, il semblait survolté.

— Ça y est ! Le médecin vient d'appeler. Michelle se fait opérer mercredi matin !

Après des mois d'attente, le grand jour était enfin arrivé.

— Ben, c'est pas trop tôt, viarge, lança Évangéline en assenant, du plat de la main, une violente tape sur la table qui fit sursauter Michelle. Ça fait des mois qu'on attend ça.

Michelle jeta un regard craintif sur sa grand-mère, puis sur son père avant de se mettre à se tortiller.

— Par terre, papa.

Michelle aimait de moins en moins être portée par quelqu'un. Adrien la déposa sur le plancher. Spontanément, la petite fille s'approcha de Laura. Elle avait un attachement particulier pour sa grande cousine qui, elle, n'élevait jamais la voix.

— Allez, Michelle, viens dans ma chambre, proposa Laura en repoussant sa chaise. On va laisser les grandes personnes jaser entre elles.

Laura et Michelle quittèrent la cuisine main dans la main. Cela avait pris un certain temps pour que Laura s'habitue à l'étrange petite main où seuls le pouce et l'auriculaire étaient normaux, mais aujourd'hui, elle n'y portait même plus attention.

Charles et Antoine profitèrent, eux aussi, de l'arrivée intempestive de leur oncle pour quitter la table avant la permission de leur grand-mère. Adrien se jeta sur la première chaise venue où il se laissa tomber en poussant un long soupir. Puis, il tourna la tête vers sa mère.

— Je vous l'ai expliqué, m'man, pourquoi c'était si long. Le médecin qui va faire l'opération et la spécialiste qui travaille avec Michelle préféraient attendre un peu… Mais c'est fait ! Tous les deux, ils jugent maintenant que la main de Michelle est assez souple pour subir l'intervention. J'avoue que je commençais sérieusement à avoir hâte, car ça coûte très cher, tous ces traitements-là. Une chance que son grand-père y a vu… Mais tant mieux, c'est fait, et la main de Michelle devrait arriver à bien fonctionner après l'opération. Enfin, c'est ce que tout le monde espère.

— Moé, j'arrive pas à croire ça, fit Évangéline, cherchant, du regard, l'approbation de Bernadette. Le docteur va y fabriquer une main. Me semble que ça se peut pas. Hein, Bernadette, que ça se peut pas ?

Adrien retint un soupir d'impatience. Il avait expliqué la situation au bas mot une dizaine de fois à sa mère et à sa tante Estelle. Mais les deux vieilles dames n'arrivaient pas à se faire à l'idée. Pour elles, ça tenait du miracle ou de la magie.

— Je vous l'ai déjà dit, expliqua-t-il pour la énième fois avant même que Bernadette puisse intervenir. La main de Michelle est là, sous la peau. Vous l'avez bien sentie, comme moi, l'autre jour ?

— Ouais, c'est vrai. Ça fait toute comme des p'tites bosses en dessous de sa peau. Mais ça me dit pas comment, par exemple…

— Le médecin va simplement libérer ses doigts, interrompit Adrien. Ça aussi, je vous l'avais dit. Comme le médecin l'a expliqué à Michelle hier, sa main est présentement comme dans une mitaine. Avec l'opération, il va lui faire un gant.

— C'est ben dit, approuva Bernadette. Ouais, dit de même, c'est pas mal plusse clair. Hein, la belle-mère ?

— Mettons.

Évangéline semblait à moitié convaincue.

— N'empêche que ça reste une affaire ben compliquée.

— C'est certain.

— Pis que moé, j'y croirai quand je l'aurai vu. Pas avant. En attendant, m'en vas aller annoncer la bonne nouvelle à Estelle pis on va partir une neuvaine, elle pis moé. J'sais ben que c'est pus ben ben à mode, les neuvaines, mais ça peut pas faire de tort... Quand c'est que t'as dit qu'a' se faisait opérer, notre p'tite Michelle ?

— Mercredi matin. Mais elle doit entrer à l'hôpital demain, en après-midi.

En prononçant ces derniers mots, Adrien se retourna vers Bernadette. Tant pis pour la présence de Marcel, il lui fallait savoir.

— Est-ce que je peux compter sur toi, Bernadette ? Je ne me vois pas attendre seul.

— Ben sûr...

La réponse de Bernadette avait fusé avec une spontanéité touchante. Aussitôt, elle comprit qu'elle venait peut-être de faire une erreur. Rougissante, elle se tourna vers son mari et demanda :

— Tu vois pas d'inconvénients à ce que j'aille à l'hôpital avec ton frère, hein Marcel ?

Ce dernier leva les yeux de son assiette où il ramassait les dernières miettes de son morceau de gâteau.

— Calvaire, Bernadette ! Depuis quand tu me demandes une permission pour gérer ton temps ? Si tu penses que tu peux aller à l'hôpital, vas-y. C'est toé qui le sais pis c'est pas moé qui vas t'en empêcher. D'autant plusse que c'est ben important pour la p'tite Michelle.

Tout en parlant, Marcel s'était levé. Ce qu'il venait de dire, il le pensait vraiment. Depuis la naissance de Charles, il ne voyait plus les enfants de la même manière. Et la petite Michelle l'impressionnait avec sa bonne humeur constante malgré ses handicaps. Mais les émotions et Marcel ne faisaient toujours pas bon ménage. Quant à la façon de les exprimer, il fallait l'oublier. Ainsi, passant derrière son frère, il se contenta de poser furtivement une main toute légère sur son épaule.

— Bonne chance à toé aussi. Ça doit pas être facile à vivre.

Puis, il disparut dans le couloir en spécifiant, d'une voix tonnante pour que tout le monde l'entende et se le tienne pour dit, qu'il ne voulait surtout pas être dérangé. Il avait des commandes à préparer.

Depuis qu'il était l'heureux propriétaire de l'épicerie Perrette, Marcel n'avait plus un instant à lui. Il s'était installé une petite table de travail dans la chambre à coucher pour ne pas avoir à retourner à l'épicerie après le souper.

Bernadette et Adrien se retrouvèrent seuls dans la cuisine. Après un bref regard derrière elle en direction de la porte, Bernadette posa sa main sur celle d'Adrien et la serra très fort.

— Nous y voilà! M'en vas dire comme ta mère: je pensais jamais que ça finirait par arriver. Pis toé, Adrien, comment c'est que tu te sens là-dedans?

Adrien planta son regard dans celui de Bernadette.

— J'ai des milliers de papillons dans l'estomac. J'ai peur, Bernadette. J'ai peur que l'opération ne fonctionne pas. J'ai peur que Michelle ne se réveille pas. J'ai peur qu'elle souffre.

— Tu vois ben ! C'est exactement ça que je te disais, à propos d'Antoine, avant votre voyage.

Bernadette se mit à empiler les assiettes sales.

— Devant nos p'tits, y a des choses de même, en dedans de nous autres, qu'on peut pas expliquer... Ouais, c'est ben curieux, d'ailleurs, de voir comment c'est que ça se passe des fois.

Bernadette tourna la tête vers Adrien.

— Pis, verrat, ça s'arrange pas avec les années ! On en reparlera quand Michelle aura seize ans... Bon ! Astheure, y' faut que je fasse la vaisselle. Pis après, si tu veux que j'aille avec toé mercredi, va ben falloir que je prépare mes commandes tusuite, moé avec.

— Je vais t'aider.

— Pantoute. Chus capable de faire ma vaisselle tuseule, tu sauras. Pis mes commandes, ça te regarde pas. Toé, à place, tu vas descendre chez Estelle. Comme je connais ta mère, c'est comme rien qu'a' l'a dû expliquer ça tout croche à sa sœur, pis à l'heure où on se parle, les deux vieilles sont toutes revirées. Prends ton temps pour les calmer ben comme faut, pis tu reviendras chercher Michelle après. A' l'aime ben ça, être avec ma Laura, ta fille. Pis ça adonne ben, Laura disait justement, t'à l'heure, que pour une fois, a' l'avait pas grand-chose à faire à soir.

Si Bernadette avait réussi à donner le change en jouant les femmes fortes, tout au fond de son cœur, elle n'en menait pas large. Les inquiétudes d'Adrien étaient aussi les siennes. Michelle, c'était sa petite fille d'adoption. C'était la petite sœur de son Charles, et cela, même avec la meilleure volonté du monde, elle n'arrivait pas à l'oublier.

Le lendemain, elle fut fébrile, impatiente avec ses propres enfants. Le surlendemain, tôt le matin, c'était encore pire, à un point tel que Marcel s'emporta.

— Coudon, toé? Que c'est qui se passe pour que tu soyes à pic de même?

Bernadette vira à l'écarlate en une fraction de seconde. Elle se retourna brusquement vers la cuisinière, fourragea sans raison dans ses chaudrons. Tout était prêt pour le souper ; elle n'aurait qu'à tourner les boutons du poêle pour mettre ses patates et ses légumes à cuire quand elle reviendrait de l'hôpital. Puis, sachant pertinemment qu'elle devait répondre quelque chose, elle bougonna :

— C'est de même, Marcel, j'y peux rien. L'opération de la p'tite, ça m'énerve.

Elle entendit Marcel qui refermait bruyamment le journal.

— Calvaire! Tu y vas pas avec le dos de la cuillère! T'es pas du monde depuis hier pis c'est même pas notre fille.

— Je sais toute ça, Marcel. Mais Michelle, c'est encore une ben p'tite fille pis a' va vivre des affaires ben dures.

— Ouais, pis? C'est-tu une raison pour te revirer les sangs pis nous revirer nous autres avec, par la même occasion ? Moé avec, ça m'inquiète, tu sauras. J'ai pas un cœur de pierre. Mais ça m'a pas rendu pas endurable pour autant.

Bernadette faillit lui rétorquer que lui, c'était depuis l'achat de l'épicerie qu'il n'était plus endurable. Elle se retint au dernier instant. Ce n'était vraiment pas le moment d'entamer une discussion sur le sujet. Elle choisit plutôt de couper court en espérant que Marcel en resterait là.

— C'est comme ça, Marcel, déclara-t-elle, se tournant enfin vers son mari. T'es pas une mère, tu peux pas comprendre.

C'était l'argument suprême, celui que Bernadette utilisait à peu près à toutes les sauces quand elle se sentait coincée. Marcel leva les yeux au ciel en haussant les épaules. Il quitta la maison en grommelant qu'il ne comprendrait jamais les femmes, pas plus la sienne que toutes les autres.

L'instant d'après, c'est Bernadette qui quittait la maison, remorquant derrière elle un Charles visiblement de mauvaise humeur d'être obligé de partir aussi tôt pour l'école.

— Que c'est que ça change pour moé, moman, l'opération de Michelle ? Chus grand, astheure. J'aurais pu m'en aller plus tard pis...

— Pas question que tu restes tuseul dans maison. C'est pas la première fois que je le dis. Antoine pis Laura sont déjà partis pis ta grand-mère est chez Estelle. T'avais juste à pas te plaindre, hier soir, que t'haïssais ça, aller chez matante Estelle, pis tu serais parti plus tard. Fait que, pour astheure, tu viens avec moé, un point c'est toute. Dis-toé que t'es chanceux d'arriver à l'école en char.

— Que c'est que ça donne d'arriver en char? À c't'heure-là, y aura personne dans cour d'école pour me voir arriver. Pis de toute façon, y' est vieux, ton char.

— Raison de plusse pour être content qu'y aye personne dans cour d'école! Bâtard, Charles! On dirait que tu le fais exprès à matin.

— C'est juste que...

— Tais-toé! Tu m'énerves, pis j'haïs ça conduire quand chus énervée. J'ai peur de faire un accident. Si t'es pas capable de comprendre que c'est une journée ben spéciale, c'est pas de ma faute à moé.

Charles sortit de l'auto en claquant la portière, et Bernadette profita de la longue route jusqu'à l'hôpital Sainte-Justine pour se calmer.

— Adrien a sûrement pas besoin d'un paquet de nerfs avec lui aujourd'hui, murmura-t-elle en garant sa voiture.

Lui, c'est à l'aube qu'il était arrivé à l'hôpital pour passer le plus de temps possible avec sa fille avant l'opération.

Bernadette marcha tranquillement jusqu'à l'entrée principale de l'hôpital en prenant de profondes inspirations. Quand elle poussa la porte, elle avait l'apparence d'une femme toute calme, en parfait contrôle de ses émotions. Heureusement, car Adrien, lui, était visiblement bouleversé même s'il tentait de le cacher à Michelle.

Assise sur son lit, la petite fille était étrangement calme. Les antalgiques avaient probablement commencé à faire effet. Bernadette s'approcha d'elle pour l'embrasser.

— Mais t'es ben belle, ma chouette, avec ton drôle de chapeau sur la tête. Y'est pas mal beau, tu sauras.

Machinalement la bambine porta la main à sa tête, puis elle leva ses grands yeux bruns vers sa tante.

— Merci, fit-elle poliment. Moi aussi, je le trouve beau, mon chapeau. T'as vu ? Y a des fleurs dessus. La garde-malade m'a dit que c'était parce que j'étais une petite princesse.

Michelle se tourna alors vers son père.

— Est-ce que c'est vrai, papa, que je suis une princesse ?

— C'est sûr.

En disant cela, Adrien avait l'air du plus convaincu des pères.

— Pour moi, tu es la plus jolie des princesses, Michelle.

À ces mots, la petite fille posa sa main difforme sur un de ses genoux et la regarda longuement.

— Pourquoi, demanda-t-elle sans lever la tête, pourquoi, d'abord, j'ai une main toute pas belle si je suis une princesse ?

Adrien tourna la tête vers Bernadette, une lueur de détresse au fond du regard. Bernadette comprit alors qu'elle devait intervenir. Lui, il ne trouverait pas les mots.

Posant les fesses sur le bord du lit, elle entoura les épaules de Michelle d'un bras protecteur et glissant un index sous son menton, elle obligea la petite fille à lever la tête vers elle, tant pour détourner les yeux de sa main que pour capter son attention.

— Tu dois ben te rappeler de l'histoire de la princesse au petit pois, hein ? improvisa-t-elle, priant ardemment le ciel de lui venir en aide.

Un large sourire illumina le visage de Michelle.

— C'est sûr. Je l'aime vraiment beaucoup, cette histoire-là. Je demande souvent à Laura de me la raconter.

— Me semblait, avec. Ben, ta main, ma belle Michelle, c'est comme l'histoire de la princesse au petit pois.

Michelle fronça les sourcils, regarda sa main comme si elle la voyait pour une première fois, puis elle ramena les yeux sur Bernadette.

— Je comprends pas.

— Tu vas voir, c'est pas dur à comprendre.

Bernadette inventait au fur et à mesure une explication qui pouvait sembler logique. L'important, pour elle, était de capter l'attention de Michelle. Et, pourquoi pas, celle de son père en même temps. Leur faire oublier, à tous les deux, la gravité du moment. Même si ce n'était que pour quelques instants.

— Dans l'histoire, Michelle, pour savoir si la princesse est une vraie princesse, que c'est qu'y' ont faite ?

— Ben… Ils ont mis un petit pois en dessous d'une grosse montagne de matelas.

— C'est en plein ça. Pis comment c'est qu'y' ont appelé ça ?

— Appelé quoi ?

— Le petit pois en dessous des matelas, c't'affaire !

— Je le sais pas. Je m'en rappelle pus.

— Y' ont appelé ça une épreuve.

Sourcils froncés, du haut de ses deux ans et quelques mois, Michelle essayait vainement de comprendre.

— C'est quoi, une épreuve ?

— C'est quèque chose de difficile à faire qui prouve qu'on a ben du courage. Toutes les princesses doivent avoir du courage, tu sauras.

Bernadette était consciente qu'elle déformait totalement la réalité du conte, mais elle s'en fichait complètement. Michelle était captivée par tout ce qu'elle disait, et rien n'avait plus d'importance.

— Pis toutes les princesses ont une épreuve à passer, poursuivit-elle. Rappelle-toé Cendrillon qui est obligée de faire du ménage à longueur de journée.

— C'est vrai.

— Ben toé, ton épreuve, c'est ta main. C'est pour ça que la garde-malade a dit que t'avais l'air d'une princesse.

— Pis si je fais ça comme faut, je vais devenir une vraie princesse ?

— Ça, c'est presque sûr.

Bernadette leva enfin les yeux vers Adrien. Elle cherchait son approbation en espérant qu'elle n'avait pas dit trop d'idioties. Les larmes qu'elle vit sur son visage lui apprirent qu'elle ne s'était pas trompée.

Adrien se détourna et renifla discrètement. Il ne fallait surtout pas que sa fille le voie pleurer. Pourtant, ce n'étaient pas des larmes d'angoisse qui inondaient le visage d'Adrien. Pendant que Bernadette parlait, il s'était rappelé la question que Michelle lui avait posée quand ils étaient en France.

— Elle est où, ma maman à moi? lui avait-elle demandé devant une famille qui se promenait dans le Jardin du Luxembourg.

Cette question, Adrien l'avait habilement escamotée, expliquant que sa maman à elle était très fatiguée et qu'elle devait se reposer encore un long moment. Heureusement, la petite avait semblé satisfaite de cette réponse.

En ce moment, Adrien aurait voulu pouvoir répondre à sa fille que c'était Bernadette qui était sa mère.

Quand Michelle quitta sa chambre, si petite, si fragile sur la grande civière, elle était toute souriante même si elle était alanguie par la sédation.

— À tantôt, papa. Prépare-toi! Quand je vais revenir, je vais être une vraie princesse.

L'attente fut interminable.

Tandis qu'il faisait les cent pas dans la salle de repos, Adrien se surprit à repenser aux longues heures qui avaient précédé la naissance de Michelle. Une même inquiétude, une même impression d'inutilité lui faisait débattre le cœur. La présence de Bernadette n'y changeait rien, sauf peut-être qu'il se sentait un peu moins seul. À tout moment, quand leurs regards se croisaient, elle lui adressait un petit sourire, à la fois triste et rassurant. Les mots étaient inutiles, car Adrien savait que leurs pensées se rejoignaient au-dessus d'une table d'opération.

De longues heures plus tard, le médecin qui avait opéré Michelle parut dans l'embrasure de la porte. Visiblement fourbu, il était cependant souriant. Alors,

Adrien s'autorisa à respirer normalement. Bernadette était déjà à ses côtés. Impulsivement, Adrien rechercha sa main et s'y cramponna.

— Tout s'est bien passé. Michelle commence déjà à s'éveiller et elle ne semble pas trop souffrir. Vous pourrez la voir bientôt. Par contre…

Le cœur d'Adrien se mit à battre la chamade. Il sentait les doigts de Bernadette lui broyer la main.

— Par contre, reprit le médecin, on a eu un petit problème quand on a ouvert la peau pour reconstruire ses doigts. Il n'y avait pas de terminaisons nerveuses pour l'index et l'annulaire. C'est le majeur qui faisait fonctionner sa main. Quand tous les doigts étaient dans la même gaine, il faisait office d'entraîneur. Maintenant qu'il est séparé, deux doigts de la main de Michelle ne répondent plus.

Adrien était atterré. Pourquoi faire souffrir sa fille si c'était pour rien ? Brusquement et irrévocablement, il en voulut à ce médecin qui l'avait trompé.

— Comment se fait-il que vous n'ayez rien vu avant ?

— Je regrette, monsieur. On ne pouvait pas savoir. Les radiographies ne disent pas tout.

— Bien, elles le devraient.

La voix d'Adrien était amère, accusatrice. Tout comme le disait Évangéline, il avait cru à ce miracle.

D'une pression de la main, Bernadette l'incita à se taire.

— Docteur, ce que moé, je veux savoir, c'est si Michelle va pouvoir se servir de c'te main-là comme avant. Faudrait don pas qu'on aye toute faite ça pour qu'a' se retrouve pire qu'a' l'était, pauvre p'tite chatte !

— Pire, non. Ça, c'est certain. Et je dirais même probablement mieux. Ce n'est pas ce que j'espérais, mais c'est bien.

À ces mots, Bernadette se retourna vers Adrien.

— Tu vois ! Ta fille va probablement être mieux. Le docteur vient de le dire. Que c'est qu'on peut demander de plusse ?

Elle revint face au médecin.

— Quelle sorte de mieux ? demanda-t-elle franchement. Juste un p'tit peu mieux ou beaucoup mieux ?

Le médecin ouvrit les bras en signe d'ignorance.

— Seul l'avenir nous le dira. Je suis convaincu qu'avec beaucoup de persévérance, Michelle s'en sortira très bien. De toute façon, esthétiquement parlant, c'est nettement mieux. Et croyez-moi, pour une femme, c'est important. Si on n'avait pas fait cette opération aujourd'hui, Michelle l'aurait probablement demandée elle-même dans quelques années. Je vous le répète, sans être la réussite totale que j'espérais, je peux dire que c'est une opération réussie... Voilà. Quand vous serez prêts, vous pourrez la voir quelques minutes. Elle est dans la salle de réveil, à droite au bout du corridor.

Bernadette était resplendissante.

— Tu vois, Adrien, répéta-t-elle, c'est pas si pire que ça.

Le médecin s'apprêtait à quitter la pièce. Arrivé dans l'embrasure de la porte, il se retourna une dernière fois.

— Michelle est une enfant intelligente et entêtée. Avec un peu d'aide, je suis persuadé qu'un jour elle va se servir de sa main comme vous et moi, nous nous servons des nôtres. Maintenant vous allez m'excuser, j'ai des patients à visiter.

— Ben, faites-vous-en pas pour ça, docteur, lança Bernadette depuis la porte alors que le médecin s'éloignait. De l'aide pis des encouragements, a' va en avoir tout plein, la p'tite Michelle. Comptez sur moé !

Puis elle se retourna vers Adrien.

— Que c'est que t'attends, planté comme un piquet ? Pis lâche ta face de mi-carême, bâtard ! On dirait que t'as pas entendu la même affaire que moé. A' va ben, ta fille. Toute s'est ben passé pis a' va avoir une belle main toute neuve. On dirait ben que le Bon Dieu a entendu la neuvaine de ta mère ! Envoye, amène-toé, Adrien. On s'en va voir ta fille. On s'en va voir notre p'tite princesse !

*  *  *

Assise à sa table de travail, Laura n'arrivait pas à se concentrer. Noël approchait à grands pas, mais au lieu d'avoir l'esprit aux examens de la semaine suivante, elle n'avait qu'Alicia en tête. Alicia qu'elle n'avait pas revue depuis le printemps dernier. Alicia qui ne lui avait même pas reparlé depuis le printemps dernier.

Rien, pas un mot !

Ce que Laura savait de son voyage, c'est Charlotte, la mère d'Alicia, qui le lui avait raconté. À l'inverse, Laura, elle, avait tenté de rejoindre son amie à plusieurs reprises. Elle détestait les rancunes et encore plus les bouderies. Alors, elle avait téléphoné à son amie pour s'excuser de lui avoir fait faux bond. D'abord, avant son départ, en avril, puis en mai et finalement en juin dernier. Peine perdue; pour mille et une raisons, Alicia ne lui avait pas parlé. Laura avait donc récidivé en août, le jour même où était prévu le retour d'Alicia. Laura se disait qu'avec le recul, son amie aurait oublié sa fâcherie. Mais Alicia n'était pas encore revenue. Elle avait décidé de prolonger son séjour en Angleterre. C'est ce que Charlotte, visiblement désolée, avait appris à Laura quand celle-ci avait téléphoné, le cœur battant, car elle était persuadée qu'elles allaient enfin pouvoir s'expliquer.

Mais Alicia n'était pas là. Finalement, elle passerait tout l'été en Angleterre.

Ce jour-là, Laura avait raccroché avec une toute nouvelle émotion dans le cœur. Une émotion qui lui avait demandé un certain temps avant de se faire comprendre.

Bien entendu, Laura n'avait pas passé son été à se morfondre. Chaque fois qu'elle pensait à Alicia, une pointe d'envie teintée de déception lui picorait le cœur; c'était normal et elle ne s'y attardait pas. C'était tellement évident qu'elle aurait préféré, elle aussi, se prélasser en Angleterre plutôt que de travailler au casse-croûte de monsieur Albert!

Qui d'autre qu'Alicia aurait pu penser le contraire?

C'est quand elle avait appris que son amie prolongeait son voyage que la déception s'était aussitôt transformée en désenchantement. Elle aurait bien aimé, elle aussi, avoir droit à cette insouciance qui découlait de ce que les envies devenaient automatiquement réalité. Alicia voulait rester en Angleterre? Alors, Alicia restait en Angleterre. Chanceuse, elle! Malheureusement, Laura n'avait pas cette liberté, et de le constater lui avait laissé une certaine amertume dans la bouche, un certain ressentiment envers la vie.

C'est aussi ce jour-là que Laura avait compris que lorsqu'elle parlerait à Alicia, car elle finirait bien par lui reparler un jour, elle ne s'excuserait pas. Elle n'avait pas à le faire. C'est l'attitude d'Alicia qui méritait des excuses. Si elle n'avait pas encore compris que leurs vies étaient différentes, il faudrait qu'elle le fasse pour que l'amitié puisse refleurir entre elles.

Heureusement, à quelques jours de là, alors que le mois d'août battait son plein de soleil et de chaleur, Francine l'avait appelée, tout excitée, pour lui annoncer que ses patrons lui offraient trois jours de congé pour la féliciter de son bon travail.

— Te rends-tu compte, Laura? Trois jours à moé pis payés en plusse! Que c'est tu dirais de venir icitte pour en profiter avec moé pis Steve? Monsieur Albert te doit ben ça: t'as pas arrêté de l'été. Pis en plusse, Cécile parle d'aller faire un pique-nique à la plage Germain samedi prochain. Y' paraîtrait que la plage est ben belle, ben grande, pis que l'eau du lac Saint-Joseph est ben claire. Envoye, dis oui!

Laura n'avait pu résister, et monsieur Albert n'avait pu refuser ce petit congé.

Trois jours où, les souvenirs aidant, Laura et Francine avaient renoué spontanément avec la complicité de leurs jeunes années. Les fous rires étaient fréquents, les clins d'œil aussi.

Trois jours où Laura avait joué avec son filleul, comprenant qu'un jour, elle aussi voudrait des enfants. Elle enviait cette sérénité paisible que Francine affichait. Pourtant, Francine avait toujours détesté être seule. Il semblait bien que la venue de ce petit garçon aux yeux vifs et au rire spontané avait changé bien des choses dans sa vie. Deux bras potelés autour d'un cou, un gros baiser mouillé sur une joue pouvaient, de toute évidence, combler les plus grandes solitudes.

Trois jours où Laura n'avait eu aucune difficulté à admettre que le bonheur pouvait se rencontrer partout. Sans renier ses ambitions, elle avait constaté que même dans un petit appartement de la rue Notre-Dame-des-Anges, dans la basse-ville de Québec, il pouvait y avoir suffisamment de bonheur pour que les passants puissent l'entendre jusque sur les trottoirs, par les fenêtres grandes ouvertes sur l'été.

Puis, très tôt le samedi matin, Bébert était arrivé sans préavis, au volant de son auto. Un vieux Pontiac 1959 gris fer.

— Est pas neuve, mais est ben à moé pis la mécanique est parfaite, avait-il expliqué, fier comme un paon, refrénant l'irrésistible envie qu'il avait d'ouvrir le capot pour que Francine et Laura puissent constater par elles-mêmes. J'y ai vu, craignez pas. Toute est en parfait ordre dans c'te moteur-là. Fini de toujours avoir à quêter le char du boss. C'était pas trop tôt. Astheure, Laura, quand tu voudras venir voir Francine pis notre filleul ou ben aller ailleurs, t'auras juste à m'appeler une couple de jours en avance. Que c'est que t'en penses ? Me semble que ça va être ben pratique !

Comme d'habitude, Bébert avait emporté, dans ses bagages, son inépuisable bonne humeur, son indéfectible gentillesse à l'égard de Laura. Elle avait passé une merveilleuse journée à la plage en compagnie de ses amis, de Cécile et de Denis. Francine avait raison: la plage était très belle, et Laura avait apprécié la musique que deux gros haut-parleurs diffusaient en permanence. Sans arrêt, les Classels, Pierre Lalonde, les Baronets, les Beatles et les Dave Clark Five s'étaient succédé à son plus grand ravissement.

Le samedi soir, comme elle n'avait pas à prendre l'autobus puisqu'elle pourrait partir le lendemain avec Bébert, Laura avait laissé le frère et la sœur en tête-à-tête et en avait profité pour souper chez Cécile. Ensuite, tandis que Denis filait chez des amis et que Charles, son mari, se retirait au salon pour lire son journal, Cécile avait proposé une promenade sur les plaines d'Abraham. Cela faisait très longtemps que les deux femmes ne s'étaient pas retrouvées toutes seules.

— Alors, Laura ? Comment ça va ?

Tout au long de la journée, malgré la bonne humeur de la jeune fille, Cécile avait cru percevoir un léger recul, comme si Laura observait intensément tout ce qui l'entourait.

— Ça va.

Cécile la regarda en biais. Les yeux droit devant elle, Laura marchait à pas lents. Cécile sentit son cœur se gonfler d'affection. Elle avait toujours eu un attachement particulier pour Laura, et ce, depuis le tout premier instant où elle l'avait aperçue assise sur le bord du trottoir en train de pleurer. Laura avait alors une dizaine d'années, et aux yeux de Cécile, elle aurait très bien pu être la petite Juliette qu'elle avait abandonnée à la naissance. Depuis, une relation particulière s'était développée entre elles.

— Ça va.

La réponse évasive avait prouvé qu'une fois de plus, son intuition ne l'avait pas trompée. Laura, quand tout allait bien, était plus exubérante que cela.

— Tu crois ? C'est drôle, mais moi, après-midi, j'ai cru entendre une petite crécelle dans ton rire.

Laura avait esquissé un sourire fugace. Encore une fois, Cécile avait su lire en elle, et comme elle n'avait jamais su lui mentir…

— C'est vrai, avait-elle admis sans la regarder tout en continuant de marcher. Je ne sais pas comment tu fais, mais on dirait que tu arrives toujours à me percer à jour.

— C'est peut-être parce qu'on se ressemble un peu, toi et moi. Alors ? Dis-moi ce qui ne va pas à ton goût.

Laura avait alors parlé d'Alicia et de sa bouderie, puis de sa déception à elle de ne pas pouvoir faire ce voyage dont elle avait tant rêvé.

— Mais je n'avais pas le choix. Avec le voyage de mon frère Antoine et le nouveau travail de mon père, il faut que je me débrouille toute seule pour mes études. Ça m'enrage de voir qu'Alicia n'a rien compris. Il a même fallu que je verse une petite pension à mon père durant l'été.

— Et ça t'a déçue ?

Laura avait haussé les épaules.

— Même pas. Si je suis déçue, c'est pas à cause de mon père. Depuis qu'il est devenu propriétaire de l'épicerie Perrette, il a changé. Quand je lui ai dit que je voulais faire une année de psychologie, au lieu de se choquer comme il l'aurait fait avant, il m'a tout simplement répondu que dans la vie, il fallait assumer ses choix. C'est là qu'il m'a dit qu'il avait besoin de l'argent que je pourrais lui donner durant l'été et qu'à mon âge, c'était normal de subvenir en partie à mes besoins.

— Il n'a pas tort.

— Inquiète-toi pas, Cécile, j'ai très bien compris et je n'ai pas rouspété non plus. Ce qui me choque, par contre, c'est de voir mon amie Alicia qui n'a qu'à demander pour recevoir. Je trouve ça injuste.

— C'est vrai que ça peut sembler injuste. Mais est-elle plus heureuse que toi ?

Laura avait poussé un profond soupir.

— Plus heureuse ? Je ne crois pas. En tout cas, moi, j'en suis là... Je pense que les quelques jours que je viens de passer avec Francine m'ont ouvert les yeux. Elle n'a rien, Francine. Et pourtant, elle n'a pas l'air d'être malheureuse. Bien au contraire.

— Tu vois !

— Eh oui, je vois ! Je veux toujours réussir dans la vie, là n'est pas la question. J'espère encore avoir une belle maison un jour, mais ce n'est plus aussi essentiel, comme ça l'était avant.

Quand elle était revenue chez elle, le lendemain, et que les odeurs s'échappant de la cuisine lui avaient appris que sa mère avait préparé son repas préféré, Laura avait compris qu'elle avait de la chance d'avoir une famille comme la sienne. Tout en déposant sa valise sur le prélart défraîchi, elle se demanda si Alicia, elle, aurait droit à son repas préféré quand elle reviendrait d'Angleterre.

— Laura ! Enfin, te v'là.

Bernadette s'essuyait les mains sur son tablier tout en venant vers elle.

— T'as beau vieillir, ma fille, cinq jours sans toé, c'est long en verrat. Pis ? Comment ça s'est passé à Québec ?

Tout en parlant, Bernadette avait baissé le ton. Puis, après un regard derrière elle, vers le corridor, elle avait demandé :

— Pis Francine ? A' l'arrive-tu à s'en sortir avec son p'tit ? Si tu savais comment c'est que j'aimerais ça le voir, c't'enfant-là !

À partir de ce voyage et tout au long de l'été qui s'achevait, Laura oublia Alicia.

Ce fut la routine de l'automne, la reprise des cours qui ramena les souvenirs. Avec Francine loin d'elle, Laura trouvait le temps bien long sans la complicité d'Alicia. Leurs soirées dans les boîtes à chanson, leurs longues discussions sur les nouveaux films lui manquaient terriblement. Mais Laura n'avait pas envie de se faire éconduire une autre fois. Elle se disait que si Alicia tenait à elle, elle se répétait que si le mot «amitié» avait déjà voulu dire quelque chose pour Alicia, celle-ci finirait par lui téléphoner.

Laura, après bien des heures de tergiversations avec elle-même, avait fini par se convaincre que c'était à Alicia de faire les premiers pas et non l'inverse.

Était-ce l'ambiance des fêtes qui, ce soir, l'avait rendue à ce point nostalgique? Laura n'aurait su le dire. Pourtant, c'était un fait: elle s'ennuyait et suffisamment pour ne pas être capable d'étudier. L'an dernier, à pareille date, Alicia et elle prévoyaient déjà leurs sorties pour le temps des fêtes.

Laura ne comprenait pas que l'on puisse être à ce point rancunière et elle détestait se sentir prise au piège de ses pensées qui ne cessaient pas de tournoyer dans son esprit.

Aussi, quand elle entendit un coup bref frappé à sa porte, elle y vit une diversion tout à fait bienvenue, alors qu'habituellement, elle détestait être dérangée.

— Tu peux entrer, popa.

Pour être très rare, Laura avait reconnu le son sec du majeur de Marcel frappant le bois de la porte. Un seul coup, impératif et pressé.

Déjà la poignée tournait et le visage de Marcel parut derrière la porte entrebâillée.

— Ça sera pas long… Je voulais juste savoir si je pourrais compter sur toé.

— Compter sur moi? Pour quoi faire?

— Pour remplacer madame Légaré, ma caissière. Depuis une couple de jours, a' toussait comme une perdue pis je trouvais que c'était pas ben ben bon pour le commerce. Ça fait que je l'ai renvoyée chez eux pour qu'a' se soigne. Mais imagine-toé don qu'a' fait une *neumonie*. C'est son mari qui m'a appelé pour me dire ça à matin. Ça fait que moé, j'ai passé ma grand-journée en arrière de la caisse au lieu d'être à boucherie comme j'aurais dû. Avec Noël qui s'en vient, je peux pas me fier au p'tit jeune que j'ai engagé, y a trop de monde. Calvaire! J'y arrive pus. Si j'avais su que c'était…

Marcel se tut brusquement, prenant conscience qu'il parlait à sa fille comme s'il avait parlé à Bernadette. Laura n'avait pas besoin de savoir que par moments, et ils étaient de plus en plus nombreux, il regrettait sa décision. Une épicerie ne se gérait pas comme sa boucherie, et en six mois, il ne s'y était pas encore habitué.

— Pis? demanda-t-il d'une voix impatiente, je peux-tu compter sur toé? Faudrait que tu soyes à l'épicerie demain matin de bonne heure pis petête lundi prochain. Le temps que je me revire pour trouver quèqu'un de fiable. J'ai pas envie que n'importe qui se fourre le nez dans mon argent.

Sachant pertinemment qu'elle risquait de déclencher un orage, Laura regarda son père en faisant un grand signe de négation avec la tête.

— C'est ben de valeur, mais je peux pas, popa. Demain, je travaille au casse-croûte pis lundi, j'ai un examen ben important.

— Un examen ! Voir qu'un examen est plusse important que d'aider son père. Calvaire d'études, avec !

— Popa, s'il vous plaît ! On reviendra pas là-dessus, d'accord ? Je pensais que tu avais fini par comprendre.

— Ce que je comprends, pour astheure, siffla Marcel rouge de colère, c'est que chus pogné avec personne pour m'aider. Calvaire de calvaire ! Me semblait aussi que...

— As-tu demandé à moman ? interrompit Laura qui espérait en finir au plus vite avant que la discussion ne s'envenime pour de bon.

— Ta mère ? Belle idée que t'as là, ma fille. Ben belle idée ! Pas question de la déranger. Pour elle avec, c'est Noël qui s'en vient, tu sauras, pis a' l'a ben des choses à faire, ta mère. À commencer par les tourtières qu'on vend chaque année à boucherie. Pis ta grand-mère, elle, a' fait des pâtés au saumon chez la tante Estelle pour amener un peu de nouveauté. Tu devrais le savoir, calvaire, ta mère fait ça chaque année.

— Antoine, alors.

Marcel fut si surpris par cette proposition qu'il mit un temps inouï avant de répondre. Mais quand la réponse fusa, elle fut d'une virulence inattendue.

— Antoine ? T'as ben dit « Antoine » ? Que c'est qu'y' te montrent dans ton université, à part être niaiseuse ? Pasque pour être niaiseux, c'est niaiseux d'imaginer un gars en arrière d'une caisse enregistreuse. C'est une job de femmes, ça. À part dans les merceries ousqu'y a juste des hommes. Pis dans les tavernes, comme de raison. *Anyway,* chus même pas sûr que ton frère serait capable de compter comme faut. À part sa peinture, je l'ai jamais vu faire…

— Ben, tu sauras qu'Antoine a toujours été le premier de sa classe en calcul. Pis lui, y' pourrait probablement manquer son cours de dessin demain pis l'école lundi prochain. Eux autres, c'est pas tout de suite, les examens. Pis, si tu veux le fond de ma pensée, ça n'a pas l'air fou du tout de voir le fils du propriétaire en arrière de la caisse enregistreuse. Moi, au contraire, je trouve que ça fait important. Ben important. Pis Antoine, c'est justement ton gars. Astheure, tu vas m'excuser, mais faut que j'étudie.

Et sans même attendre que son père referme la porte de sa chambre, Laura lui tourna le dos. Elle avait oublié que quelques instants plus tôt, elle pensait à Alicia. Elle ouvrit violemment un cahier à l'instant où son père claquait la porte. Elle ne pensait pas avoir été impolie, juste un peu directe.

Mais avec Marcel Lacaille, on ne pouvait jamais savoir.

Laura ferma les yeux un instant, le cœur battant.

Peut-être aurait-elle dû se montrer plus conciliante.

Elle resta ainsi immobile, un court moment, se demandant sérieusement si elle ne serait pas mieux d'affronter son propre patron en lui annonçant qu'elle serait absente le lendemain plutôt que de subir la mauvaise humeur que son père ne manquerait pas de faire planer sur la maisonnée. Mais quand elle entendit ce dernier lancer un gros merci soulagé depuis le corridor, elle osa un bref sourire.

Il semblait bien que sa proposition avait été retenue,

finalement, et qu'Antoine serait derrière la caisse de l'épicerie le lendemain matin.

Soulagée, Laura se pencha sur son cahier.

Elle ne voudrait surtout pas que le semblant de bonne
humeur qui régnait à la maison soit une chose du passé.
Et que ce soit à cause d'elle.

# CHAPITRE 8

*« J'ai pour toi un lac, quelque part au monde*
*Un beau lac tout bleu*
*Comme un œil ouvert sur la nuit profonde*
*Un cristal frileux*
*Qui tremble à ton nom comme tremble feuille*
*À brise d'automne et chanson d'hiver*
*S'y mire le temps, s'y meurent et s'y cueillent*
*Mes jours à l'endroit, mes nuits à l'envers... »*

*J'ai pour toi un lac*
Gilles Vigneault

## Montréal et Québec, jeudi 31 décembre 1964

Depuis une bonne dizaine de minutes, perplexe, Laura soupirait et se dandinait devant sa penderie aux portes grandes ouvertes. Pourtant, ce n'était pas du tout son genre de se mettre martel en tête pour quelques vêtements qu'elle porterait ce soir ou demain.

Une jupe en valait bien une autre, n'est-ce pas ?

Laura esquissa une moue d'indécision.

À moins d'opter pour un pantalon, nettement plus confortable, ce qui lui ressemblerait, ou une jolie robe, qui ferait plus chic, selon les spécifications de Francine qui l'avait invitée à célébrer la Saint-Sylvestre.

— J'ai envie que tout le monde soye ben beau, avait-elle exigé quand elle l'avait appelée. Pour une fois qu'on se mettrait en frais, qu'on sortirait notre beau linge! Surtout que Cécile vient de me donner une ben belle robe rouge!

Hésitante, Laura se mit à décrocher quelques vêtements qu'elle empila sur son lit, au petit bonheur la chance, sans trop savoir encore ce qui se retrouverait dans sa valise et ce qui retournerait dans son garde-robe.

Elle ne se reconnaissait plus.

— Maudite marde! Qu'est-ce que j'ai à matin? murmura-t-elle après avoir lancé un troisième chemisier au-dessus de la pile qui allait grossissant. Voir que les guenilles, c'est important!

Malgré cela, elle s'acharna à vérifier scrupuleusement tous les cintres et, insatisfaite, elle ouvrit un premier tiroir.

Une seconde pile de vêtements se joignit à la première, pêle-mêle, les gestes de Laura étant maintenant empreints d'impatience. Quand elle se retourna enfin, le couvre-lit était à peine visible sous les chandails, chemisiers, jupes et pantalons qui le jonchaient.

Laura poussa un soupir d'exaspération.

— Bravo! Me v'là poignée à tout ramasser, astheure! Pis en plus, je ne sais toujours pas quoi mettre! Mes robes font beaucoup trop «été» pour une veille du jour de l'An! J'aurais don dû aller magasiner, aussi!

Laura regarda autour d'elle.

— J'amène toute, lança-t-elle pour elle-même d'une

voix déterminée quand son regard revint sur le lit. Presque toute… Comme ça, je serai pas mal prise si jamais tout le monde est vraiment chic ou, au contraire, plutôt habillé sport.

Quand Laura pensait à tout le monde, elle s'imaginait que Cécile et sa famille tout comme la tante Gisèle seraient de la partie. Sinon, grands dieux, pourquoi Francine aurait-elle exigé de beaux vêtements ?

Un simple coup d'œil sur le baluchon qui lui servait habituellement de valise, posé au pied de son lit, lui fit comprendre que l'opération serait impossible.

— Matante Estelle, lança encore une fois Laura, à voix haute et soulagée, comme si quelqu'un pouvait l'entendre. Elle fit aussitôt volte-face pour se diriger vers la porte de sa chambre.

Mais comme elle traversait la cuisine en coup de vent, visiblement en direction de la porte extérieure, Laura fut interceptée par Bernadette qui s'affairait à quelques préparatifs pour le repas du lendemain, le dîner du jour de l'An, qui se prenait invariablement chez ses parents, à Saint-Eustache.

— Coudon, toé ! Où c'est que tu cours de même ? Pis à moitié habillée en plusse ! T'aurais-tu oublié que c'est l'hiver, ma fille ?

— Pantoute, moman. J'vas juste en bas chez matante Estelle pour lui emprunter sa grosse valise brune.

— Sa grosse valise brune ?

Tout en s'essuyant les mains sur son tablier fleuri un peu délavé, Bernadette posa un regard moqueur sur Laura.

— Toujours ben pas le monstre de valise qu'a' l'a prêtée à ton frère pour son voyage dans les vieux pays ?

— En plein celle-là…

— Ben voyons don, toé ! Tu pars pour trois jours.

— Je le sais bien, mais je sais pas quoi emporter comme linge. Francine veut que tout le monde soit chic ! Alors, j'emporte beaucoup de choses, au cas où… Excuse-moi, moman, mais j'ai pas le temps de discuter, je suis pressée. Bébert vient me chercher dans moins d'une heure pis je suis loin d'être prête.

La porte claqua sur ces derniers mots.

Ce n'était plus un secret pour personne, chez les Lacaille, que Francine habitait à Québec depuis maintenant deux ans et qu'elle avait un fils appelé Steve. D'une visite à l'autre, les excuses inventées par Laura pour expliquer ses nombreux voyages vers la Vieille Capitale s'étaient mises à manquer. Alors, après en avoir longuement discuté avec Francine, Laura avait tout avoué et maintenant, Bébert n'avait plus à l'attendre au bout de la rue.

Évidemment, Évangéline avait ronchonné en apprenant qu'un Gariépy se présenterait régulièrement devant sa porte, mais elle n'avait pas, cependant, poussé les hauts cris que Laura anticipait. La situation que vivait Francine lui rappelait trop bien celle connue par sa sœur Estelle quelque trente ans plus tôt. Il n'en reste pas moins que ces mauvais souvenirs n'avaient pas empêché la vieille dame de se dire que dans la vie, parfois, il y avait une certaine justice. C'était au tour des Gariépy de goûter à leur propre médecine. Pensée qu'elle avait aussitôt regrettée et dont elle s'était confessée à la première occasion. Francine n'avait rien fait pour mériter de payer à la place de sa grand-mère Arthémise.

Quand Laura revint de chez la tante Estelle, trimbalant à deux mains la lourde antiquité de cuir patiné par les ans et les usages, Bernadette se retourna pour la regarder passer. Ça ne ressemblait pas à sa fille de se soucier de son apparence au point de vouloir transporter sa garde-robe au grand complet.

Bernadette esquissa un sourire ému.

Se pourrait-il qu'en plus de Francine, il y ait quelqu'un à Québec qui puisse susciter autant d'empressement à vouloir se faire belle ? Après tout, Laura avait vingt et un ans passés et elle n'était pas différente de toutes les autres jeunes filles de son âge même si elle aimait les études au point de ne pas avoir eu encore de cavalier.

Bernadette resta songeuse un long moment. Puis, elle secoua vigoureusement la tête et revint à ses petits fours qu'elle garnissait de crème au beurre. C'était impossible ! S'il y avait quelqu'un d'intéressant à Québec, Laura lui en aurait parlé. Laura lui disait toujours tout. Ça devait être sa minutie habituelle qui la rendait si indécise devant les vêtements à porter pour une soirée plus élaborée.

La route se fit dans la bonne humeur, comme chaque fois que Laura et Bébert se rendaient à Québec ensemble. Le caractère égal du jeune homme plaisait bien à Laura. Être avec Bébert, c'était un peu comme être avec Francine ou Alicia, mais en mieux. Avec lui, pas de bouderies, pas de rancunes. Tout pouvait se dire et s'expliquer. De plus, en cette période difficile où Alicia persistait dans son silence, Laura prenait un plaisir particulier à retrouver Bébert et Francine. Avec eux, les conversations étaient peut-être différentes, certes, moins intellectuelles, mais elles n'en étaient pas moins agréables. Et les projets d'avenir, dont ils parlaient abondamment, restaient les mêmes. Dans quelques années, tous les trois, ils auraient une belle et bonne vie. Bébert serait propriétaire du garage de Jos Morin, Laura serait professeur titulaire dans une grande école et Francine aurait sa propre entreprise de couture.

Francine les attendait à sa fenêtre, de toute évidence impatiente de les voir arriver. Laura eut à peine le temps de sortir de l'auto que Francine ouvrait déjà la porte de son appartement tout en tenant étroitement contre elle les pans de son chandail.

— Grouillez-vous! Y' fait frette sans bon sens! Y' paraît, en plusse, que ça va durer encore une bonne…

Francine s'interrompit brusquement quand elle aperçut son frère qui retirait la valise de Laura de la malle arrière de son auto. Elle éclata de rire.

— Bonté divine, Bébert! Veux-tu ben me dire où c'est que tu t'en vas avec ça, toé? Tu déménages-tu icitte, coudon?

— C'est pas à moé…

Même Bébert, plutôt costaud, devait tenir la lourde valise à deux mains. Tout en approchant de la maison, il jeta un regard goguenard à Laura qui, penaude, se mit à rougir.

— C'est de ta faute, aussi, Francine, ronchonna-t-elle en passant devant son amie, détestant par-dessus tout être la risée des gens. Je savais pas quoi mettre pour être chic ! Tu parles d'une idée de fou, aussi, de s'habiller chic quand on est juste entre nous autres… Pis on va parler d'autre chose, OK, là ? J'en ai assez de voir le monde rire autour de moi, maudite marde !

Bébert, qui ne savait plus quoi inventer pour plaire à sa voisine, s'empressa de changer de conversation. À peine avait-il mis un pied dans le long corridor qui scindait l'appartement en deux qu'il lançait, en humant l'air tout autour de lui :

— Sapristi, la sœur ! Ça sent ben bon chez vous !

Puis, laissant tomber la valise à ses pieds, il demanda en fronçant les sourcils :

— T'as toujours ben pas faite des folies, juste pour nous autres ?

Ce fut au tour de Francine de rougir comme une pivoine. Mal à l'aise, elle détourna les yeux et se dirigea vers la cuisine tout en parlant par-dessus son épaule.

— Pantoute. Je… J'ai eu un gros bonus à Noël, tu sauras, improvisa-t-elle, pis ça me tentait de me gâter un peu. C'est pas juste pour vous autres si j'ai fait une grosse tourtière, c'est pour moé avec. Pis pour mon p'tit. Lui avec, y' a le droit d'avoir un beau temps des fêtes. Y'est rendu assez grand pour comprendre ben des affaires. J'y ai même faite un arbre de Noël. Y' est dans un coin du salon, juste à côté de la tivi. Astheure, arrête de chialer sur toute comme d'habitude, mets la valise de Laura sur mon litte, pis venez me rejoindre dans cuisine. On va se prendre un bon café avant que Steve se réveille de son somme.

Il était tellement inhabituel que Francine lance une réplique aussi étoffée que Bébert en resta bouche cousue. Après quelques va-et-vient entre l'auto et la maison, il rejoignit les filles à la cuisine.

L'après-midi passa dans les souvenirs partagés, les étrennes que Laura et Bébert offrirent à leur filleul, les fous rires spontanés. Francine était particulièrement de bonne humeur, comme si la vie, brusquement, avait décidé d'être douce et clémente à son égard et que ses habituelles récriminations n'avaient plus leur place.

D'une chose à l'autre, alors que le jour déclinait et que le sapin scintillait de mille feux, Francine se mit à parler des achats faits pour elle-même à l'occasion de Noël, de l'épicerie qu'elle avait, selon ses dires, dévalisée et du bel habit de neige tout neuf qu'elle avait offert à son fils. Pourtant, elle s'était bien promis de ne pas glisser le moindre mot de ces quelques petites folies. Ces révélations ne devaient venir qu'après la soirée. Mais ça avait été plus fort qu'elle. Fille toute simple, pour qui les apparences avaient beaucoup d'importance, Francine tirait une grande fierté à montrer qu'elle aussi pouvait réussir sa vie. À ses yeux, se gâter un peu et gâter son fils en étaient la preuve irréfutable, quelle que soit l'origine de l'argent qui avait permis de telles folies.

— Saine bénite que ça fait du bien de me sentir un peu moins serrée dans mes finances!

— Justement…

Bébert avait écouté sa sœur sans dire un seul mot. Cependant, aux regards échangés avec Laura, il avait vite compris que celle-ci, tout comme lui, ne comprenait pas un tel revirement de situation.

— Justement… Où c'est que t'as pris toute l'argent pour…

— Je te l'ai dit: j'ai eu un gros bonus à Noël.

— Fallait qu'y' soye gros en batince!

— Comme tu dis!

Francine était déjà debout, regrettant amèrement de s'être laissée aller à de tels propos. Pour l'instant, Bébert et Laura ignoraient tout de la nouvelle équation qui s'était glissée dans sa vie, et Francine avait promis que cela resterait une surprise jusqu'à la soirée. Mais voilà qu'encore une fois, elle était en train de tout gâcher. Par pure vanité!

Arrivée au seuil de la porte du salon, elle s'arrêta brusquement. Elle connaissait suffisamment Bébert pour savoir que son frère n'en resterait pas là. Et s'il fallait que Laura s'en mêle, et elle allait sûrement s'en mêler, tous les deux, ils risquaient d'empoisonner une soirée qu'elle voulait parfaite. Alors, tant pis pour la promesse de garder un parfait silence jusqu'à la soirée; elle ajouta, en se retournant et en fixant Bébert droit dans les yeux:

— Je comprends ce que t'essayes de dire, Bébert. C'est vrai que vu de même, on dirait que j'ai gagné au bingo.

Visiblement, Francine cherchait ses mots.

— Mais c'est pas ça. Je dirais que ce qui m'arrive, c'est peut-être mieux, pas mal mieux que de gagner au bingo, pis que je m'y attendais pas pantoute. Laisse juste passer la soirée, Bébert, pis tu vas comprendre. Après souper, Laura, proposa-t-elle en se tournant vers son amie, on va regarder ensemble le linge que t'as apporté pis on va se faire belles. Ben belles! À minuit, on change d'année pis laissez-moé vous dire que je serai pas fâchée de voir 1964 s'en aller. Astheure, vous allez m'escuser, faut que j'aille voir à ma tourtière.

Il y avait tellement d'attente dans la voix de Francine, une attente qui laissait transparaître, en filigrane, un vieil écho de désespoir, que ni Laura ni Bébert n'eurent le cœur de relancer la discussion.

La tourtière fut excellente, le gâteau roulé à la confiture aussi, et à huit heures, Steve dormait comme un loir, repu et heureux, un gros ours en peluche serré tout contre lui.

— Et maintenant, Laura, montre-moé ce que t'as emmené comme linge. Chus sûre, à voir la grosseur de ta valise, qu'on va trouver quèque chose de ben beau pour à soir.

— Mais pourquoi? demanda Laura d'une voix geignarde. Ça me tente pas du tout de me changer tout simplement parce qu'à minuit on va passer à la nouvelle année. Tu trouves pas, toi, que c'est un peu ridicule?

— Pantoute! On a petête pas les moyens de se payer une belle soirée dans un grand hôtel, comme Cécile pis toute sa famille, mais c'est pas une raison pour avoir l'air d'une gang de quêteux.

— Cécile fête dans un grand hôtel ce soir? demanda

Laura, oubliant momentanément l'épineux sujet de discorde concernant les robes à mettre ou à ne pas mettre et déçue d'apprendre que Cécile et les siens ne seraient pas là.

— En plein ça. Pourquoi pas ? A' l'a les moyens, elle, de se payer toute ce qu'a' veut !

— C'est sûr… Ce qui me surprend, par contre, c'est qu'elle n'ait pas pensé à t'inviter. Il me semble que ça ne lui ressemble pas d'oublier...

— Ben voyons don ! interrompit Francine avec véhémence. Que c'est tu vas penser là, toé ? On dirait que tu la connais pas ! Crains pas, a' m'a invitée, Cécile ! Y a pas plusse généreux qu'elle pis sa matante Gisèle.

— Qu'est-ce que tu fais ici, d'abord, à nous obliger, Bébert et moi, à nous déguiser pour fêter la fin de…

— Sainte bénite que t'es tannante avec toutes tes questions ! Je l'ai dit t'à l'heure : attends que la soirée soye passée pis tu vas toute comprendre.

— Pis pour comprendre, si je suis bien ce que tu es en train de me dire, il faut que je sois belle comme une princesse, c'est bien ça ? lança Laura d'une voix légèrement sarcastique.

— T'as toute compris ! Y' était temps ! Astheure, arrête de chialer pis suis-moé. Tu vas voir ! Ça fait pas mal pantoute de ben s'habiller, Laura Lacaille, répliqua Francine sur un ton caustique qui n'avait rien à envier à celui de son amie. Pis je te ferais remarquer qu'un peu de maquillage, ça te fera pas de tort non plus. T'es verte comme une asperge !

La transformation dura une petite demi-heure, puis, toute souriante, Francine planta Laura devant son miroir.

— Quin! Regarde, astheure! J'avais-tu raison ou ben j'avais pas raison?

Même sous la torture, Laura n'aurait jamais avoué que l'image renvoyée par le miroir de Francine lui plaisait, et pourtant, c'était le cas.

— Ouais… C'est pas pire, se permit-elle de dire.

— Comment ça, pas pire? T'es pas mal difficile, Laura Lacaille. Pis insultante, à part de ça. Comme si j'avais raté mon coup.

— C'est pas ce que j'ai dit, Francine Gariépy.

— Mettons… Astheure, c'est à mon tour de m'habiller. Tu vas voir! La robe que Cécile m'a achetée pour Noël est pas mal belle. Comme matante Gisèle a dit au réveillon: a' va ben avec mon teint de brunette. Pis avec mon vieux collier de…

Trop heureuse de pouvoir parler chiffons avec sa meilleure amie, Francine se lança dans une étude comparative des différents produits de maquillage, une envolée sur l'agencement des couleurs sans prendre conscience que Laura ne l'écoutait plus, subjuguée par le reflet d'elle-même qu'elle contemplait dans la glace.

Était-ce bien elle, cette jeune femme élégante? Où donc se cachait l'étudiante un peu brouillonne qui se souciait de son apparence comme d'une guigne?

D'un geste à peine perceptible, Laura étira le cou, rejeta nonchalamment ses longs cheveux châtains derrière les épaules. D'un souffle tout léger, elle fit gonfler sa frange. Elle qui n'avait jamais porté le moindre maquillage dut admettre, en son for intérieur, que Francine savait y faire pour embellir quelqu'un.

Finalement, ce n'était pas si désagréable de se sentir jolie.

Le regard lancé par Bébert, quand elle entra dans le salon, intimidée, lui fit monter un peu plus de rouge aux joues. Et si ce même regard appuyé la déconcerta, il la rassura aussi. Elle n'avait pas l'air ridicule.

Elle prit place sur le divan devant un Bébert qui souriait encore. Laura lui rendit son sourire, de plus en plus à l'aise.

Même si Bébert, lui, avait l'air un peu engoncé dans son veston, elle jugea aussitôt que la cravate lui allait bien. La soirée devrait être agréable.

Après tout, Francine avait peut-être eu raison d'insister même si ce n'était que pour justifier de porter sa jolie robe rouge, qui lui allait à ravir, elle dut en convenir quand son amie les rejoignit au salon. Même si elle était un peu courte, comme le voulait la nouvelle mode, Francine la portait bien.

Jusqu'à neuf heures et demie, tout se passa à merveille. Les trois amis s'amusèrent à regarder la télévision, passant d'une chaîne à l'autre pour ne rien manquer des émissions spéciales qui soulignaient la fin de 1964. Au poste anglais, ils eurent même droit à quelques instants de l'émission où les Beatles avaient paru en février dernier. Laura en fut ravie. Puis, alors que Bébert demandait à la blague ce que chacun espérait pour la nouvelle année,

Francine se leva brusquement. Curieusement, elle avait l'air nerveuse.

— Faut que j'aille dans cuisine. J'ai des p'tites bouchées à préparer.

— Laisse faire les bouchées, la sœur! On a assez mangé pour le souper. Plus tard, petête, on pourra reprendre de ton gâteau qui était pas mal bon, mais pour astheure, y' me semble que c'est pas nécessaire de…

— Si moé, j'ai envie de faire des p'tites bouchées, ça te regarde pas, Bébert Gariépy. Icitte, tu sauras, c'est chez nous pis je fais ce que j'ai envie…

— Batince! T''es ben à pic tout d'un coup.

— Chus petête à pic, comme tu dis, mais c'est de votre faute, aussi. Toé pis Laura, vous arrêtez pas de m'ostiner depuis que vous êtes arrivés… Sacrez-moé patience, sainte bénite, pis continuez de regarder la tivi. J'ai dit qu'on allait avoir une belle soirée, pis on va avoir une belle soirée. C'est toute! Je reviens dans quèques minutes.

Dès que Francine eut quitté la pièce, Bébert se tourna vers Laura.

— Tu comprends-tu quèque chose à ça, toé? demanda-t-il à voix basse. J'ai jamais vu ma sœur être sur les nerfs de même.

Laura soutint le regard de Bébert durant un court instant, puis, sans répondre, elle se leva pour venir à la fenêtre.

Les seules fois où elle avait vu Francine être vraiment de mauvaise foi et s'emporter inutilement avaient été celles où elles avaient parlé de Patrick, son ancien cavalier et le père du petit Steve. Alors, si ce soir, un beau jeune homme apparaissait dans le salon, comme par magie, Laura ne serait pas surprise.

Elle jeta un coup d'œil sur la rue, à droite, à gauche, comme si elle sentait le besoin de vérifier ses présomptions. Il n'y avait personne, ce qui ne voulait pas dire qu'elle avait nécessairement tort.

Bien au contraire, Laura sentait qu'elle avait raison.

Néanmoins, elle n'avait pas envie d'en parler. Francine était son amie, et ce, depuis bien plus longtemps que Bébert. Si elle avait choisi de ne pas parler d'un éventuel ami, Laura allait respecter son silence. De toute façon, elle se trompait peut-être.

— Je pense que Francine a raison, Bébert, reconnut-elle enfin en regagnant sa place sur le divan. On n'a pas été très gentils avec elle. La moindre peccadille et on se met à rouspéter.

— Tu trouves ?

— Tout à fait… De ma part, en tous les cas, s'empressa-t-elle d'ajouter en voyant Bébert froncer les sourcils. Laissons-la donc nous recevoir comme elle en a envie.

À son tour, Bébert resta silencieux et songeur durant un bref instant. Sans être d'accord avec Laura, il n'avait pas envie de la contredire.

— T'as ben raison, admit-il en portant les yeux sur Laura qu'il trouvait particulièrement jolie ce soir. Au besoin, j'y refilerai un peu d'argent pour le p'tit… De toute façon, des p'tites bouchées, j'ai pas besoin d'avoir faim pour les manger. C'est toujours bon… Mais toute ça, ça m'empêche pas de penser que ma sœur exagère quand même un brin. A' serait ben mieux de mettre un peu d'argent de côté si son bonus était si gros que ça pis que…

Le bruit des pas de Francine qui venait les rejoindre interrompit cette réflexion que Bébert poursuivait à mi-voix, tant pour lui que pour Laura.

Durant l'heure qui suivit, Francine ne tint pas en place, ce qui, aux yeux de Laura, confirmait tout ce qu'elle pensait de la situation. Quand elle n'était pas à la cuisine à vérifier on ne sait trop quoi, Francine restait plantée à la fenêtre à regarder dans tous les sens. Deux minutes assise sur le divan aux côtés de Laura à jeter un œil distrait sur la télévision ou à répondre évasivement aux questions de Bébert, puis le manège recommençait.

À onze heures, Francine décréta sans préavis qu'elle avait faim et qu'elle avait assez attendu. Attendre quoi ou qui, personne n'osa le demander. Une multitude de petites bouchées, toutes plus tentantes les unes que les autres, apparurent dans l'instant sur une petite table qu'elle improvisa avec le tabouret du fauteuil.

Quelques minutes à chipoter dans les plats sans rien manger, puis Francine déclara qu'elle avait mal à la tête et qu'elle allait se coucher. Sans autre explication, elle quitta le salon sous les regards interloqués de Laura et Bébert.

— Ben voyons don, toé… Toute c'te sparage-là juste pour ça? demanda Bébert, dont l'humeur se situait à mi-chemin entre l'incompréhension et l'impatience.

D'un doigt colérique, il relâcha le nœud de sa cravate et détacha le col de sa chemise.

— Laisse-moé te dire que si j'avais su, j'aurais jamais accepté de mettre une cravate pis un veston… Que c'est t'en penses, toé ?

Laura se contenta d'une moue d'indécision en guise de réponse. Même si elle pouvait comprendre l'irritation de Bébert, elle ne la partageait pas. Elle, c'était plutôt du chagrin qu'elle ressentait, une sorte de tristesse désolée pour son amie. Aussi, quitte à décevoir Bébert qui allait devoir changer d'année tout seul, elle lui dit tout en se relevant :

— Je sais pas ce qui se passe vraiment, mais je suis certaine qu'il y a quelque chose. Francine n'a pas l'habitude de nous mener en bateau comme ça. C'est peut-être un peu plate pour toi, mais je crois que je vais aller la rejoindre.

Et à son tour, Laura quitta le salon sous le regard navré de Bébert qui, le cœur battant, avait commencé à compter les minutes le séparant de minuit. Il espérait tellement avoir droit au traditionnel baiser du jour de l'An.

Au bout de quelques minutes qui lui parurent durer une éternité, comprenant que ni Laura ni Francine ne viendraient le rejoindre, Bébert ramassa les petites bouchées que personne n'avait mangées et les rangea au réfrigérateur. Puis, avec deux couvertures et un oreiller, il dressa un lit de fortune sur le divan. Éteignant les lumières, il se coucha à moitié habillé, la mort dans l'âme. Non seulement était-il déçu de terminer ainsi la soirée, mais il était inquiet pour sa sœur. Sur un fond de voix étouffées qui lui parvenaient depuis la chambre de Francine, il tenta en vain de s'endormir.

Francine n'avait pas fermé la toile de la fenêtre de sa chambre pour que Laura puisse s'orienter dans la pièce sans avoir à faire de lumière. La lune, presque pleine, suffisait pour y voir clair. Francine ne voulait surtout pas que son amie remarque ses yeux rougis par la déception et l'inquiétude.

Laura enfila son pyjama sans dire un mot. Elle entendait les soupirs de Francine et savait qu'elle ne dormait pas. Avait-elle réellement mal à la tête ? Laura ne le croyait pas. Il y avait autre chose. Une autre chose qui devait porter un prénom masculin. Si tel était le cas, toute la mise en scène de la soirée prenait son sens. C'était du pur Francine de vouloir présenter son frère et sa meilleure amie sous un jour favorable.

Que s'était-il passé ? Francine avait-elle, encore une fois, pris des vessies pour des lanternes ? Avait-elle, encore une fois, pris ses désirs pour une réalité qu'elle était seule à voir ? Une réalité qu'elle espérait tellement qu'elle en avait refusé une invitation de Cécile, elle qui aimait tant les sorties et les repas au restaurant.

Laura retint un soupir et se glissa sous les couvertures.

— Tu veux parler ?

Laura sentit Francine se raidir.

— Promis, je dirai rien. Je vais juste t'écouter.

Cette fois-ci, Francine soupira ostensiblement en remontant brusquement la couverture sur ses épaules.

Malgré tout ce qu'elle avait appris depuis qu'elle suivait des cours de psychologie, Laura décida d'insister ouvertement. Après tout, elle connaissait Francine depuis toujours et savait comment la prendre. Du moins le croyait-elle.

— Arrête de bouder, Francine Gariépy, je le sais que tu vas finir par tout me dire, tu l'as toujours fait.

— Je boude pas, tu sauras.

L'huître commençait à s'ouvrir ! Laura esquissa un petit sourire dans le noir.

— Qu'est-ce qui se passe, d'abord ? demanda-t-elle en chuchotant. Tu t'es pas obstinée pour rien pour qu'on s'habille chic, pis t'as pas fait toutes sortes de petits canapés pour nous planter là, Bébert pis moi, en prétextant que t'avais mal à la tête.

— Je le sais.

— Ben, c'est quoi ?

Francine remonta la couverture jusque sous son menton.

— Promis que tu vas pas me faire la leçon ?

Laura retint un soupir d'impatience, esquissant, néanmoins, un second sourire de jubilation.

— Promis.

Francine se tourna alors sur le dos et Laura vit, à la clarté de la lune qui éclairait son visage, que Francine avait pleuré. Son cœur se serra. Après l'année difficile qu'elle venait de vivre, Francine ne méritait pas d'avoir de la peine.

— J'sais pas par où commencer. Tu le sais, toé, que chus pas bonne avec les mots pis que ça me prend...

— C'est pas vrai, encouragea Laura en l'interrompant. La preuve, c'est que t'as toujours fini par tout m'expliquer pis que j'ai toujours fini par comprendre ce que tu voulais me dire.

— Peut-être, oui… Mais ça reste difficile, pour moé, de dire les choses...

Francine s'agita un moment, puis elle finit par repousser la couverture sur sa poitrine.

— Y' s'appelle Jean-Marie. Je… C'est lui que je voulais vous présenter à soir. C'est pour ça que je voulais qu'on soye beaux. Jean-Marie aime ben ça quand chus ben mise, comme y' dit. Y' avait promis d'être là.

— Pis ?

— Pis quoi ? Tu le vois ben, sainte bénite ! Y' est pas venu.

— Il avait peut-être une bonne raison. Surtout s'il avait promis.

— Peut-être… Mais ça m'inquiète.

— Pourquoi ? Que tu sois déçue, je comprendrais. Mais inquiète…

Cette fois-ci, c'est Laura qui avait l'impression d'avoir à choisir ses mots pour bien se faire comprendre. Il ne fallait surtout pas qu'elle brusque Francine. Maintenant qu'elle vivait seule, son amie avait besoin de toute l'aide qu'elle pourrait lui apporter, et ça serait bien malhabile de sa part de fermer la porte des confidences.

— Pourquoi inquiète ? demanda-t-elle une seconde fois d'une voix très douce. T'aurais pu l'appeler et lui demander ce qui se passait.

— Non...

La voix de Francine était hésitante.

— Je… j'ai pas son numéro. Y' dit qu'y' est souvent sorti pis y' veut pas que je m'inquiète pour rien. C'est toujours lui qui m'appelle.

Ces quelques mots firent débattre le cœur de Laura. C'était particulier comme situation.

— Ah bon… fit-elle prudemment. C'est une façon de voir les choses. Mais, on dirait bien que pour cette fois-ci, c'est le contraire qui s'est produit.

Francine sembla réfléchir aux derniers mots de Laura.

— On dirait ben, admit-elle finalement. Mais ça change rien au fait qu'y' est gentil, Jean-Marie… Je… C'est lui qui m'avait donné un peu d'argent pour que je passe un beau temps des fêtes avec mon p'tit, tu sauras.

Laura comprit alors que Francine faisait allusion à ce fameux bonus dont elle avait parlé. Mais pourquoi leur avait-elle menti ?

— Il t'a donné de l'argent, comme ça ?

— Pourquoi pas ?

Laura sentit qu'il y avait de l'agacement dans la voix de Francine.

— Pourquoi un homme aurait pas le droit d'aider la femme qu'il aime ?

Laura ferma les yeux en retenant un soupir d'exaspération. Non qu'elle ne comprenait pas que Francine puisse avoir envie de refaire sa vie, bien au contraire. Elle trouvait seulement qu'elle se projetait peut-être un peu vite dans l'avenir. Déjà les grands mots !

— La femme qu'il aime ? demanda-t-elle en reprenant les mots de Francine. T'es bien certaine de ça ?

— Crains pas, Laura Lacaille, je te vois venir avec tes gros sabots.

Francine avait haussé le ton.

— Tu penses à Patrick en parlant de même, je le sais. Mais Jean-Marie a rien à voir avec Patrick. Rien à voir pantoute. Pis si je te dis qu'y' m'aime, c'est pasqu'y' me l'a dit, tu sauras. Avec des vrais mots, pas juste des sous-entendus. Chus quand même pas innocente à c'te point-là! J'ai eu ma leçon.

— J'espère!

Le mot avait échappé à Laura. Elle le regretta dès qu'il eut franchi le seuil de ses lèvres. Heureusement, Francine ne sembla pas remarquer l'insolence d'une telle exclamation.

— Non, Jean-Marie a rien à voir avec Patrick, reprit-elle après un bref moment de silence et d'intériorité. Lui, au moins, y' s'intéresse à toute ce que je fais. À ce que je porte, aussi. Y' m'aide à choisir ce que je dois mettre quand y' m'emmène prendre un café. La robe rouge, c'est lui qui me l'a achetée, confia-t-elle dans un souffle. Y' trouve qu'avec mes grandes jambes, ça me fait ben, une p'tite robe courte. Y' dit que les belles femmes ont jamais à se sentir mal à l'aise. Pis le samedi, y' vient faire l'épicerie avec moé pour que je mange dans le bon sens. Pis y' m'aide avec Steve quand y' est pas chez matante Lucie. Y' dit que pour un gars, c'est ben important d'avoir un homme pas trop loin.

— Y' a pas tort, admit Laura avec une légère réticence qui passa inaperçue. Pour Steve, j'entends, ajouta-t-elle avec une certaine précipitation.

— Bon ! Tu vois ben que Jean-Marie, c'est quèqu'un de bien.

À première vue peut-être. Mais Laura n'arrivait pas à se débarrasser d'une sensation imprécise et inconfortable qu'elle ressentait depuis que Francine lui parlait de ce Jean-Marie. Cet homme semblait trop prévenant, trop présent, trop contrôlant. Ça ne concordait pas avec son absence de ce soir. À moins qu'il n'ait jamais eu l'intention de les rencontrer, Bébert et elle. Laura se redressa sur un coude.

— Ben, explique-moi, d'abord, pourquoi ton Jean-Marie n'est pas venu ce soir. Pourquoi il n'a même pas téléphoné ?

À ces mots, Francine s'assit dans le lit avant de se tourner vers Laura.

— Ben, pour une fois, Laura Lacaille, t'as toute compris du premier coup ! C'est juste pour ça que je t'ai dit, t'à l'heure, que j'étais inquiète. Un peu déçue, c'est sûr, pasque j'étais vraiment contente de vous le présenter. Mais chus surtout inquiète, sainte bénite. Ça y ressemble pas, ça, de pas appeler.

Laura était troublée par les propos de Francine. Avec tout ce que son amie venait de lui confier, elle n'arrivait pas à se faire une image précise de ce Jean-Marie sinon qu'elle-même n'aurait jamais toléré qu'un homme lui dise comment s'habiller ni quoi mettre dans son panier d'épicerie.

— Pis depuis quand tu le connais ? demanda-t-elle, tant par curiosité que pour éviter que le silence s'incruste entre elles.

— Depuis l'été.

Ce fut la goutte qui fit déborder le vase ! Le malaise ressenti par Laura était maintenant une franche inquiétude. Elle connaissait suffisamment Francine pour savoir que ça ne lui ressemblait pas du tout d'avoir un homme dans sa vie sans en parler. Qui donc était ce Jean-Marie ?

— Je comprends pas, lança-t-elle sans se soucier plus longtemps de parler à voix basse, tout en s'assoyant à son tour face à Francine. Tu le connais depuis l'été pis tu nous en as pas parlé ? Ni à Bébert ni à moi. Me semblait que j'étais ton amie, Francine Gariépy.

— Ça a rien à voir avec toé, Laura. Essaye de comprendre.

— Non, je comprends pas.

Francine triturait un coin de la couverture.

— C'est à cause de Jean-Marie… Y' m'a demandé de pas en parler rapport qu'y' voulait être ben sûr qu'on s'adonnerait ben ensemble avant que ça soye officiel devant les autres. Ce… c'est à soir que ça devait se passer.

— Pis y' est pas venu… J'espère que tu vois clair dans son jeu, ma pauvre Francine ! Cet homme-là te mène par le bout du nez pis tu te laisses faire. Pourquoi, par exemple, je n'en ai pas la moindre idée.

— C'est pas ce que tu penses… Jean-Marie, c'est pas un jeune qui sait pas de quoi y' parle. Y' a vécu, lui. Pis y' a été ben gros déçu par les femmes qu'y' a rencontrées avant moé. C'est pour ça qu'y' veut être ben…

— Deux minutes, toi… Qu'est-ce que t'essaies de me dire ?

— Que Jean-Marie est plus vieux que toé pis moé pis que...

Laura était sur la défensive, prête à attaquer s'il le fallait. Tant pis pour tous les beaux principes de ses cours de psychologie et d'écoute active, son intuition lui soufflait d'aider Francine à ouvrir les yeux, quitte à la bousculer un peu.

— Plus vieux ? Combien plus vieux ?

Francine haussa les épaules avec hésitation.

— Je sais pas trop... Pis que c'est que ça change, ça ? Si chus ben, moé, avec lui, me semble que c'est ça l'important.

— Peut-être, admit Laura avec prudence. Mais chus pas sûre...

Laura en oubliait ses principes de bon parler. En ce moment, c'était son cœur qui s'exprimait. Son cœur de femme, certes, mais aussi son cœur d'enfant qui avait déjà tout partagé avec Francine. Durant une brève mais fulgurante seconde, elle regretta que Bébert ne soit pas là, à ses côtés. Avec sa manière bien directe de dire les choses, il saurait peut-être ramener Francine sur le bon chemin. Puis elle pensa à Cécile.

— Pis Cécile, elle ? demanda-t-elle en écho à sa dernière pensée. Qu'est-ce qu'elle dit de tout ça, Cécile ?

— Cécile ? A' sait rien, Cécile. Pourquoi Cécile serait au courant pis pas toé ? Ça se tient pas, ce que tu me demandes là, Laura... Pis quand ben même on en parlerait jusqu'à demain matin, c'est pas ça qui va m'enlever mon inquiétude. Chus sûre qu'y' est arrivé quèque chose à Jean-Marie. Sinon, y' aurait appelé. Pis essaye pas de me convaincre du contraire, ajouta-t-elle devant le geste de Laura qui cherchait à l'interrompre. Personne icitte, à part moé, peut en parler… Attends de le connaître, toé avec, pis tu vas voir que j'ai raison. Jean-Marie, c'est quèqu'un de bien.

Tout en parlant, Francine s'était recouchée. Elle tira sur la couverture que Laura tenait coincée sous ses jambes.

— Astheure, on va dormir, conseilla Francine en étouffant un bâillement. C'est pas pasque c'est le jour de l'An que mon p'tit va dormir plus tard… Pis : « bonne année », en passant. C'est comme rien qu'y' est plusse que minuit. Avec toutes nos placotages, le temps a dû filer sans qu'on s'en aperçoive…

L'instant d'après, le souffle régulier de Francine indiqua qu'elle était déjà endormie.

— Bonne année, Francine, murmura alors Laura, le cœur dans l'eau.

Mais cette fois-ci, ce n'était pas qu'une simple formule de politesse. De toute son âme, Laura souhaitait, pour Francine, que l'année à venir soit meilleure que celle qui s'achevait. Mais elle avait des doutes. De sérieux doutes.

Elle se recoucha précautionneusement pour ne pas déranger son amie.

Puis elle poussa un long soupir.

Être certaine que Bébert ne dormait pas, Laura se relèverait et irait le rejoindre. Puis elle pensa qu'elle était en pyjama et elle se mit à rougir. N'empêche qu'elle avait hâte de lui parler de la discussion qu'elle venait d'avoir avec Francine.

Laura se retourna lentement, cherchant une position qui l'aiderait à s'endormir.

« Demain, songea-t-elle en fermant les yeux. Demain, au souper, je vais en parler à Cécile. »

Cette pensée aida Laura à se détendre. Demain, elle devait manger avec Cécile et sa famille tandis que Francine et Bébert, le frère et la sœur, resteraient en tête-à-tête.

« Cécile et matante Gisèle vont sûrement savoir quoi faire, pensa Laura, à mi-chemin vers le sommeil. À moins que Jean-Marie n'apparaisse au déjeuner avec une bonne excuse... »

*   *   *

— Calvaire, Bernadette ! Reviens pas là-dessus.

— Oui, j'vas revenir là-dessus, rétorqua celle-ci sans tenir compte de la remarque de son mari, jugeant, pour une fois, que la situation méritait qu'elle lui tienne tête. Bâtard, Marcel ! C'est le jour de l'An.

— Pis ça ? Le jour de l'An, Pâques ou la Sainte-Trinité, tant qu'à y être, ça change rien au fait que j'ai de la job en retard.

— Ben, tu pourrais attendre à demain pour faire ton ouvrage. Demain avec, c'est congé. Comme c'est là, j'ai l'impression de pus avoir de famille.

— Encore des exagérations !

— Tu trouves ?

— Ouais. Pis en calvaire, à part de ça.

— Ben, pas moé. Après Laura partie à Québec, pis ta mère qui reste icitte avec sa sœur pis Adrien, c'est toé qui m'annonces en pleine face que tu viendras pas chez mon père pour le dîner du jour de l'An. Est où ma famille là-dedans ?

— Est occupée, ta famille. C'est toute.

— Ben, t'aurais dû y penser avant ! Voir que t'aurais pas pu prévoir qu'à matin, on partait pour Saint-Eustache. Me semble que c'était pas dur à planifier, ça. Ça fait vingt-deux ans, verrat, qu'on va chez mes parents pour le jour de l'An.

— Justement.

— Comment ça, justement ?

— Tu viens de le dire, calvaire ! Ça fait vingt-deux ans qu'on fait ça à toutes les années. C'est pas pasque, pour une fois, je serai pas là qu'y faut en faire toute un drame. Astheure, tu vas me sacrer patience avec ça.

— C'est ton dernier mot ?

— C'est mon dernier mot.

Attrapant, du bout des doigts, le petit chapeau de fourrure qu'elle venait tout juste de s'offrir et qu'elle avait déposé sur un coin de leur bureau, Bernadette sortit de la chambre en claquant la porte.

Marcel se retint pour ne pas la suivre. À ses yeux, la colère de sa femme était injustifiée, et cette constatation alimentait sa propre colère.

— Voir que je le fais exprès, marmonna-t-il en serrant

les poings. Voir que je fais ça juste pour moé, calvaire !

Puis, il prit une profonde inspiration pour se calmer. Après tout, c'était le jour de l'An et comme lui-même était déçu de devoir travailler, il comprenait le dépit de Bernadette.

Il entendit cette dernière sermonner les garçons qui n'étaient pas encore prêts, puis, quelques instants plus tard, une autre porte claqua. C'était tellement inhabituel de la part de Bernadette que Marcel sortit de sa chambre et se dirigea vers l'autre bout du corridor. Il lui fallait régler ce problème avant qu'elle parte, sinon il n'arriverait jamais à travailler. Sans se soucier de ses deux fils qui s'obstinaient dans leur chambre, il ouvrit la porte de la cuisine.

Bernadette s'y trouvait, debout devant l'évier. Après vingt-deux ans de vie commune, même s'il n'était pas porté sur les délicatesses, même s'il donnait souvent l'impression d'être indifférent aux siens, Marcel savait très bien ce que cela voulait dire.

En ce moment, Bernadette était malheureuse ou préoccupée.

Cependant, il ne fallait pas demander à Marcel de trouver des paroles gentilles ou réconfortantes ; il en serait bien incapable. Par contre, il pouvait tenter d'expliquer ce que lui pensait, ce que lui ressentait. Après cela, si Bernadette ne comprenait toujours pas sa position et s'entêtait dans sa colère, ce serait de sa faute à elle. Lui, Marcel, il pourrait travailler l'esprit tranquille.

— Bernadette ?

— Me semblait que t'avais dit ton dernier mot, gronda celle-ci sans se retourner.

— Calvaire! Je viens icitte pour essayer de m'expliquer, pis toé, tu me reçois comme un chien galeux.

— Je m'excuse, Marcel, fit Bernadette au bout d'un court silence, sans se retourner. T'as raison. Pis? Que c'est que tu veux? Me dire que t'as changé d'idée?

Le ton était toujours froid mais moins emporté.

— Non, j'ai pas changé d'idée, répondit Marcel. Mais je veux que tu saches que je trouve ça ben plate.

À ces mots, Bernadette se retourna face à son mari, silencieuse, attendant visiblement qu'il poursuive.

— Dis-toé ben, Bernadette, que j'aimerais ben mieux aller avec toé. Le p'tit boire de ton père pis les discussions de hockey avec tes frères, j'ai toujours aimé ça.

— Ben justement... T'es-tu ben certain que tu peux pas remettre ton ouvrage à demain?

— Ben certain. Une journée tuseul, sans un bruit autour de moé, c'est toute ce que je demande. Demain, tout le monde va être dans maison pis ça sera pas pareil. Une épicerie, tu sauras, ça se ronne pas comme une boucherie. Quand y a des restes, ça se hache pas pis ça se congèle pas comme de la viande. La salade, ou ben les bananes, ou ben une bonne partie de la *grocery,* quand y en a de trop pis que c'est pus bon, faut que je le jette. Pis ça, calvaire, c'est de la perte sèche. Faut pas qu'y en aye trop trop souvent. Je commence à m'habituer à tenir mon inventaire plusse serré. Pis je pense, avec, que j'vas y arriver. Mais avec le mois de décembre qui vient de finir, un mois de fou ousque j'étais un peu partout en même temps, faut que je me remette à jour. C'est toute. Astheure, si tu comprends toujours pas pourquoi j'ai décidé de rester icitte, c'est pus mon problème.

Sur ce, Marcel tourna les talons, prêt à regagner sa chambre où ses livres de comptes et de commandes l'attendaient sur le petit bureau installé devant la fenêtre. Bernadette fit un pas en avant.

— Marcel ?

Ce dernier se retourna avec impatience. Une impatience qu'il sentit fondre quand il remarqua que Bernadette lui souriait.

— Ouais ? T'as-tu besoin de quèque chose avant de partir ?

— Non. Je voulais juste te dire merci.

— Merci ? Pourquoi ?

— Pour toute ce que tu viens de me dire. Pis de la manière que tu l'as dit. Astheure que tu m'as ben expliqué la raison qui te pousse à rester icitte, je peux pas t'en vouloir. Ben au contraire… C'est ça que j'ai longtemps essayé de t'expliquer. Quand on dit les bonnes affaires, au bon moment, y en a pus de problème…

Immobile, silencieux, Marcel fixa Bernadette durant un long moment avant de hausser imperceptiblement les épaules. Puis, se détournant, il lança derrière lui :

— Tu diras la bonne année à ta famille pour moé.

L'instant d'après, alors qu'il passait devant la chambre des garçons, il ajouta en assenant un coup de poing sur la porte :

— Grouillez-vous là-dedans. C'est malpoli de faire attendre votre mère comme ça. Attendez surtout pas que je m'en mêle, calvaire, pasque ça va chauffer !

Un autre instant et la porte de la chambre se refermait sur lui.

— Si y' peuvent partir, astheure, marmonna-t-il pour lui-même, m'en vas enfin pouvoir travailler en paix !

*À suivre…*

Tome 7

*Marcel*
1965 —

*À Jacques et Micheline, avec toute ma tendresse.*

## NOTE DE L'AUTEUR

Ce cher Marcel !

Vous vous rappelez sûrement, n'est-ce pas, que j'ai déjà dit que les personnages me parlaient ? Que je n'avais qu'à rester attentive pour qu'ils se décident à me raconter leur histoire ? Bien sûr que vous le savez, je le répète à qui veut l'entendre et je vous jure que c'est vrai. Que c'était vrai jusqu'à aujourd'hui…

Alors, où donc est Marcel ? Qu'attend-il pour me rejoindre ? Pourtant, je lui avais fixé rendez-vous dans mon bureau, ce matin, et j'avais hâte de le rencontrer, de jaser avec lui. Malheureusement, pour l'instant, il brille par son absence.

Non. Ce n'est pas tout à fait vrai. Il est là, installé au petit bureau devant la fenêtre de sa chambre, mais il ne s'occupe pas de moi. Un crayon sur l'oreille et un autre à la main, il griffonne ses papiers en grommelant. Depuis quelques jours, je passe le plus clair de mon temps à ses côtés et jusqu'à maintenant, il n'a même pas daigné lever les yeux vers moi. À part ses marmonnements inintelligibles et quelques «calvaire» bien sentis, je n'entends rien. Absolument rien.

Je le regarde à la dérobée. Il soupire, remue ses papiers, recommence à calculer et à noter certaines choses.

Pauvre naïve que je suis!

Comment est-ce que j'ai pu imaginer que Marcel finirait par se confier à moi, lui qui ne parle à personne, sauf peut-être pour élever la voix et lancer quelque platitude ou bêtise bien sentie? Depuis toujours, Marcel ne parle pas de ces choses essentielles qui traversent nos vies. À personne. Ni à Bernadette, ni à Évangéline, ni à son frère Adrien ni même à ses amis Lionel et Bertrand.

Et je croyais qu'il allait s'ouvrir à moi comme un grand livre?

Allons donc! Même si je suis persuadée que Marcel a quelque chose à dire — parce qu'on a tous quelque chose à dire, n'est-ce pas? — je crois que je vais devoir passer par personnage interposé pour le rejoindre.

Et pour ce faire, malgré les apparences, la personne la plus proche de Marcel est probablement Bernadette.

Vous ne me croyez pas?

Pourtant, je suis certaine d'avoir raison. Le but premier de Marcel, dans la vie, est de faire en sorte que sa famille ne manque de rien. Il en tire une grande fierté personnelle, bien sûr, mais le bien-être des siens a aussi une grande importance. Et celle qui partage cette famille, justement, c'est Bernadette. Et peut-être aussi Évangéline, jusqu'à un certain point.

Je me tourne donc vers elles.

Pour l'instant, Bernadette est plus préoccupée par Laura qui n'en finit plus d'étudier et par Antoine qui, lui, veut se rendre à New York pour exposer ses toiles, que par les états d'âme de son mari.

New York !

Rien qu'à y penser, Bernadette en frémit d'inquiétude, d'autant plus que cette fois-ci, Adrien ne peut accompagner son neveu. Lui et la petite Michelle, ils se préparent pour un long voyage en Europe. Dès qu'il obtient le feu vert de la thérapeute qui s'occupe de la petite fille depuis son opération, Adrien s'en va. Il a besoin de recul pour prendre certaines décisions concernant leur avenir. Après tout, Michelle va bientôt avoir trois ans. Elle est jolie, intelligente et, quelque part dans le sud du Texas, elle a une mère qui commence à manifester un certain intérêt pour elle.

Laura, de son côté, est une autre source d'inquiétude pour Bernadette. Après une année d'études en psychologie, alors que tout le monde croyait qu'elle allait enfin se trouver un poste d'enseignante, Laura a décidé de poursuivre dans ce domaine, au grand désespoir de Bernadette. Comment Marcel va-t-il prendre cette nouvelle, lui qui se plaint que ses enfants commencent à ressembler à des poids morts ? Entre ses nombreux voyages en direction de Québec et ses longues heures devant ses livres et cahiers, Laura n'a de temps que pour quelques quarts de travail au casse-croûte.

Même Évangéline, jusqu'à maintenant très fière du talent de sa petite-fille, commence à trouver qu'elle exagère.

La présence des Gariépy, frère et sœur, y serait-elle pour quelque chose?

C'est bien la première fois que cela arrive, mais je ne sais vers qui me tourner pour poursuivre l'écriture de ces livres. Alors, je vais plonger tête première dans leur univers. Je ne sais pas qui sera le premier personnage que je vais rencontrer, mais ce sera par lui que je vais tenter de rejoindre tous les autres.

Êtes-vous prêts? On y va!